TOUT UN MONDE D'AMOUREUX DE LA MUSIQUE

Partie 1 - La famille Herman à l'École des Talents

Cyril Van Eeckhoutte

LES ÉDITIONS DU SOLANGE

CONTENTS

CHAPITRE 1

Passions

J'ai écrit beaucoup de chansons d'amour. Depuis plus de trois ans, j'aurais voulu sortir des albums, mais les éditeurs de musiques que j'ai trouvés sur le site de la SACEM dans le répertoire des œuvres et dont j'ai noté chaque nom, chaque prénom, chaque adresse, chaque numéro de téléphone ne veulent pas me répondre quand je les appelle. J'ai beau leur expliquer que je m'appelle Cyril, que j'ai vingt-sept ans et que j'habite à Beaurains, au 41 avenue des Pyrénées, que je suis auteur de chansons, compositeur de musique électronique, dance et de bien d'autres styles, et interprète, je tombe à chaque fois sur la même boîte vocale préenregistrée qui me dit de bien vouloir laisser mon message après le bip :

—Bonjour, je m'appelle Cyril Van Eeckhoutte, j'ai vingt-sept ans et j'ai trouvé votre numéro de téléphone sur le site de la SACEM, dans le répertoire des œuvres musicales. Je suis auteur, compositeur et interprète et j'aimerais obtenir ne serait-ce que votre adresse e-mail afin de vous montrer toute l'étendue de mon talent en vidéo, puisque c'est moi qui réalise et mets en scène tout mon spectacle (si on peut appeler cela un spectacle).

Mon rêve – puisque tout le monde en a un – serait de me produire dans les plus belles, les plus grandes salles de spectacles du monde. À commencer par le Casino d'Arras qui a bercé toute mon enfance, de mes six ans à mes douze ans et demi. J'ai fait de la danse classique et du modern jazz à l'école municipale de danse de Beaurains, près d'Arras, ma ville natale. J'étais le chouchou de ma professeur et chorégraphe, Vanessa Marelle qui est entre autres, la fille de l'ancien maire de ma ville Monsieur Jean-Luc Marelle. J'ai gardé les photos de mon gala de danse classique et modern jazz dans des albums photo rangés dans l'armoire de mon ancienne chambre d'enfant et d'adolescent, transformée en bureau à l'heure actuelle. J'ai gardé aussi toutes les cassettes audio et vidéo de mes galas de danse classique, mais aussi d'un stage de danse classique que j'ai effectué les 27 et 28 octobre 2001, avec Monsieur Charlie Lemoine. Il est lui aussi professeur et chorégraphe de danse classique. J'ai d'ailleurs essayé de le recontacter en message privé sur un célèbre réseau social. Il fut ravi d'avoir de mes nouvelles presque dix-sept ans plus tard. J'ai vu qu'il avait un fils aussi charmant, moi qui aime les hommes. J'ai rangé la cassette où je l'avais trouvée, en haut de l'armoire de mon ancienne chambre, puis j'ai retrouvé une autre cassette, juste en dessous. Il s'agit du gala de danse des 29 et 30 juin 2002, à l'école municipale de Beaurains, et sur laquelle je vois deux petites danseuses classiques. L'une des deux fillettes est vêtue d'un tutu bleu ciel, elle semble vouloir dire quelque chose à l'oreille de sa petite sœur, vêtue d'un tutu rose bonbon. Elles se trouvent sur une scène devant un grand rideau bleu. La photo est ovale, réalisation : Luc Legrand, chasseurs d'images artésiens, PTT. J'ouvre la boîte, à l'intérieur il y a une cassette sur laquelle est écrit :

« École municipale de danse de Beaurains - Gala du 30 juin 2002 - VHS pal - durée deux heures cinquante minutes » *C'est bien long!* me dis-je. J'aurais tant aimé revoir le petit Cyril dansant sur la scène du Casino d'Arras à cette époque. Cela devait être un dimanche, à quinze heures je pense, comme chaque année où je faisais de la danse. Mon regard se tourne alors vers une affiche très colorée sur laquelle est écrit en rouge, en relief et en majuscules : « Les trophées de la jeunesse, 6e édition, samedi 21 janvier 2017, vingt heures, au Casino d'Arras ».

Bonne pipe, c'est au Casino! me dis-je. Ils ont entre dix et trente-cinq ans et sont à l'origine d'initiatives citoyennes, économiques, sportives, culturelles, solidaires, numériques et environnementales. Venez découvrir une jeunesse qui a du talent ! À côté, j'ai scotché une autre affiche :

« Arlette Gruss : osez le cirque, Arras, Esplanade du Val de Scarpe, renseignements et location : à la billetterie du cirque et aux points de vente habituels, du 7 mars au 11 mars. Achetez vos places : cirque-gruss.com ». Je me lève pour me remettre sur mon lit, ma main droite touche ma couette verte pleine d'étoiles bleues et jaunes, ma main caresse la lune, puis referme la boîte renfermant la cassette. Au dos : « pour tout reportage photo ou vidéo, chasseurs d'images artésiens, PTT Arras. Contact : Luc Legrand ». C'est le vieux monsieur qui nous filmait discrètement du balcon, en haut du Casino, lorsque nous dansions sur la scène devant une foule toujours admirative du beau gala de danse qui se déroulait devant ses yeux. Bien sûr, je n'en garde que de très vagues souvenirs puisque je n'avais que douze ans à cette époque.

CHAPITRE 2

Faites de la chanson

Désormais, au Casino, je n'y vais que lorsqu'on m'invite à voir la projection d'un film durant *l'Arras Film Festival*. Quand c'est comme cela, je me place au premier rang, juste devant la scène, pour être à la meilleure place et pouvoir bouger dans tous les sens sur mon fauteuil tellement je suis excité d'être de retour à la maison. Au Casino, tout a été rénové. Les sièges sont désormais violets, une seconde scène a été construite à la cave pouvant accueillir toujours plus de spectateurs désireux de voir et d'entendre jouer des artistes d'horizons différents, mais tous habités par la même passion pour la musique électro pop rock, et j'en passe et des meilleurs. Le prochain festival programmé au casino d'Arras, *Faites de la chanson*, se jouera aussi dans la cour de l'hôtel de Guînes situé 2 rue des jongleurs, à Arras, à partir du 17 juin 2017. Nous y serons vite et toujours aussi bien accueillis par les membres de l'association Didouda. Un bar et une petite restauration seront installés sur place pour ravir les papilles des festivaliers. Il sera donc possible de se restaurer assis à une table, à l'écoute des artistes qui joueront de la musique sur la scène pour célébrer l'arrivée de l'été et la fête de la musique. Et moi, comme d'habitude, je serai le premier à aller chercher mes paroles pour aller chanter ma chanson sur la scène installée à l'occasion de ce beau festival intergénérationnel. À deux pas de l'hôtel de Guînes se trouve le théâtre où il est désormais possible d'écouter – casque posé sur les oreilles – de la musique, assis devant un miroir magique. J'ai vu cela hier après-midi entre midi et deux heures. Attiré par des formes lumineuses, je me suis dit qu'il fallait y aller. La dernière fois, c'était le 17 décembre 2016. Camélia Cardon m'avait auparavant envoyé un mail pour m'inviter à participer à un atelier de basse obstinée au théâtre d'Arras. Je me souviens avoir eu rendez-vous à dix heures au théâtre. Devant moi, il y avait la maison du père Noël entourée de sapins, et un musicien semblait tout droit sorti d'un conte de fées, et pour cause : le conte musical *Hansel et Gretel* allait se jouer le soir même, à vingt heures, au Casino d'Arras. J'étais le premier arrivé à cet atelier. Et puis j'ai discuté avec une professeur des écoles invitée elle aussi à participer à cet atelier de musique. Camélia nous avait dit de venir avec une chanson pour la chanter sur la magnifique scène de la salle à l'italienne, et à l'acoustique exceptionnelle. Mais avant tout, nous voilà bien présents, une petite dizaine de personnes, hommes, femmes, enfants de tous âges, d'horizons socioculturels différents, tous prêts à pénétrer dans l'antre du théâtre. Je prends un bonbon bio à sucer dans la boîte que me tend une femme d'âge mûr, puis je le mets dans ma bouche avant de voir Camélia arriver pour nous ouvrir la porte d'entrée. Elle a une liste des participants entre les mains et elle fait l'appel.

—Tout le monde est là ! Parfait, je vais vous faire visiter le théâtre. Suivez-moi ! Attention à votre tête si vous êtes grand, car le plafond est bas.

—Oui, je vais baisser ma tête.

Nous arrivons sur une première scène majestueuse, que dis-je, grandiose ! Elle est surmontée de spots d'éclairages. Nous quittons la scène. Après avoir monté les marches d'un escalier en fer bleu foncé, nous arrivons dans la salle des artistes pour boire un verre de thé ou de café chaud. Sur un plateau, il y a des tasses et un sucrier, et du jus de mirabelle pour les enfants. En effet, deux petits musiciens du conservatoire de musique, de théâtre et de danse d'Arras sont venus avec leur instrument de musique. Une guitare pour le garçon et un violon pour la fille.

—Il faudra que tu nous joues quelques notes de musique avec ta guitare, mon grand ! lui dis-je d'une voix bienveillante.

—Oui, Monsieur ! me répond Arthur en me souriant.

—Tu peux m'appeler Cyril !

—D'accord, Cyril.

Le professeur de musique du Conservatoire de musique, de danse et de théâtre d'Arras, Monsieur Joël Legagneur, nous propose d'aller sur la scène de la salle à l'italienne. Nous arrivons sur la scène. J'étais déjà venu dans cette salle une première fois ; j'avais été invité au vernissage d'une exposition photographique d'un photographe irakien, un lundi de décembre 2016, à dix-huit heures trente. L'homme était chauve, comme le directeur du théâtre d'Arras, Monsieur Charles Grison. Il était accompagné de son interprète irako-français puisqu'il ne parlait pas un mot de français. En effet, c'est toujours mieux pour nous, les gens du public, de comprendre ce qu'il avait à nous dire et d'avoir un interprète parmi nous. J'étais alors assis au deuxième rang à côté d'une charmante et douce septuagénaire. J'avais entamé la conversation.

—Bonjour, Madame. Vous venez souvent au théâtre ?

—Oui, nous y sommes toujours aussi bien accueillis ! Et puis, c'est Monsieur le Directeur, Charles Grison, qui m'a invitée au vernissage de l'exposition, m'avait-elle précisé.

—Ah, d'accord. Comme moi. Vous le connaissez bien ?

—Oui, très bien, c'est un grand ami ! m'avait-elle répondu en souriant.

Monsieur le Directeur, Charles Grison, était assis au premier rang juste devant la scène. J'en avais alors profité pour lui donner ma carte de visite d'artiste.

—Mes coordonnées de contact sont écrites dessus, lui avais-je précisé.

Je me souviens m'être rué ce jour-là sur les petits fours mis à notre disposition au bar, tel un mort de faim. Il y en avait pour tous les goûts. Et j'avais tout particulièrement apprécié ceux au saumon, aux fines herbes fraîches et à la crème légère citronnée. Le pain était divin.

Ils étaient si bons, qu'à peine installé sur mon siège dans la salle à l'italienne, je m'étais relevé, courant d'envie et d'excitation d'aller en reprendre un.

—Mon estomac adore toutes ces douceurs que vous lui avez préparées, lui avais-je dit. Que Dieu vous bénisse, Madame ! avais-je ajouté.

CHAPITRE 3

La basse obstinée

De retour sur la scène de la salle à l'italienne.

—Posez vos manteaux sur les sièges, nous allons commencer par écouter des musiques avec de la basse obstinée, nous dit le professeur Joël Legagneur. Et nous allons essayer de la retrouver parmi tous les instruments qui composent la musique, ajoute-t-il d'une voix assurée. Quelqu'un peut nous dire ce que signifie le mot obstiné ?

—Obstiné signifie entêté dans ses opinions, ses actions, répond Camille, 10 ans, en regardant sa sœur jumelle Annabelle, assise à côté d'elle.

—Très bien, Camille ! dit-il à son élève.

Les sœurs jumelles Camille et Annabelle Herman, sont nées le 25 juillet 2006, à Arras. Ce sont de vraies jumelles. Toutes les deux sont châtain clair aux yeux bleus. Toutes les deux sont habillées avec un sweat-shirt à capuche dégradé à motif de lettres « Smile » de chez Shein. Avec un jean et des converses. Le seul détail qui les différencie est la coiffure. Si Camille préférait avoir les cheveux longs détachés, Annabelle, quant à elle, arborait de jolies couettes.

—Je vais maintenant reproduire la mélodie avec mon instrument pour vous faire une idée, ajoute le professeur de musique Joël Legagneur.

Le professeur s'exécute. Les élèves attentifs l'écoutent.

—Nous allons à présent en écouter une autre sur YouTube, après la publicité. Vous l'entendez ? nous demande-t-il. Vous la reconnaissez, les enfants ?

—Oui, très bien, répondent-ils au professeur Legagneur.

Une dizaine de musiques plus tard, nous regagnons tous ensemble et en silence la salle des artistes. J'observe alors une femme faire de la cuisine dans une cuisine, au fond, à ma droite.

Elle ne va pas faire la cuisine dans les toilettes du théâtre, me dis-je en plaisantant. J'entre dans la salle. Sur une table, un plat de spaghettis à la bolognaise m'ouvre l'appétit, mais c'était pour la troupe d'artistes irakiens qui s'invita entre-temps.

—Bonjour et bon appétit ! lançai-je aux artistes.

Je regagnai la chaise que j'avais quittée précédemment pour aller écouter le professeur de musique jouer de la basse obstinée avec mes amis. Je me sers un verre de jus de mirabelle, puis un deuxième (autant en profiter).

—Où sont les toilettes ? demandai-je à Camélia.

—Les toilettes sont au fond du couloir à gauche, me répondit-elle d'une douce voix.

J'y allai… J'arrivai alors dans une première pièce avec de grands miroirs éclairés par des lampes. J'imaginai alors des artistes se maquillant le visage avant de rejoindre la scène pour donner leur spectacle musical. Je me dirigeai au fond, il y avait une seconde pièce dans laquelle se trouvaient une douche, des toilettes, ainsi qu'un lavabo. Je descendis ma braguette, sortis mon petit oiseau, puis je la remontai…

—Aïe ! criai-je.

Je plaisantais. Je me lavai les mains avec du savon, je m'essuyai avec une serviette éponge, puis je retournai voir mes amis les artistes et compagnie. La pause de quinze minutes touchant à sa fin, nous sommes retournés sur la scène une seconde fois pour, cette fois-ci, mettre en pratique ce que nous avions appris. Le professeur Joël Legagneur, 45 ans, grand brun aux yeux bleus, dans son beau costume trois pièces de couleur bleu royal, sortit de son sac de mystérieux œufs en plastique avec des microbilles à l'intérieur qui faisaient du bruit quand on les agitait. Il en donna un à chacun d'entre nous.

—Vous allez agiter votre œuf pour reproduire les notes de la basse obstinée avec moi ! nous lança-t-il.

Au début, c'était un peu laborieux, mais à force de répétitions, nous sommes arrivés, avec les enfants, à créer une musique plutôt sympathique et audible. Mon petit guitariste du Conservatoire de musique, de danse et de théâtre d'Arras, Arthur Verbo a pu mettre son talent à contribution pour nous jouer quelques notes à la guitare, sous la direction du professeur Joël Legagneur.

—C'est très bien ! Tu continueras de suivre tes cours de guitare au Conservatoire, sourit le professeur Legagneur à son élève. Je serai votre nouveau professeur à la rentrée.

Arthur Verbo est un petit garçon brun aux yeux bleus, très gentil et très sociable, à l'instar des sœurs jumelles Camille et Annabelle Herman. Âgé de 10 ans, Arthur est habillé avec un sweatshirt Champion Legacy Classic de couleur bleu et un jean slim stretch. À ses pieds, il porte une paire de baskets montantes passe-partout.

—Maintenant, nous allons chacun à tour de rôle prononcer une phrase tout en jouant de « l'œuf ». Et vous ferez cela jusqu'à ce que je vous dise d'arrêter, nous proposa-t-il.

L'exercice commence… Après que chaque élève a prononcé ses phrases à tour de rôle sur la scène de la salle à l'italienne, le professeur Legagneur nous a remerciés et nous a félicités d'avoir joué le jeu dans la joie et la bonne humeur.

—Nous avons terminé l'exercice ! dit-il. Vous allez me redonner l'œuf que je vous ai prêté, ajouta-t-il.

Nous lui avons rendu chacun notre œuf, puis je m'en allai chercher ma veste et mon sac à dos posé sur le siège dans le public. Nous avons quitté la scène en passant par la porte à l'arrière de celle-ci, et nous avons suivi le couloir emprunté par les artistes. Sur les murs, des cadres avec des photos d'artistes de renom, mais aussi des affiches tapissaient les murs aux couleurs vives et chatoyantes. J'ai discuté avec la dame à la boîte de bonbons bio avant de sortir de la poche intérieure gauche de mon blouson une carte de visite d'artiste pour qu'elle puisse regarder les vidéos musicales sur ma chaîne YouTube : Cyril Van

Eeckhoutte.

—Profitez-en pour vous abonner à ma chaîne et aimez mes vidéos si vous les avez aimées, cela me fait toujours plaisir ! lui lançai-je.

—D'accord, je ne manquerai pas d'aller visiter votre chaîne YouTube. Je suis heureuse d'avoir fait votre connaissance. J'espère vous revoir bientôt, me répondit-elle.

—À bientôt, Madame, et merci pour le bonbon, lui dis-je en lui faisant la bise.

—Merci pour la carte ! répondit-elle en souriant.

—Au revoir, Camélia, et à une prochaine fois !

Je refermai la porte du théâtre derrière moi et je repensai aux artistes que j'avais revus sur mon passage répéter leur spectacle de musique sur la scène. J'aurais voulu les rejoindre sur cette scène, mais je décidai de partir.

CHAPITRE 4

Le rêve d'artiste

Je suis parti à pied, à destination de la gare des bus. Je passe devant le café Marius. Assis sur un banc, j'attends l'arrivée de la ligne 2 du bus. Il arrive toutes les demi-heures. Ici, à 9 et 39. Je pénètre dans le bus par l'avant.

—Bonjour, Monsieur ! lançai-je au chauffeur.

—Bonjour, Monsieur ! Merci ! me répondit-il en souriant.

Je lui ai présenté ma carte de bus « Élan » dans sa jolie pochette transparente surmontée d'un liseré violet. En fait, c'est une sorte de « zip » que je peux ouvrir et fermer à ma guise. Je m'assois derrière le chauffeur du bus qui écoute la radio Horizon. Le bus contourne la place du Maréchal Foch, jusqu'à l'arrêt « Vosges » où je descends. Je finis la route à pied jusqu'à la maison. J'ouvre la porte du garage, je pénètre à l'intérieur, je traverse la véranda, j'arrive dans ma cuisine, je pose mon sac à dos sur une chaise adossée au mur du couloir, et je m'assois dans le canapé-lit devant la télé allumée.

Ensuite, je me lève et je prends mon vélo vert et bleu « Zoom », je fais un tour dans le quartier avant de repérer un cycliste au loin. Je décide alors de le poursuivre à vélo, je passe devant chez moi à toute vitesse, je passe devant le centre médical de Beaurains, puis devant le bureau de poste, comme dans le film *Bienvenue chez les Ch'tis*, un film de Dany Boon, que j'adore. Je l'ai vu pour la toute première fois au ciné Movida, en famille. Nous avions beaucoup rigolé à l'époque de sa sortie dans les salles de cinéma françaises, en 2008. Mon rêve serait de jouer dans un film comme celui-ci et de connaître un tel succès, mais j'ai décidé d'écrire un livre sous l'impulsion de ma mère et :

—J'adore l'idée de pouvoir un jour ou l'autre adapter mon histoire et de réaliser un film pour le cinéma. Mais je sais que j'en suis encore loin, dis-je en regardant par la fenêtre.

Je sais que j'ai beaucoup de talent et que j'écris vite et bien. En effet, je trouve qu'il est plus facile d'écrire un livre que des chansons, moi qui me définis comme artiste, auteur, compositeur et interprète accompli et à qui tout réussira dans une autre vie. Je sais très bien que je pourrais sortir un album de musiques électroniques, mais vu le peu de retours que j'ai de la part des gens sur cette musique, tout s'éternise en fin de compte. J'ai donc décidé de passer à autre chose en attendant de tomber sur la bonne personne qui me fera croire à nouveau en mes rêves de gamin, adulte libre et libéré. Je sais que le meilleur reste encore à venir, car j'ai toujours des choses à dire, des idées à défendre pour le bien-être de tous les gens que j'aime. Moi j'agis, je suis toujours dans l'action, dans la création de nouvelles musiques vidéo. Quand c'est comme ça, je prends mon Canon 1100D, je tourne la molette sur le mode vidéo, je saisis mon micro et je commence à chanter. Auparavant, je sélectionne un rythme qui me va bien. Aujourd'hui, ce sera de la samba. J'ai écrit une chanson qui a pour titre *Osez le cirque : la piste aux étoiles*. C'est un clin d'œil au spectacle que j'étais allé voir le 1er mars 2017 avec mon père. J'avais réussi à gagner mes places en participant à un jeu-concours organisé sur la page Facebook de la ville d'Arras.

À la suite de cela, j'avais reçu un mail de Monsieur le directeur de la communication de la ville d'Arras me félicitant d'avoir gagné deux places pour aller voir le cirque Arlette Gruss sur l'esplanade du Val de Scarpe.

Nous avions réussi à trouver une place pour nous garer au milieu de plein d'autres voitures. Je me souviens m'être présenté à la billetterie du cirque et que le charmant jeune homme maquillé et costumé m'avait remis mes deux places. Nous avions pénétré dans le beau chapiteau et je me souviens d'une forte odeur de pop-corn à l'entrée.

Nous nous étions ensuite dirigés vers la gauche. Un monsieur du cirque nous avait montré notre place. Nous nous étions installés. Devant nous, deux femmes accompagnées de leurs deux enfants au teint basané attendaient, comme nous, de voir le beau spectacle.

—Ah, j'adore ! Ce sont de merveilleux souvenirs !

Je me souviens de l'arrivée triomphale de Monsieur Loyal présentant les numéros sous les applaudissements nourris du public. Une chanteuse lyrique avait chanté tout en haut, devant un immense orchestre symphonique. Bien sûr, la magie du cirque et des lumières avait fait que l'on en avait pris plein les yeux. Toutes ces lumières m'avaient pénétré et m'avaient prêté à rêver de faire partie de cette troupe d'artistes évoluant au beau milieu de la foule, la piste aux étoiles. Un jour, je sais que mon rêve deviendra vrai. Et je voyagerai dans toutes les plus belles villes de France, dans les plus beaux pays du monde, puisque je sais que tout est faisable dans la vie. J'y arriverai. D'autres l'ont déjà fait bien avant moi, je peux moi aussi écrire les plus belles pages de mon histoire pour vous faire voyager avec moi. Je fais tout cela pour vous et je sais que plus j'écris, plus j'ai envie de faire partager mon expérience.

J'ai un frère jumeau qui s'appelle Gaël, il a un petit garçon qui se prénomme Léo. La dernière fois que nous nous sommes vus, c'était le 28 décembre 2016, juste après Noël, entre Noël et le Nouvel An, en fait. C'est un vrai petit garçon plein d'énergie, ce petit Léo...

Il a dix-huit mois et il touche déjà à tout ce qu'il voit. En effet, il faut toujours être derrière lui pour le surveiller, car il n'est encore qu'un bébé qui découvre le monde avec sa bouche et ses petites mains. Il ouvre les placards, il joue de la caisse claire avec les baguettes de son tonton Cyril avant de les poser avec le plus de douceur possible, c'est-à-dire en les jetant par terre. Ensuite, il file poser ses mains sur le tourne-disque de sa mamie.

—Il aime bien écouter de la musique, ce petit ! dit-elle en souriant.

Après, il prend une pile de magazines et il met tout par terre. Alors, je décide de jouer avec lui à ranger tous les dominos qui se sont échappés de leur boîte comme par magie. Ils se sont dispersés dans le salon, sous le canapé…

—On va jouer aux dominos, mon chéri ! lui dis-je. Eh bien voilà ce que j'en ai fait de tes dominos ! me répondit-il. (S'il avait été capable de me parler.) Allez, c'est parti, mon kiki !

—Tu as un rendez-vous le mardi treize mars à quatorze heures au Coup de pouce pour l'emploi, me dit Maman qui a eu mon père au téléphone.

C'est sûrement pour du travail. En attendant, j'écris ce qui ressemble à un livre, dans la salle de bain, sur un cahier bleu Clairefontaine. Dans ce cahier, j'ai écrit l'adresse de la SACEM que je dois rappeler à la mi-mars pour connaître l'avancée de mon dossier de demande d'admission. Dossier que j'ai déposé un vendredi 29 janvier 2016 (quand même). Cela prend du temps, mais c'est ainsi.

En attendant le jour J, je continue de chanter les plus belles pages de ma vie. Le cahier est rempli de paroles de chansons qui ne demandent qu'à être interprétées. Je lis le début du couplet :

—Jardiner en hiver, c'est travailler la terre dure comme de la pierre, dure comme ma mère.

J'ai dit cela, moi ? Mon Dieu. La suite c'est :

—Jardiner début mai, c'est planter des radis, se faire sodomiser en plein après-midi.

Ensuite, nous y voilà :

—Dans mes rêves, dans mes rêves, dans mes rêves, tu rêves, rêves. Dans mes rêves, dans mes rêves, dans mes rêves, tu rêves, rêves. Dans mes rêves, dans mes rêves, dans mes rêves, tu rêves, rêves.

Et cela continue jusqu'à la fin. J'ai toujours aimé écrire des chansons d'amour pour parler de mes amis. Je trouve l'inspiration partout où je vais. Tout ce que j'observe dans la rue, dans les lieux où je me trouve m'inspire pour écrire de nouvelles chansons. Alors, je préfère tout consigner dans un cahier avant de décider d'en faire quelque chose de mieux. La musique, j'ai toujours aimé l'écouter, depuis mon plus jeune âge. Et la danse m'a appris à être en rythme, à prendre confiance en moi et à accepter l'homme que je suis aujourd'hui. Je peux vous dire que la musique est la meilleure des thérapies. C'est un exutoire. Et le fait de se voir à l'écran en train de jouer aide beaucoup dans l'acceptation de son image. Je conseille donc à tout le monde de se lancer dans cette merveilleuse aventure qui fait grandir. Quand on sait qui l'on est, tout devient possible et réalisable. Donc, si vous avez un rêve, foncez, vous allez y arriver, c'est indéniable !

Je vais vous raconter ce que je fais chaque matin : je me réveille, j'entends l'appel de ma musique et du micro magique.

—Viens, Cyril, viens chanter. Prends ta vie en main, tu vas kiffer entendre l'écho de ta voix qui raisonne comme dans une cathédrale sur un orgue aux couleurs du temps, me dit-il.

Me viennent soudain en tête les paroles d'une chanson de Mireille Mathieu, *Mille colombes*. Sur mon lit, je me prends à rêver que je suis sur une scène face à mon public.

—Chantez tous avec moi, les enfants !

> *Que la paix soit sur le monde, pour les cent mille ans qui viennent, donnez-nous mille colombes à tous les soleils levants. Donnez-nous mille colombes...*

leur dirais-je.

Pour l'anecdote, Mireille Mathieu est née un 22 juillet 1946, comme moi, en fait. Je l'adore, c'est une merveilleuse artiste. C'est la première fois que j'écris un livre pour vous parler de ma jeune vie, alors j'espère que cela sera le début d'une longue saga, comme le film *La vie est un long fleuve tranquille*. Je trouve que la vie est un long fleuve tranquille quand on vit chaque instant à fond, en prenant du plaisir à faire ce que l'on aime par-dessus tout. C'est ça le secret de l'épanouissement personnel, c'est de vivre pleinement sa vie d'artiste. J'ai envie de créer, d'inventer, d'innover, d'évoluer dans la musique, dans tout ce que je veux faire. Je veux vivre de nouvelles expériences, je veux rencontrer des gens passionnés et passionnants. J'ai envie d'apprendre de nouvelles choses, et de découvrir de nouveaux horizons.

—Et si demain matin j'allais à la découverte du monde ? me dis-je. Je veux voyager dans les plus beaux pays du monde, nous ferons l'amour sur la plage, en savourant chaque seconde. J'ai toujours voulu écrire un livre quelque part dans un coin de ma tête, mais par quoi commencer mon histoire ? Allez, Cyril, vas-y, dis tout ce que tu as sur le cœur, fais-toi plaisir, regarde un film à la télé, les paysages vont t'inspirer. Les beaux paysages de montagne me donnent l'envie d'y aller, d'être un aventurier, un alpiniste amateur, un écrivain au grand cœur. Je vois des paysages recouverts de neige, c'est magnifique. Tout est beau à voir, croyez-moi, même ma mère qui lèche son assiette juste à côté de moi dans le canapé. Et pour cause, pour dîner, nous avons mangé un boudin aux pommes chacun.

—C'était super bon ! lançai-je à ma maman.

C'est un vrai cordon bleu depuis qu'elle a obtenu son CAP cuisine au lycée Savary, en 2014. Elle me fait de bons petits plats à chaque fois qu'elle cuisine. Et moi, je fais les meilleures tartes aux pommes du monde. J'aime bien, également, faire des tartes à la rhubarbe du jardin. Pour cela, j'ai besoin d'une pâte sablée, de cinq ou six bâtons de rhubarbe, de la poudre d'amandes, d'un four, et le tour est joué ! Avant, je mettais du sucre dans mes tartes, mais c'est à éviter pour ma santé. Eh oui ! Chaque jour, j'ai un rituel, je prends ma tension pour voir si elle est optimale et elle l'est à chaque fois !

CHAPITRE 5

Un couple homosexuel

J'ai toujours voulu faire cela, raconter ma vie. J'espère que cela vous passionne, d'autant que ma vie est passionnante à vivre. Tout le monde vit sa vie de son côté. Pour ma part, je suis célibataire et heureux de l'être. Bien sûr que j'ai eu des histoires d'amour, mais plutôt des histoires d'amour d'un soir. Je me souviens m'être réveillé un matin entre deux hommes. J'étais comme pris en sandwich, on s'était juste tenu chaud une nuit d'hiver. Et le lendemain matin, j'ai fait une tartiflette chez mon couple d'amis préféré.

Désormais, je continue de vivre ma vie de mon côté et eux du leur, et c'est très bien comme cela. Je suis toujours sorti avec des hommes plus âgés que moi. Le plus vieux, c'était Angelo Soleil, mais je suis le seul artiste et écrivain d'entre eux. Je suis une sorte d'exception, la cerise sur le gâteau plein de sucre qui fait vieillir nos cellules. Ils en mettent partout, les industriels. Enfin, c'est comme ça, il y en a bien qui sont obèses et qui s'assument. Oui, cela en fait plus à aimer !

Moi j'ai toujours été mince. Je mesure un mètre quatre-vingt-quatre et demi pour soixante-quatorze kilos, c'est l'idéal ! C'est pour cela que je dis à tout le monde de s'assumer tel qu'il est. La vie, c'est le plus beau des cadeaux, ce qu'il y a de plus précieux, et il faut profiter de chaque instant pour se construire un avenir meilleur.

On a tous une histoire à écrire, l'histoire de notre vie. Nous l'écrivons tous les jours un peu plus. Il y a des gens qui jouent un rôle dans un film, je les trouve trop touchants, les paysages de montagne sont magnifiques. *Everest*, c'est son titre, est diffusé sur France 2. Maintenant, on continue d'écrire l'histoire. Dans le film, ils se sauvent la vie, enfin, ils tentent d'y parvenir à leur manière. C'est du cinéma, tout cela… Il n'y a que des rebondissements. Si vous étiez là pour voir ce que je vois…

Dans un cadre accroché au mur, ma maman porte ses jumeaux d'un an à bout de bras, dans l'eau.

Comment ils vont faire pour s'en sortir ? me demandais-je. C'est un film inspiré d'une désastreuse tentative d'ascension de la plus haute montagne du monde. *Everest* suit deux expéditions distinctes confrontées aux plus violentes tempêtes de neige que l'homme ait connues. Et nous, on est là, bien au chaud dans notre maison, dans ces conditions de vie.

—Vous deviez avoir froid lors du tournage de ce film-là ? dis-je aux acteurs que je regarde à la télévision.

Je me souviens être sorti faire une balade à vélo en plein hiver sous la neige, le vent et la pluie verglacée. Je suis allé à la SACEM voir les heures d'ouverture. Je suis revenu chez moi affrontant les éléments qui semblaient s'être ligués contre moi. J'ai cru que j'allais rester congelé sur mon vélo. J'avançais tant bien que mal sur la piste cyclable et sur le trottoir verglacé, lessivé, les doigts frigorifiés. Je soulève la porte du garage pour me mettre à l'abri. Je fus ravi de retrouver le radiateur brûlant pour me réchauffer la peau.

J'aime me branler le matin dans mon lit. Je sens mon sexe grossir, puis j'éjacule abondamment. C'est bon, c'est chaud, comme regarder un bon film à caractère pornographique gay, *Foot en puissance*, prêté par mon ami Michael. Je me branle à chaque fois dessus et pour cause, les mecs sont tous chauds comme la braise. *Ils se sucent et s'enculent dans les couloirs et dans le vestiaire du stade de foot, il y en a même un qui se prend une batte de baseball dans le derrière à la fin du film,* balançais-je sans vergogne dans ma tête. *Ils balancent leur sperme dans un cri de victoire pour célébrer avec puissance les gagnants de ce match de foot.* Sur ces belles paroles, je me lève et je me masturbe à mon tour devant le miroir de la salle de bain. Ça sent le sexe et la transpiration, j'adore me mettre un doigt dans le cul pour arriver plus vite à l'extase. Ça y est, je viens, je suis trop content, je vais me laver les mains dans la nouvelle salle de bain, puis je retourne dans mon lit, pour continuer mon rêve. Je me lève, je vais prendre ma douche tranquille. On est lundi, il est bientôt huit heures. Assis sur mon lit, je me prends à rêver de ce que je vais bien pouvoir faire de ma matinée. Je pense que je vais aller arroser les disques de persil que j'ai plantés dans mon jardin, sur le côté gauche, juste devant les jonquilles et les perce-neige. *J'en ai mis cinq, on verra bien si cela pousse,* me dis-je. Au fond de mon jardin, j'ai mis des carottes en bande. Dans un bac derrière, j'ai semé des radis que j'ai recouverts d'une bonne couche de terre. J'ai arrosé le tout pour que cela pousse comme l'année dernière. Début mai, j'avais fait la même chose. Nous avions eu de très bons radis, mais aussi de bonnes grosses courgettes. J'étais surpris de ne pas voir mes haricots verts sortir de la terre. J'aurais dû les arroser plus, c'est à cause de cela, je pense. Maintenant, je fais ce qui me plaît. Je m'apprête à sortir voir mon père, mais en attendant, je profite d'être encore dans mon lit pour vous raconter l'histoire de ma vie à chaque instant, chaque seconde. J'écoute la télé restée allumée en bas, je vais descendre l'éteindre parce que cela me prend la tête plus qu'autre chose. En fait, je préfère composer ma vie dans le silence pour que l'on m'entende mieux, c'est bien normal.

Je chante comme je respire, très bien. J'ai une bonne hygiène de vie, je ne fume pas, je ne bois pas d'alcool, c'est important. Je marche beaucoup, je bois beaucoup de jus de citron bio, j'essaie d'en boire un chaque matin après m'être douché, coiffé et habillé. Je prends une poignée de baies de goji bio. J'ai rempli une boîte de maïs pop-corn movies pop Hollywood de ces baies de goji bio. On peut aussi trouver des fèves de cacao non torréfiées, certifiées AB (agriculture biologique), c'est mon petit péché mignon. Michael déteste cela, je lui en avais fait goûter une le jour où il était venu me chercher chez moi en voiture pour aller chez lui. Il habite à Paris, dans une charmante maison de plain-pied qu'il m'avait fait visiter. Chez lui, il a refait toute la décoration. J'avais pris un bain chez lui, dans sa salle de bain. C'était très agréable lorsque son copain m'a rejoint pour me laver le dos avec du gel douche au lait d'amande. J'adore sa salle de bain parce qu'il a un très grand miroir dans lequel je peux me voir me laver et c'est très sensuel. Je prends une grande serviette bien chaude, je me sèche avec, puis je sors dans le couloir nu comme un ver. J'ai envie d'observer la réaction de Michael quand il va me voir arriver vers lui nu comme un ver. Je suis très à l'aise avec mon corps, ce qui le surprend lorsqu'il me voit venir vers lui.

—Surprise ! lui dis-je à voix haute.

—Alors, Cyril, veux-tu aller te rhabiller s'il te plaît, mon copain va arriver, me lâcha-t-il.

—D'accord, ronronnai-je à Michael.

Je retourne dans sa salle de bain, j'enfile mon jockstrap ultra sexy, puis mon jean et mon tee-shirt et je retourne voir Michael dans sa salle à manger. Il est attablé devant la télé allumée, il regarde les Jeux olympiques d'hiver à la télé.

—Moi, ce que je préfère regarder par-dessus tout lors des Jeux olympiques d'hiver, c'est le patinage artistique, dis-je à Michael. J'aime voir tous ces corps glisser sur la glace gelée, tourner sur eux-mêmes, sautant partout, cela me donne l'envie… de boire un grand verre d'eau bien fraîche.

Je vois un chat marcher sur le rebord de la fenêtre de la cuisine. J'ouvre la fenêtre pour le faire entrer.

—Bonjour, toi !

Je le prends dans mes bras pour le caresser avant de le poser par terre.

Michael, l'air amoureux :

—Il vient toujours nous voir pour nous dire bonjour, me dit Michael, l'air amoureux.

—Il est très doux et très câlin, comme toi, lui ronronnai-je au creux de l'oreille.

Un bisou sur sa bouche.

—Ludovic devrait bientôt rentrer de son travail, je vais nous faire des croque-monsieur pour dîner ce soir, dit-il.

—D'accord, d'accord, lui répondis-je.

Ludovic arrive.

—Bon… bonjour, lui dis-je. Alors, c'est toi Ludovic dont Michael me parle à chaque fois qu'il me montre une nouvelle pièce de sa maison ? Comme si c'était la dixième merveille du monde, l'attraction phare à voir à tout prix, plaisantai-je.

—Bonjour ! Oui, c'est moi, me répondit-il.

—C'est Ludovic qui a retapissé la chambre d'amis, et Ludovic qui a refait la décoration de la salle à manger avec moi dans la maison, me dit Michael.

Il me montre ensuite une immense pièce à vivre derrière ses toilettes, sa salle de bain, sa chambre d'amis avec son ordinateur dans un coin, à côté d'une très grande armoire. Il y a un lit juste derrière moi, je m'allonge dessus pendant que Michael regarde des profils d'hommes sur un site de rencontres.

—Regarde celui-là, il a un bel engin, lui balançai-je, intéressé.

—Regarde celui-là, il se fait…

—Il se fait quoi ?

—Parle Michael ! J'insiste pour en savoir plus.

—Comment te dire ? Il se fait enfourner tous les jours, me dit-il en plaisantant. La baguette des boulangers ! Voilà, on peut dire ça comme ça !

—Tu me parles comme si on était des enfants, Michael.

—C'est quoi, toutes ces allusions sexuelles ? lui demandai-je d'un air gourmand.

—Moi, un homme ça me va, un homme comme toi ça me suffit pour être bien, ajoutai-je en lui caressant le paquet de bonbons.

Je lui montre ensuite sur YouTube les vidéos d'un humoriste que j'adore par-dessus tout : Elie Semoun.

—Tu le connais ? lui demandai-je.

—Oui, bien sûr que je le connais, me répondit-il.

Alors lui, il adore se grimer en femme pour réaliser ses petites annonces avec toute son équipe.

—Regarde, Michael, il est très drôle !

—Il passe par toute une palette d'émotions, du rire aux larmes, en une fraction de seconde. C'est une vraie performance d'acteur, lui dis-je en regardant son écran d'ordinateur.

—Il est très doué, tu l'as dit, Cyril !

—Regarde, il en a fait d'autres avec Franck Dubosc.

—Ah oui ! Comme tu me le dis, il est très doué !

Michael se lève.

—Je vais faire des courses au supermarché pour remplir le frigidaire, me lâche-t-il.

—Oui, c'est cela, va faire les courses et pense à prendre *La Voix du Nord*.

CHAPITRE 6

La tartiflette

En attendant le retour de Michael, je vais dans la cuisine préparer la tartiflette. Assis sur une chaise, j'épluche les pommes de terre dans l'évier, une à une, avant de les mettre dans une marmite remplie d'eau à moitié. Ludovic me montre comment on allume le gaz.

—C'est pareil que chez moi, lui dis-je.

Je pose la marmite sur les flammes bleu orangé. Je sors le plat à four spécial tartiflette : il y a plein de cœurs rouges peints sur chacune de ses faces. Au fond du plat, je peux lire la recette de la tartiflette. Je décide alors de ne pas respecter les quantités et je fais comme j'ai l'habitude de faire. J'évite de mettre des lardons dans ma recette, à cause des nitrites de sodium ; c'est ce qui donne la couleur rose au jambon et aux lardons. En effet, il y a deux ans, j'ai appris aux informations que c'était cancérigène. Depuis ce jour, j'évite d'en manger. J'épluche alors deux gros oignons en lamelles, et je pique les pommes de terre avec un couteau pointu pour vérifier leur cuisson.

—Bon, celle-là, elle reste accouplée au couteau, on va les laisser cuire encore quelques minutes, dis-je en plaisantant.

Je retourne dans le couloir, j'ouvre mon sac, je sors une pochette en plastique bleue avec des pochettes plastifiées à l'intérieur desquelles j'ai glissé des feuilles de papier au format A4. J'en sors une et je commence à écrire une chanson sur la table de la cuisine. Je trouve l'inspiration en regardant Ludovic. Il vient vers moi.

—Tu écris une chanson ? me demanda-t-il, curieux.

—Oui, j'écris une chanson d'amour, lui répondis-je. Tu veux la lire ?

Regarde pas, c'est personnel, lui dit une petite voix dans ma tête.

—Tiens, regarde et dis-moi ce que tu en penses.

Il prend la feuille de papier d'une main ferme pour la lire.

—J'aime beaucoup ce que tu as écrit, c'est très joli ! me complimenta-t-il.

—C'est vrai ? lui demandai-je.

—Oui, me répondit-il en souriant.

—Merci. Ça me touche beaucoup ce que tu me dis.

—Oh ! Les pommes de la terre ! me dit-il. Regarde si la cuisson est terminée, ajouta-t-il.

J'ai planté un couteau, il en ressort aussitôt.

—C'est bon, tu peux les égoutter, Ludovic !

—Voilà, c'est fait, Cyril !

Je prends les pommes de terre une à une, je les dispose dans le plat. Après, je les coupe en lamelles égales, je dépose les oignons par-dessus, puis la crème, et enfin le fromage à tartiflette que j'ai au préalable coupé en deux, dans le sens de la longueur, pour le plaisir. Je place les deux morceaux de fromage côté croûte par-dessus le tout, pour le plaisir. Ludovic allume le four, j'enfourne le plat.

—Et c'est parti pour trente minutes de cuisson à 180 degrés Celsius ! dis-je à Ludovic.

Je vais ensuite voir Michael qui est revenu dans sa chambre d'amis, il est toujours sur son site de rencontres. Il me montre des photos d'hommes aux sexes turgescents.

J'ai l'habitude d'en voir de toutes les sortes, me dis-je.

—Tu sais que j'ai déjà ce qu'il faut, je suis déjà bien équipé à ce niveau-là, ronronnai-je à Michael.

—Je sais, je sais, me dit-il en regardant les beaux mecs sur son écran d'ordinateur.

Ludovic arrive par-derrière.

—J'ai dressé la table pour manger, nous dit-il.

—On va attendre un peu avant de manger la tartiflette, car je l'ai mise dans le four il y a à peine cinq minutes, ajoutai-je.

—Très bien, Cyril.

Sur ces belles paroles, je retourne m'asseoir dans le canapé du salon pour lire le journal *La voix du Nord*. Ensuite, je retourne dans la cuisine pour vérifier la cuisson de mon plat ; ça commence à sentir bon, le fromage commence à gratiner. Dans cinq minutes, cela devrait être prêt. *Je vais prévenir Michael que l'on va bientôt passer à table,* me dis-je. Il est toujours scotché à son écran d'ordinateur, toujours sur son site de rencontres entre hommes. On se dit tout.

—Alors, tu as trouvé de nouveaux beaux mecs ? dis-je à Michael en lui touchant les épaules.

—Oui, mais personne ne me répond, se désole-t-il.

J'éclate de rire.

—Bon, on va manger, c'est prêt, les garçons ! leur dis-je, enthousiasmé.

—Tout le monde passe à table après s'être lavé les mains, comme dans le film *Blanche-Neige et les Sept Nains*, plaisantai-je.

À table, Ludovic me sert de la tartiflette dans mon assiette. Le fromage coule sur les pommes de terre, je vois de la fumée qui se dégage au-dessus de mon assiette.

—Tout le monde est servi ? demandai-je. Bon appétit !

Nous mangeons tous ensemble dans le silence.

—C'était très bon, Ludovic ! lui dis-je. Je vais en reprendre une cuillère à soupe. Si tu veux bien me resservir de la tartiflette dans mon assiette, Ludovic ?

Je lui tends mon assiette pour qu'il me resserve de la tartiflette.

—Je te remercie, Ludovic !

Je finis mon assiette sans en laisser une miette.

—Je me suis régalé, Ludovic !

—Je vais te mettre le restant de la tartiflette dans un Tupperware pour la donner à ta maman, me dit-il avec joie.

—Oui, merci, c'est très gentil, Ludovic !

—Je te mets tes citrons avec, ajoute-t-il.

—Oui, mets-moi les citrons avec. C'est très gentil !

J'abuse de la gentillesse de mon ami Ludovic. Michael

débarrasse la table. Il met les assiettes et les verres, ainsi que les couverts, dans le lave-vaisselle.

—Moi, perso, je préfère faire ma vaisselle à la main, cela me détend plus, Michael.

—Oui, chacun fait sa vaisselle comme il veut, me répond-il.

Après, je vais dans la chambre d'amis avec Ludovic, je décide alors de le filmer avec mon téléphone en train de me faire une petite gâterie buccale. *Cela fait toujours un souvenir en plus,* me dis-je.

—Je t'enverrai la vidéo sur ta boîte mail, Ludovic. Je vais noter ton adresse e-mail sur un bout de papier.

Je sors un bout de papier de la poche arrière gauche de mon pantalon. J'écris dessus.

—Voilà, c'est noté ! lui dis-je.

Ensuite, je vois un magnifique cœur blanc sur une commode, et je décide de le prendre.

—Il y a plein de petites ampoules LED à l'intérieur, me dit Ludovic.

—Fais voir ce que cela fait quand c'est éclairé, lui dis-je.

Il allume le cœur.

—C'est très joli ! lui dis-je, émerveillé. Viens dans la cuisine, tu vas me prendre en photo avec Ludovic. Je la mettrai sur mon blog en rentrant à ma maison.

—Clic clac, c'est dans l'appareil photo de mon téléphone mobile, lui dis-je.

—Regarde, Cyril ! me dit-il.

—Ah, c'est très beau, j'aime beaucoup ! lui dis-je.

Je remercie Ludovic en lui faisant un bisou sur la bouche. Maintenant, nous décidons de quitter la maison. Je remets mes baskets blanches et je monte à l'arrière de la voiture, j'attache ma ceinture de sécurité, destination ma maison, à Beaurains. Sur la route, nous croisons des voitures, bien sûr.

—Tu veux un chewing-gum, Cyril ?

—Non merci, c'est très gentil, Ludovic ! J'ai assez mangé.

Nous arrivons devant la maison. Je remercie mon couple d'amis.

—Merci, les amis, c'était très sympathique ! leur dis-je.

J'ouvre la porte du garage, je passe par la véranda et j'arrive dans ma cuisine. J'ouvre mon sac à dos, je sors les citrons bio, je les mets dans un plat jaune en forme de feuille avec de la lavande dessinée dessus. Ensuite, je sors la tartiflette de mon sac pour la mettre dans le frigidaire.

—Je la donnerai à ma mère quand elle rentrera de son travail, pour lui faire la surprise.

—Tu peux garder le Tupperware avec le couvercle vert le plus longtemps possible, m'avait-il gentiment dit.

En effet, c'est très pratique pour conserver ses aliments et les faire réchauffer au micro-ondes. Je vais dans le salon, je saisis la télécommande, j'appuie sur le chiffre 2 et je m'assois sur le canapé pour regarder la suite des Jeux olympiques d'hiver, jusqu'à ce que j'entende la voiture de ma mère arriver. Je continue de regarder les Jeux olympiques, toujours sur France 2. Puis j'éteins la télé comme si de rien n'était. Ma mère arrive par la cuisine. Je me lève pour aller la rejoindre.

—Maman, j'ai fait de la tartiflette chez mes amis. Je l'ai mise dans le frigidaire, tu la mangeras après, si tu as faim.

—Merci, mon fils, me répondit-elle.

CHAPITRE 7

Pornographique

Je monte les escaliers, je retourne dans ma chambre, j'allume mon ordinateur pour envoyer ma vidéo à l'adresse e-mail de Ludovic. Il la recevra plus tard dans la soirée. Maintenant, je lis mes mails puis j'éteins mon ordinateur. Je branche mon Casio LK-265 pour rejouer la musique *Nous regarder*. C'est le titre de ma chanson. Je débranche tout et je m'en vais, je marche dans ma rue, je passe devant la City crèche, puis devant mon dentiste, j'avance jusqu'au centre médical de Beaurains, je traverse la route sur le passage pour les piétons. Plus loin, je prends la ligne de bus numéro 7, destination le Rodéo bar lounge club. Je descends à la gare des bus, je marche seul jusqu'au Rodéo bar lounge club où je fais la connaissance d'un jeune homme de quarante-quatre ans accoudé au bar. Il discute avec le responsable du bar, Jérémy. Je vois deux énormes boules de discothèque posées sur une table derrière moi. Je m'imagine alors en prendre une pour la mettre dans ma chambre.

—Il y en a une de deux mètres de diamètre au King, me dit-il. C'est une boîte française située au 22, rue Saint-Germain et auparavant aux 112, avenue des Champs-Élysées, dans le 8e arrondissement de Paris, ajoute-t-il. Je n'y suis jamais allé. Mais je suis déjà allé au Sun City avec Cyril.

Cyril est juriste à Paris, je l'ai rencontré en mai 2014 alors que je me rendais chez lui sur le tournage d'un film à caractère pornographique gay rémunéré par la production Crunch boy. C'était chez lui que nous avions tourné la scène. Thomas Masson, le réalisateur, m'avait présenté un transsexuel, Lara's World, avec qui je devais tourner ma scène. À la suite de cela, après avoir rempli, daté et signé le contrat d'acteur, donné tous les papiers à mon réalisateur, j'avais appris de source sûre qu'il y avait une grève à la SNCF. Donc j'ai dû rester dormir chez Cyril. Nous avions mangé une pizza chez lui. Ensuite, nous étions sortis de chez lui pour aller au Sun city. C'est un sauna gay très fréquenté par les hommes de la capitale et des gens comme Cyril et moi. Nous sommes arrivés à l'entrée. À l'intérieur du sauna, nous avons présenté nos cartes d'acteurs à l'homme de l'accueil pour bénéficier d'une remise. Le réceptionniste nous avait remis les clés de notre casier, nous étions descendus au sous-sol et nous étions arrivés dans le vestiaire. J'avais ouvert mon casier et m'étais habillé en tenue d'Adam. J'avais mis mes affaires dans le casier et je l'avais refermé derrière moi. Ensuite, j'avais rejoint mon ami Cyril. Nous étions allés dans un sauna, et nous nous étions assis sur un banc dix minutes environ. On s'était levés pour aller prendre une douche avant d'aller dans la piscine pour nager.

—Elle est trop bonne, m'avait-il dit en m'embrassant dans la piscine.

Après, nous étions allés nous asseoir sur un autre banc pour discuter de choses et d'autres avant de regagner le vestiaire plusieurs heures plus tard. J'avais ouvert mon casier pour remettre mes vêtements. Et nous avions décidé de retourner chez lui au beau milieu de la nuit. Le lendemain matin, j'avais repris le métro jusqu'à la gare du Nord pour retourner chez moi. J'y étais retourné le dimanche de la même semaine pour revoir Cyril. Cette fois-ci, nous nous étions donné rendez-vous devant l'EDM Sauna, situé au 4, rue du Faubourg Montmartre, à Paris. Il était accompagné de l'un de ses amis, lui aussi acteur chez Crunch boy Production. Nous étions entrés dans l'établissement. Nous avions déposé nos affaires dans notre casier respectif. Nous avions visité tous les équipements. Il y a avait une piscine à remous au rez-de-chaussée, de l'autre côté du vestiaire en face du bar. Tout au fond, il y avait des douches individuelles. Au sous-sol, il y avait un hammam et à l'étage une salle de remise en forme avec des appareils de musculation. Tout en haut, il y avait aussi des cabines privées pour passer des moments d'intimité avec ses partenaires. De retour au Rodéo bar lounge club, je discute avec l'homme de quarante-quatre ans accoudé au bar. Il sirote son verre de cidre doux. Le responsable du bar, Jérémy, nous donne un chocolat à chacun. En sortant, j'embrasse sur la joue l'homme que j'ai rencontré.

—Au revoir, mon grand ! Au revoir ! me lança-t-il.

Je cours attendre mon bus à La Poste, je prends le 2. Je sors ma carte de bus de mon portefeuille. Je monte à bord du bus.

—Bonjour, Monsieur ! dis-je au chauffeur. Je lui montre ma carte de bus.

—Bonjour, Monsieur, et merci !

Je descends du bus à l'arrêt « Vosges ».

—Au revoir, Monsieur !

—Au revoir, Monsieur ! me répond-il.

Je marche jusqu'à chez moi, j'enlève mes chaussures, je monte les escaliers, j'arrive dans ma chambre, je regarde où en est – au niveau du pourcentage – la vidéo que j'ai éditée sur ma chaîne YouTube. Il est écrit : importation 23 %. Cela devient bon… 100 % !

J'y suis arrivé, donc tu peux y arriver toi aussi, me dis-je. Je repense aux paroles d'une chanson de Keen V. Je descends les escaliers, je remets mes chaussures. Je m'en vais dehors, il pleut. J'arrive à Jean Macé, je prends la ligne de bus 7, puis je descends à la gare des bus. Je prends ensuite la ligne 1, destination le centre commercial Auchan d'Arras. Je sors ma carte de bus de mon portefeuille.

—Bonjour, Madame !

Je montre ma carte de bus à la chauffeuse.

—Bonjour, Monsieur, et merci ! me répond-elle.

Je m'installe au fond du doublage, quand soudain, un homme à lunettes se prend la barre du bus en pleine figure juste avant de sortir du bus à l'arrêt « Minelle ». Je ris à gorge déployée juste avant d'arriver au centre commercial. Je descends du bus.

—Au revoir, Madame !

—Au revoir, Monsieur ! me répond-elle.

J'arrive à l'entrée du magasin Auchan, je pénètre à l'intérieur. J'ouvre mon sac à dos devant l'agent de sécurité. J'avance et je vois le CD des Enfoirés. Je regarde vite fait les titres et je vais chercher une baguette multicéréales au fond, à gauche du magasin. Je me dirige ensuite vers une caisse automatique, la numéro 6. Je paie ma baguette soixante-quinze centimes d'euros.

—Au revoir, Madame ! lui dis-je.

—Au revoir, Monsieur ! me dit-elle.

Ensuite, je passe devant la boutique de chocolats Jeff de Bruges. Je sors, il pleut encore, je décide alors de mettre ma capuche sur ma tête et je me mets à l'abri du vent et de la pluie en attendant l'arrivée de la ligne 2. Je sors ma carte de bus de mon portefeuille, je monte à l'intérieur du bus.

—Bonjour, Madame !

Je montre ma carte de bus à la chauffeuse.

—Bonjour, Monsieur, et merci ! me dit-elle.

Je m'assois au fond du bus, à la meilleure des places. C'est celle qui est en face à face et où tu peux discuter pendant des heures avec des gens, quand il y en a ! Arrivé à l'arrêt du bus « Poste », je me lève.

—Au revoir, Madame ! lui dis-je.

—Au revoir, Monsieur ! me répond-elle.

Je m'en vais à pied jusqu'à chez moi avec ma baguette sous le bras. Je la pose sur la table de la cuisine, j'enlève mes chaussures et je monte les escaliers pour regarder une vidéo à caractère pornographique gay sur un site Internet. Je sors ma baguette magique et puis je finis de me masturber dans mon lit. *C'est gagné !* me dis-je. Je rigole.

Maintenant, je descends les escaliers. Je chausse mes pantoufles. J'arrive dans ma cuisine. Je me fais un sandwich au bleu de Bresse avec du Saint-Hubert oméga 3 bon pour le cœur, bon pour la vie. J'enlève mes pantoufles. Je le déguste dans mon lit, allongé sur le ventre. J'ai un tee-shirt sur lequel est imprimé en gris « Byron Bay Paradise ». Il y a des palmiers aux couleurs de l'arc-en-ciel imprimés au milieu. C'est mon frère jumeau Gaël qui me l'a acheté. Il me l'avait donné quand nous étions allés chez lui avec ma mère, le 30 juillet 2016, juste une semaine après notre anniversaire. Nous avions fêté nos vingt-six ans de vie commune au restaurant Tomate Cerise, à Arras. Wendy, sa femme était alors enceinte de Léo. Elle a accouché trois jours après, un 25 juillet 2016. Mon petit prince aux yeux bleus (c'est le surnom que je lui ai donné), ta maman t'aime de tout son cœur ! Et puis, c'est cette même année que j'ai obtenu mon titre professionnel de vendeur-conseil en magasin.

République française - Ministère chargé de l'emploi titre professionnel. Le ministère certifie que M. Van Eeckhoutte Cyril, né le 22/07/1990 à Arras (Pas-de-Calais) a obtenu le 01/12/2016, par décision du jury, le titre professionnel de vendeur-conseil en magasin. Arrêté du 16/01/2012 JO du 24/01/2012. Ce titre est classé au niveau IV, dans le domaine d'activité NSF 312 T et au niveau 4 du cadre européen des certifications professionnelles. Établi à Arras (Pas-de-Calais), le 19/12/2016. Le ministre.

Je me souviens être allé le chercher début février 2017, au SIADEP d'Arras. Eddy, l'assistant de mon formateur, me l'avait mis dans une pochette cartonnée bleu ciel que j'ai encore à l'heure actuelle. Je me souviens encore de la très bonne ambiance qu'il y avait avec mes autres collègues au sein de ma formation. Nous étions là pour apprendre notre futur métier de vendeur-conseil en magasin. *Je suis bien content d'avoir tourné la page et d'être passé à autre chose aujourd'hui,* me dis-je.

CHAPITRE 8

Le beau prince du centre multisports

À l'heure actuelle, j'essaie de refaire ma vie. Bien sûr qu'il y a la musique, toujours la musique, pour me tenir compagnie, c'est mon seul amour aujourd'hui, mais j'ai de nouvelles ambitions. Outre la musique et le fait de vouloir faire des concerts au casino d'Arras et dans les plus grandes salles de spectacles du monde, j'aimerais devenir riche et célèbre dans le monde entier. Mais je me dis que ce n'est pas gagné. Donc je continue de jouer, d'espérer, d'écouter de la musique, et même si c'est la fête de trop, moi je fais la fête dans ma tête ! J'ai appris à vivre mes rêves de gamin seul de mon côté. Je pense que je vais aller au centre multisports de Beaurains, car j'ai vu l'homme de mes rêves passer juste devant chez moi. C'est le genre de mec, quand tu le vois, tu te dis que c'est lui qui t'a fait sourire et qui a fait battre ton cœur la première fois que tu l'as vu dans le bus. Je l'imagine déjà avec son petit short sexy et son tee-shirt, tout en sueur, en train de faire des abdos dans la salle de musculation. Je tire la langue.

Je me demande. Qu'est-ce que je fais ? Je vais le voir et je simule un malaise devant lui. Sérieusement, Cyril, il y a mieux comme technique de drague ! Tu peux faire un effort, va lui parler, ce sera une bonne première approche ! À la salle de musculation, on va parler de littérature ou bien de musique. Bien sûr, Cyril, je me dis que tout le monde aime la musique, j'étais le premier à l'avoir dit lorsque je chantais cette chanson à l'origine du monde face à la caméra. J'entre dans le centre multisports et je vois des enfants qui jouent au tennis avec des raquettes et des balles en mousse jaunes et oranges. Cela me rappelle quand j'étais au Lycée Baudimont, j'étais toujours le premier de ma classe en badminton. J'étais toujours au premier terrain. J'entends des sifflets venant de la salle des sports. Juste derrière moi, par la fenêtre donnant sur la salle, un père regarde son fils jouer. Tout en haut, accrochés au mur, il y a trois cadres avec des photos d'équipes de football et de handball. À l'étage, tout au bout du couloir, il y a un dojo. C'est ici que je faisais du jujitsu avec mon frère jumeau, Gaël, et mon père, Yves, au début des années 2000.

C'était génial! me dis-je. Bien sûr, il ne me reste que de vagues souvenirs de cette période de ma vie, mais je suis obligé d'y repenser quand je lève les yeux en l'air. Les lumières sont éteintes, le règlement intérieur du centre multisports Jean Haniquaut est affiché juste derrière moi sur un tableau blanc. Mes pieds touchent un grand pilier. Je suis assis en hauteur sur une planche en bois, dos au mur. Je joue du tambour avec mes poings sur cette planche sur laquelle je suis assis. Cela sonne creux. J'avance tout droit vers la salle de boxe. J'entends le professeur de boxe donner ses instructions à ses élèves boxeurs amateurs. J'avance et je retrouve mon beau prince charmant, comme par hasard. Il a ensoleillé ma journée! J'aimerais trop être une petite souris pour aller discrètement l'espionner, mais je crois qu'il m'a aperçu quand j'ai voulu le voir, *parce qu'une souris d'un mètre quatre-vingt-quatre et demi, à moins d'être aveugle, on la voit tout de suite venir!* me dis-je. Tout comme l'homme super balaise que j'ai vu passer devant moi. Avec lui, il faut se tenir à carreau! Qu'est-ce que je vois, maintenant? Une tournante de badminton avec les enfants, c'est passionnant! Les enfants semblent vouloir donner leur maximum pour rendre fier leur professeur adoré. Quel bel esprit d'équipe!

—Bonsoir!

L'homme au chapeau vient de passer devant moi. Il est déjà parti.

Quelle heure est-il, Madame persil? je me demande. Je regarde ma montre. Il est déjà cette heure-là! Les aiguilles de ma montre

Casio indiquent dix-huit heures quarante. J'ajoute. J'entends des bruits de corde à sauter venant du fond de la salle de boxe. J'entends la porte de la salle de sport grincer derrière moi, elle s'est entrouverte.

Qu'est-ce que je fais ? Je me demande. Je n'ai pas bougé d'ici depuis plus d'une heure, pourtant je suis bien vivant.

—Angéline ! dit une mère à sa fille.

Et moi je rêve d'être un ange pour sauver le monde en musique.

—Bonjour, mon petit bonhomme ! Tu vas retrouver tes camarades ? J'ajoute.

Dans ma tête, je parle avec les autres enfants. Après les enfants, ce sont les adultes.

—Bonjour à vous ! je leur dis. Bonjour l'ennui ! j'ajoute.

Je surveille mon langage, je fais attention à ce que je dis, la meilleure défense, c'est l'attaque, petit ! Je rêve éveillé quand je te vois jouer de la musique avec tes amis dans la réalité, en concerts. Ce n'est pas facile d'écrire un livre et d'avoir toujours de l'inspiration pour écrire des histoires. Tout est une source d'inspiration quand on sait analyser les choses qui nous entourent. Je me dis. Assis sur le bar du centre multisports, j'écris, comme à mon habitude. Oui, c'est plus facile d'écrire un livre que des chansons où l'on doit toujours faire des rimes du début à la fin. Je me dis. Maintenant, je sais donc que je peux retrouver l'homme que j'aime à la salle de boxe du centre multisports Jean Haniquaut, tous les lundis soirs, entre dix-sept heures trente et vingt heures trente. Mais je sais qu'il a une femme et une petite fille, je les ai vus ensemble dans le bus la dernière fois. Il est entouré d'enfants qui viennent me parler avec toute la spontanéité qui les caractérise.

—Bonjour, Monsieur, vous écrivez des chansons ? me demandent-ils.

—Oui, on peut dire ça comme ça !

Ils sont trop touchants, ces gamins, je les adore, ils ont déjà tout compris de ma vie. Les enfants sont très instinctifs, ils voient les choses. Avec eux, ça passe ou ça passe. Moi quand j'étais petit, je faisais de la danse classique et du modern jazz. Maintenant, je vis pour le meilleur. En fait, je crois que plus l'homme vieillit, plus il devient bête et discipliné, les gens sont comme des moutons, et moi je suis le berger du troupeau de bêtes disciplinées. Je tourne le monde en dérision, à ma façon, et je sais que demain sera un nouveau jour rempli de rebondissements, de faux-semblants et de trouvailles. Je me dis qu'il y a plein de gens qui ne veulent pas voir la vérité en face et qui font tout pour contourner le sujet principal.

—La musique, oui, la musique, je le sais, sera la clé de l'amour, de l'amitié ! chantais-je.

C'est facile de critiquer quand on ne connaît rien à la musique, à l'histoire de l'art. Donc, chacun vit sa vie de son côté et les moutons sont bien gardés !

CHAPITRE 9

Règlements de comptes

—Quand tu auras une paire de couilles entre les jambes, tu viendras me dire les choses en face au lieu de faire le faux-cul avec tes amis Les enfants de la télé ! balançais-je à la télévision à l'attention de Cyril Hanouna.

—Elle était facile à dire, celle-là, je vous l'accorde, lui dis-je. Regardez-moi cela, Cyril Hanouna et toute sa bande de chroniqueurs. Divertissez-moi, vous me faites mourir de rire à chaque fois que je regarde une caméra cachée à la télévision.

On ne va pas se cacher. L'homme qui m'avait dit cela plusieurs fois m'avait énervé gentiment. C'était le responsable de l'agence ENI, le fournisseur d'énergie : électricité et gaz, lors de l'entretien du vendredi 4 mars à neuf heures à Douai. Je me dis. J'adore les gens déterminés à faire les choses et qui parviennent à faire changer les mentalités. En effet, il en faut du courage pour réaliser ses rêves de gamin. Je me dis. Plus jeune, j'avais pour projet de faire des vidéos, mais je manquais trop de confiance en moi pour me lancer dans le projet. Et puis un beau jour, j'ai eu un déclic, le fameux déclic qui m'a permis de réaliser tout ce que j'ai pu réaliser. Donc, j'ai acheté mon premier Canon 1100D et j'ai commencé à me filmer en train de jouer de la musique et de chanter. Un jour, j'ai dû réaliser six vidéos, j'étais très déterminé à mettre tout mon talent au service du monde afin de le sauver et susciter des vocations. Je me dis. Mais pour l'instant, je vis ma vie de mon côté et personne ne m'a empêché de croire en mes rêves. Je vous dis. Bien sûr qu'il y aura toujours des gens pour vous critiquer, mais il ne faut pas les écouter et il faut continuer de croire en vos rêves et vous faire plaisir parce que quand on prend du plaisir à faire les choses, tout est plus agréable. Je vois des gens dans le bus qui sont toujours en train de faire la tête, j'ai envie de leur dire de sourire, la vie est belle, mais ils sont là, dans le silence, à regarder leur smartphone, à s'envoyer des SMS, ils ne savent plus dire bonjour aux gens puisqu'ils observent le monde à travers un écran. Je peux parler, moi, avec mes vidéos de musiques ! Mais moi je fais ce qui me plaît, que cela vous plaise ou non. Moi j'assume tout et j'attends toujours une réaction de votre part sur ma prestation musicale, Monsieur le Directeur du Casino Pharos. Monsieur Mathéo Sensas, vous ne m'avez rien dit, vous ne m'avez même pas remercié pour toutes les musiques que j'ai faites pour vous et les CD que je vous ai donnés. Vous n'êtes vraiment qu'un gros con. Je vous le dis. Et Madame Sandrine Lejeune à qui j'ai envoyé par mail, à plusieurs reprises, des vidéos de mes prestations musicales.

Qu'attendez-vous pour me répondre et me donner une réponse favorable ? Je vous le demande. En effet, j'aimerais bien donner une série de concerts, un jour, sur la scène du Casino ou du Pharos. Vous avez mon adresse e-mail écrite en description de chacune de mes musiques et vidéos.

Vous savez, des gens comme vous, on a envie de les prendre et de les secouer comme des pruniers. Je plaisante. Qu'est-ce qu'il ne faut pas faire pour avoir une réaction de votre part ! Mais qu'est-ce que c'est que ça ? Je vous le demande.

—Bonjour, Monsieur ! Venez par ici, s'il vous plaît. Bouh ! Merde ! L'homme fait un malaise devant moi. T'es nul, toi.

Je m'en vais, gêné de la situation. Je meurs de rire. J'appelle les pompiers, ils vont venir le réanimer. Non, mais vous êtes sérieux, vous ? Je vous le demande.

—Et au fait, comment vous expliquez le fait que je sois aussi actif et vous aussi passif et soumis avec moi ?

Je te tire la langue, je fais des bruits et de grands gestes devant toi, mais tu es encore dans le coma.

—Debout, là-dedans, il n'est pas l'heure de dormir ! J'ajoute.

On se bouge le ticket illico presto ! T'es OK ou K.O. toi, le petit
directeur ? Tu penses à qui quand je rentre dans le Pharos et que
tu n'es pas là ? Maintenant, dis-moi qui te met la pression dans la
musique. Je lui demande. Vous êtes tous minables, fort minables.
Je n'ai jamais vu cela, et Dieu sait que j'en ai vu des choses, dans
ma vie. Même d'énormes engins, mais ça, ce n'est pas moi qui le
dis, c'est mon entourage ! Les gens que je me farcis à longueur de
journée, les gens que j'adore en face, que je dénonce par-derrière.
Je me dis. Donc, c'est pour toutes ces raisons que j'écris des
chansons, parce que derrière les apparences, derrière les griffes
de l'existence, il y a beaucoup d'amour. L'amour de toute la
musique que j'aime depuis le premier jour de ma vie. Je compose
avec mon temps. Bien sûr, il y a eu des moments de doute, des
rencontres qui nous ont fait douter, mais il y a toujours cette
volonté de vouloir se surpasser pour se prouver des choses dans
la musique. Comme un sportif de haut niveau, je vise le sommet,
je regarde plus loin. Je me dis. Je veux suivre mon étoile, chaque
minute me révèle au grand jour. Je me sens libre et libéré de
tout. D'ailleurs, je vais me doucher, je me sens vidé comme un
boxeur après un long combat de boxe qui a besoin de récupérer
de l'énergie et de reprendre des forces.

Je vais prendre ma douche, me dis-je.

Mais avant tout, je vais éteindre la télé que ma mère a laissé
allumée avant de partir travailler. Elle est secrétaire dans une
école primaire à Anzin-Saint-Aubin. À chaque fois qu'elle rentre
du travail, elle me parle de ses petits élèves qu'elle côtoie à
longueur de journée et de leurs cris qu'elle doit supporter. Et
moi, comme d'habitude, je continue de défendre mes idées dans
la musique pour vous prouver que je vis encore. Sous la douche,
je tourne le robinet, l'eau ruisselle sur ma peau de crocodile sous
la forme de gouttelettes prêtes à venir s'échouer dans le siphon
de ma douche. Je me glisse alors sous mon peignoir bleu marine,
je m'habille en vitesse, je me chausse, et je m'en vais consulter
mes e-mails sur un ordinateur, chez Pôle emploi. Je vais chercher
ma baguette longue à Auchan, puis je reprends le bus n° 2 au
centre commercial. Je sors ma carte de bus pour la montrer à la

chauffeuse.

—Bonjour, Madame !

—Bonjour, Monsieur ! Et merci, me répond-elle.

Je m'assois à une place, près de la fenêtre, face à la route. Un jeune garçonnet donne sa main à sa maman et fait « au revoir » de son autre main aux passagers qui font le même geste.

—Il est trop mignon ! me dis-je, l'air attendri.

Mon visage se libère. Soudain, les portes du bus s'ouvrent, sa mère le soulève d'une main vigoureuse. Comme pour soulever un sac de pommes de terre acheté au supermarché.

—Et hop ! lui dis-je en rigolant. (Ça, c'est tout moi.)

Sur le trottoir, ils s'éloignent de plus en plus au fur et à mesure que le bus avance pour continuer sa route entre les commerces de la rue Saint-Aubert qui défilent devant mes yeux.

—Prochain arrêt : Théâtre ! dit la voix du bus.

Je reste bien assis à ma place, une dame dehors montre du doigt une rue pour indiquer son chemin à une autre dame. Le bus continue de doubler les voitures en empruntant la voie des bus sur le côté droit de la route, jusqu'à la gare. Je passe devant le café Marius, puis devant l'Eurostar. Le bus contourne la place du maréchal Foch. Nous voilà arrivés à la gare des bus, au quai A. J'entends une sonnerie de téléphone qui ressemble à une musique de Noël. La dame assise devant moi répond à son appel.

—Allô !

Elle parle à son interlocuteur, puis raccroche. Je rigole. Je repense à mon beau prince rencontré dans le bus et qui me fait sourire quand je le regarde. Je crois que je suis amoureux, mon cœur bat la chamade, mon sexe bande dans mon boxer Authentic Line violet que mon jumeau m'a donné l'année dernière. Ma baguette sort de mon sac à dos, ma langue sort de ma bouche, j'ai envie de lui dans mon lit. Mais je sais que je le reverrai un jour, lundi prochain entre 17 h 30 et 20 h 30. Je me dis. Je t'attendrai plus de deux heures s'il le faut, mais je t'aurai à mes pieds, bébé. Ce sera notre petit secret, juste entre nous. Je me fiche bien des qu'en dira-t-on. De toute façon, tu fais de la boxe et tu sais te défendre, quoi qu'il arrive. Je me sentirai en sécurité avec toi, dans tes bras. Je rêve de sentir son corps contre mon corps sous la douche, je pense à mon jumeau et à son petit garçon, Léo. On en fera un ou deux, si Dieu le veut, tous les deux, mon amoureux. Je rêve. En plus, je crois qu'il a déjà une copine et une petite fille, je me souviens les avoir vus ensemble dans le bus, un jour où je rentrais chez moi. Rien à foutre, je t'aurai quand même ! Je sais que je le désire, sous ses grands airs de boxeurs se cache un petit cœur qui bat pour moi. Tu sais à qui tu me fais penser, maintenant ? À Amir. Tu sais, le chanteur dans le clip *J'ai cherché* qui représenta la France à l'Eurovision en 2016. Je me dis. Quand je l'ai vu dans la salle de boxe, il se tenait devant le ring, il regardait les petits boxeurs se taper dessus sous les cris de l'entraîneur.

—Tu as mal à ta jambe ? lui demandais-je dans ma tête. J'aurais pu te masser, mais je n'ai pas osé t'aborder. Pourtant j'en avais l'envie. J'imagine alors un scénario.

—C'est là que tu as mal, bébé ? lui demandai-je.

—Plus au-dessus, là ! me répond-il.

Il se caresse l'entrejambe, avec ma main sous la sienne. Je me caresse l'entrejambe avec ma langue qui sort de ma bouche. Je souris, coquin.

—Tu aurais bien aimé faire cela avec moi ? lui demandais-je.

Une prochaine fois, je te montrerai tout en douceur comment prendre ton pied jusqu'à chez moi. Je lui dirai. Je te toucherai du bout des doigts, je t'embrasserai et tout le monde applaudira dans sa tête. C'est la fête, c'est le feu d'artifice du 14 juillet. Tu sais, quand tu réussis à faire quelque chose que tu pensais pouvoir faire depuis longtemps avec quelqu'un pour la première fois, c'est le bouquet final !

CHAPITRE 10

Le Coup de Pouce

Il est midi. Je descends préparer le déjeuner. Ce midi, ce sera de la fondue aux trois fromages avec la baguette que j'ai achetée ce matin.

Bon appétit, mon chéri ! me dis-je.

Je vais me régaler. J'allume le gaz et la télé, assis devant Tout le monde veut prendre sa place, présenté par Nagui. Les candidats et le public comme décor de fond applaudissent quand je mange de la fondue. Je rigole, mais c'est la vérité. Je remonte dans ma chambre, je reprends ma feuille et mon stylo Pilot Super Grip noir et je continue d'écrire l'histoire de ma vie. Assis sur mes pieds, je regarde de temps à autre les voitures qui passent devant chez moi. Je regarde l'heure sur ma montre Casio, j'ai rendez-vous à quatorze heures, dans une heure trente, au Coup de pouce, 34, rue Pascal à Achicourt (au rez-de-chaussée du bâtiment).

—Tu ne pourrais pas te comporter avec moi en adulte responsable au moins une fois dans ta vie ? Ce serait cool. Merci, lâchais-je à la télé.

Des blagues lourdes, j'en entends tous les jours pour ne pas les dire. Je me sauve, j'éteins la télé. En voilà un qui ne me fera plus chier aujourd'hui. Je pose ma tête sur mon avant-bras avant de reprendre mes esprits. Je m'en vais à mon rendez-vous. Je reviens une heure plus tard, à quinze heures, et je me branle encore d'excitation devant une nouvelle vidéo à caractère pornographique. Je remonte mon pantalon après m'être soigneusement lavé les mains avec du savon, et je me prépare à partir à la médiathèque de la ville d'Arras. Le bus passe devant moi, de l'autre côté de la route, personne en face de moi, c'est parfait. Je reste tranquille. Je prends la carte de bus que je sors de la poche droite de mon blouson, et je la présente au chauffeur de bus.

—Bonjour, Monsieur, et merci ! lui dis-je.

—Bonjour, Monsieur, et merci !

Je vais m'asseoir à ma place habituelle. J'ai enlevé mon bonnet bleu, je l'ai posé sur le siège à côté de moi. Le bus se remplit au fur et à mesure qu'il avance, c'est normal. Il y a pas mal d'écoliers, mais aussi des personnes âgées parties faire leurs courses au centre-ville d'Arras. Moi, je vais m'aventurer à la médiathèque. Je descends à l'arrêt « Grands Vieziers ».

—Au revoir, Monsieur !

—Au revoir, Monsieur ! me répond-il.

Je suis une dame aux cheveux rouges. Elle prend ma citadine. J'arrive à la médiathèque, je monte les escaliers et j'arrive au premier étage. Je m'assois. En face de moi, un monsieur lit son journal, *L'Avenir de L'Artois*. Il me regarde, je crois qu'il m'a entendu parler de lui. Une dame farfouille dans son sac avant de venir vers moi. Elle pose son sac par terre, je rigole, la dame reprend son sac et s'en va. Je la vois appeler l'ascenseur au loin. Je reste là. Soudain, j'entends des enfants discuter entre eux. Des collégiens les suivent, une petite vieille tient la rampe d'escalier, elle a un livre dans sa main droite. Je croque dans un sandwich. Le monsieur à côté de moi agite nerveusement les pages de son journal, tout ça pour que je parle de lui. J'aime regarder les gens assis sur un banc. Je sors de la médiathèque après avoir descendu les escaliers. Je passe devant mon ancien collège, l'institution Saint-Joseph, je remonte la rue de la Gouvernance à pied jusqu'au théâtre d'Arras. Je regarde par la fenêtre, je vois de la lumière à l'intérieur, mais j'hésite à entrer. Puis je continue ma route. Je suis des jeunes lycéens jusqu'à La Poste. J'attends l'arrivée du bus, puis je traverse la route pour aller au Rodéo bar lounge club. Je m'arrête devant la coupole d'Arras juste à côté, je vois de la fumée de cigarette s'échapper de la porte d'entrée du Rodéo bar lounge club. Je reconnais la tête de Jérémy, le responsable du bar.

—Bonjour !

—Bonjour ! me répond-il.

Je retourne attendre mon bus. Il arrive, il y a beaucoup de monde à l'intérieur. Je discute avec Francis, un petit collégien de treize ans.

—Bonjour, Francis ! Tu vas bien ?

—Bonjour, Cyril ! Oui, je vais bien, merci, me dit-il. J'ai eu un hoverboard pour son anniversaire ! ajoute-t-il.

Ensuite, il me montre sur son téléphone portable une photo des chiens de ses grands-parents, avant de reprendre son sac de sport posé à ses pieds. Il descend du bus et me salue au loin, je lui fais un signe de la main. Je descends du bus, je vais regarder les horaires du boxing club de Beaurains, lundi dix-sept heures trente-vingt heures trente, mercredi dix-huit heures. Je me dis. J'irai demain. Par chance, je tomberai sur l'homme que j'aime et qui ne le sait pas encore. S'il est chaud, je lui ferai découvrir les plaisirs défendus. J'ajoute. J'aime bien les hommes qui savent se battre, pas ceux qui n'ont rien dans le pantalon. Je parle des vrais mecs qui se battent contre leur adversaire pour conquérir le cœur de leur dulcinée. Juste pour lui parler. Demain après-midi, je retournerai au théâtre d'Arras, j'irai écouter ma musique EDM avec les écouteurs vissés aux oreilles. Je me dis. En attendant, je réponds à une nouvelle offre d'emploi de vendeur de prêt-à-porter homme-femme que j'ai trouvée au Coup de Pouce. On verra bien. J'envoie mon curriculum vitae et ma lettre de motivation à l'adresse e-mail indiquée sur la feuille.

—Voilà, c'est fait ! Je me réjouis.

Croisons les doigts pour que cela fonctionne. Je pense que ça devrait aller, pourvu que ces gens-là soient doux avec moi. Je me dis. Ce serait quand même dommage de mourir en une phrase ! Je plaisante. C'est de l'humour noir, Monsieur Mathéo Sensas. J'ajoute.

—Vous êtes réanimé ou toujours dans le coma ? lui demandai-je.

Je ne sais pas, il ne m'a encore rien dit, celui-là. J'ajoute. Morte couille ! À chaque fois que je passe devant le Casino d'Arras, il est fermé. Donc, dans ces cas-là, je mets ma main devant ma bouche, je ne vois pas pourquoi je me forcerais à parler à une porte fermée, dans un interphone face à une caméra. *Cela n'a pas d'intérêt, c'est sans logique,* me dis-je. Enfin bref, je vais l'oublier, il est déjà mort dans mon histoire. J'ajoute. Il n'a même pas son mot à dire avec moi. J'ai déjà tout dit dans la musique.

—Tu sais très bien de quoi je veux parler, ne fais pas semblant de m'écouter, je t'en supplie. C'est mon avenir qui est en jeu, alors ne me décevez pas ! vous dis-je.

Je vous remercie d'avance de votre compréhension. J'ajoute. Je me lève, il est sept heures du matin, j'entends ma mère ronfler comme un tracteur dans la chambre d'à côté. Son réveil sonne toutes les cinq minutes. On est mercredi et j'ai envie d'aller à la citadelle d'Arras, car j'ai lu sur une affiche, dans le bus, qu'il y aurait un forum de l'alternance à quatorze heures. Je connais bien la citadelle pour y être allé plusieurs fois à vélo voir mon copain Gauthier rencontré à l'Arras Film Festival, en novembre 2017. C'est un garçon très attachant. C'est un petit gros à lunettes, il a trois ans de plus que moi et il est très porté sur le sexe. En effet, il est homosexuel et je crois qu'il m'aime bien, même si ce n'est pas trop mon style d'homme. Pour vous dire la vérité, c'est sa personnalité qui m'a le plus séduit chez lui. Je me souviens de l'avoir invité une nuit à venir dormir à la maison. Je lui ai ouvert la porte un samedi soir, nous sommes allés tout de suite dans ma chambre. Il avait très envie de me voir et de m'écouter jouer de la musique. Je lui avais donné un concert très privé. Il en a bien profité pour m'écouter chanter sur un rythme que je connaissais déjà, pour m'être déjà enregistré plusieurs fois. Me vient soudain l'envie de faire un album. Mais je n'ai jamais fait cela de toute ma vie. Aurait-il fallu que je sois entouré des bonnes personnes ? Je veux dire de vrais professionnels de la musique. Je me suis trop longtemps contenté de faire des musiques vidéo et bien sûr d'écrire des chansons, plusieurs centaines à ce jour. Ma principale occupation à ce jour reste encore la musique. La dernière en date est une version longue du titre *Osez le cirque : la piste aux étoiles*, rythme samba, durée quatre minutes et vingt-huit secondes. Vous pouvez retrouver cette version sur ma chaîne YouTube : Cyril Van Eeckhoutte. Vous verrez, j'ai accroché un cœur lumineux rouge sur le câble de mon micro professionnel. Il tient par la volonté du Saint-Esprit. Le rendu final est assez joli à regarder, le rythme et les paroles évoluent tout le temps, en fait. Je me dis. Je voudrais rencontrer d'autres artistes qui partagent la même passion, le même amour de la musique que moi. Mais où les trouver ? Je me demande. À Paris.

Je me souviens avoir repéré l'année dernière un jeune pianiste de dix-huit ans, alors qu'il jouait du piano à la gare d'Arras.

—Bonjour ! Tu t'appelles comment ? lui avais-je demandé.

—Bonjour ! Je m'appelle Roméo, m'avait-il dit en souriant.

On s'était échangé nos numéros de téléphones portables. D'ailleurs, il faudrait que je m'en rachète un nouveau, car le mien a rendu l'âme lorsque je l'ai volontairement claqué par terre à plusieurs reprises devant La Poste, parce que l'écran tactile ne réagissait plus lorsque j'appuyais dessus avec mon index. À la suite de notre rencontre, j'ai commencé à écrire une chanson pour parler de lui. J'aurais tant aimé faire un duo avec Roméo, mais en fin de compte, j'ai fini par l'enregistrer tout seul. Je me dis. Comme d'habitude, en fait. Je me souviens m'être installé dans ma véranda, et avoir posé ma caméra sur le tabouret jaune fluo, – j'avais repeins les pieds avec une peinture brillante pour que ce soit plus joli. J'aime la fantaisie. Je reprendrai les tournages quand j'aurai plus de temps, même si cela me travaille à l'intérieur. Je pourrais faire cela tous les jours si je le voulais. Je me dis. C'est une véritable drogue, la musique. Cela vous rend vraiment addictif, comme la cigarette, mais c'est un mauvais exemple. Disons plutôt comme le chocolat, même si c'est plein de sucre. C'est la meilleure des thérapies au monde, la musique. Tout le monde devrait faire comme moi.

CHAPITRE 11

Le body sexy et mamie

Je me lève. Je m'en vais dans la cuisine me presser un jus de citron bio, s'il vous plaît ! Cela va me purifier l'organisme. Quand soudain, j'entends de la musique. En fait, c'est encore le réveil matin de ma maman qui continue de sonner. Je l'entends même applaudir sur une musique qu'elle a enregistrée avec le dictaphone de son téléphone. Un soir de 31 décembre, c'est *Le plus grand cabaret du monde*. C'est une émission que l'on adore regarder en famille, dans le canapé. Je me souviens. Un soir, nous avions regardé Cyril Féraud présenter les numéros du cirque sur France. 3. Il était aussi sur TF1 dans Le grand concours des animateurs, présenté par Carole Rousseau et remporté cette année par Christophe Beaugrand, que j'adore. C'est mon coup de cœur, l'homme que j'aimerais rencontrer un jour. Mais en attendant, je m'emballe en me relisant. Maintenant, je me glisse sous ma couette constellée d'étoiles et de planètes. Je sens la transpiration. Je pense que je vais aller prendre une douche, tout nu avec mon body par-dessus, comme je l'ai déjà fait plus d'une fois. Oui, c'est mon nouveau body que j'adore parce qu'il est blanc et que l'on voit tout à travers. Je me souviens de l'avoir acheté un jeudi. Un samedi, alors que l'on prenait la voiture pour aller voir ma grand-mère – la maman de ma maman – à la maison de retraite de Vaulx-Vraucourt :

—J'ai une surprise pour toi ! me miaula-t-elle.

—Dis-moi ce que c'est ! lui dis-je.

—Tu le sauras une fois arrivé là-bas.

Je me gare sur une place du parking devant la maison de retraite. Je vois ma mère qui sort de son sac deux enveloppes qu'elle me donne. Sur la route, j'en ouvre une, puis la deuxième. C'est mon body et mon jockstrap ultrasexy que j'ai commandé avant-hier et hier sur le site Internet boxersexy.fr. Je monte dans la chambre de ma grand-mère en prenant l'ascenseur. Nous arrivons au deuxième étage, j'emprunte un couloir sinueux. Je frappe à la porte, puis ma mère et moi entrons dans la chambre.

—Bonjour, Mamie Thérèse Wavelet !

—Bonjour !

Elle est très contente de nous revoir. Je vais dans la salle de bain et je referme la porte coulissante derrière moi. Je commence à me déshabiller, j'enfile mon jockstrap, puis mon body sexy. Je fais coulisser la porte qui me sépare de ma mère et de ma grand-mère pour leur montrer comme je suis ravissant dans mon body sexy blanc. Ma mère aurait préféré qu'il soit noir, vu ma peau pâle.

—Oui. Je vais l'acheter cet après-midi sur le site Internet, lui dis-je.

Je retourne dans la salle de bain, je remets mon jean par-dessus mon body et j'enfile mes chaussures de ville blanches. Ma grand-mère m'a donné un pull taille XL que ma mère lui avait offert pour son anniversaire. Je glisse à l'intérieur du pull.

—Il me va à ravir ! lui dis-je devant le miroir. Merci, Mamie !

Je lui fais la bise et ensuite nous allons tous ensemble dans la salle de réception.

—Au revoir, Mamie !

On s'embrasse.

—Au revoir, Cyril ! me dit-elle à l'entrée de la maison de retraite.

Puis nous nous dirigeons vers la voiture pour reprendre la route jusqu'à la maison. Je me décide à aller prendre ma douche. Je me dépêche de laver mes cheveux, je mets un peignoir sur mes épaules avant de retourner dans mon lit. Comme d'habitude, j'ai envie de vous dire. Je vais m'habiller en vitesse dans la salle de bain. Je sors de chez moi, je chausse mes lunettes de soleil, je passe devant la City crèche. Je fais un coucou de la main à un bébé qui me regarde par la porte-fenêtre en tenant son doudou à la main. Je marche sur le trottoir, je passe devant le dentiste, puis devant le centre médical de Beaurains. Carrefour 4 as, Londres, Pharmacie des 4 as sont autant d'arrêts de bus devant lesquels je suis passé plein de fois. À Jean Macé, je reluque le derrière d'un homme qui se dresse hors de sa voiture de fonction, la tête à l'intérieur de l'habitacle du véhicule, côté passager, la porte grande ouverte. Il est posté juste devant un bijoutier. Il reste immobile, et semble farfouiller quelque chose dans un sac.

Mais qu'est-ce qu'il cherche, celui-là ? me demandai-je.

Une dame âgée regarde la vitrine du bijoutier. Le chauffeur du bus me fait un appel de phares.

—Le voilà ! me dis-je, enthousiasmé.

Je pénètre dans le bus.

—Bonjour, Monsieur, et merci ! lui dis-je.

—Bonjour, Monsieur, et merci ! me dit-il.

Je m'installe dans le fond.

Ma main caresse mes cheveux châtain foncé. *J'espère croiser dans la matinée des gens que je connais,* me dis-je. La gare des bus se profile à l'horizon. J'attends ma citadine à la station proche de La Poste. Je monte à l'intérieur.

—Bonjour, Monsieur ! lui dis-je.

—Bonjour, Monsieur ! me répond-il.

Je m'installe à l'intérieur de ma citadine. On avance, destination la citadelle. Je descends à la citadelle, je marche sur un pont. J'arrive devant la salle des familles juste à ma gauche, je pénètre à l'intérieur. Je regarde par la fenêtre, des ouvriers travaillent à la rénovation de la façade extérieure du bâtiment. Je sors de la salle des familles, je continue mon chemin à l'intérieur de la citadelle, je suis entouré de bâtiments en briques rouges repeintes. J'avance, puis je reviens sur mes pas. Je reprends ma citadine à la station juste en face de la citadelle.

—Bonjour, Monsieur ! lui dis-je.

—Bonjour, Monsieur ! me répond le chauffeur.

Je descends au « Théâtre ». Je passe à pied devant l'hôtel de Guînes, puis devant le Baobab Café. J'arrive devant la gare d'Arras. Je pénètre à l'intérieur et je m'installe sur un siège rouge.

J'entends des ouvriers travailler derrière moi. Je vois mon reflet dans un panneau d'affichage en face de moi. Je balance ma jambe d'avant en arrière. J'observe un grand bac à côté de l'immense panneau sur lequel est écrit en toutes lettres :

« Donnez une seconde chance à vos livres ! Prenez un livre et en échange, déposez-en un autre. Une fois lu, redéposez-le et n'hésitez pas à en prendre un autre. » Il y a une plante verte qui pousse à l'intérieur, elle est très grande. J'observe un homme qui remplit le distributeur de gâteaux, d'autres boissons sucrées pleines de calories et de paquets de bonbons. Ensuite, il prend un chiffon pour nettoyer les distributeurs pour les faire briller.

Beau boulot ! lui dis-je dans ma tête, sans qu'il m'entende.

Je me lève pour changer de place. Je m'assois de l'autre côté. Un homme à lunettes qui porte un chapeau marron écrit sur son ordinateur. Un charmant jeune homme vient s'installer juste en face de moi, et une femme plus loin.

—Bon anniversaire ! dit-elle à un proche.

Les rayons du soleil transpercent les vitres de la gare d'Arras pour réchauffer mon visage. Un livre posé sur un présentoir appelle mon regard pour venir le chercher. La première de couverture de l'ouvrage est très colorée. Je mordille mon stylo, je prends le livre dans mes mains, puis je le repose à côté de moi. Comme si je sentais de mauvaises ondes émaner de celui-ci.

—Le grand livre de *Réponse à Tout* ! Nouvelle édition 1998 entièrement remise à jour, lis-je.

C'est tout, j'en ai assez lu. Je ne veux retenir que le meilleur. Sur les portes-fenêtres de la gare est écrit en toutes lettres : « Prenez-moi, lisez-moi, déposez-moi, partagez-moi. »

Et moi, j'ajouterais bien « avec qui vous voulez, quand vous voulez, ou vous voulez, faites ce que vous voulez, mais je vous en supplie, faites-vous plaisir ! » L'ouvrier au gilet orange a la tête derrière l'écran géant où sont affichés les horaires des trains. Il y en a un deuxième qui le rejoint. Ils nettoient l'intérieur avec un chiffon doux. J'adore regarder les gens travailler, ils sont trop touchants. L'un des deux hommes aspire l'intérieur, c'est normal vu toute la poussière qu'il y a. J'ai faim, et je vois une jolie jeune femme arriver avec un sachet. Je distingue une canette de Coca et devine la présence d'une boîte renfermant un kebab. J'adore ça. Une fois de temps en temps, cela fait plaisir d'écrire.

—Allez, nettoie-moi bien l'écran, tu le fais si bien ! lui dis-je en rigolant.

Je rêve qu'il fasse pareil avec mon corps, sous la douche. Je descends de mon échelle, je la fais rouler sur le sol et je remonte continuer mon travail.

—C'est bien, vas-y, nettoie-moi l'écran. Ça vous chatouille ou ça vous gratouille ? lui demandai-je en plaisantant.

Me viennent alors en tête les paroles d'une chanson d'amour, sors vite de ce corps, Tal ! Je rigole, j'ai trouvé le sens de la vie que je mène et je l'aime. Tu l'as dans la tête toute la journée. Je pense à autre chose maintenant. Je m'en vais dans ma tête, mais mon corps reste assis là. Je me lève pour de vrai pour m'asseoir sur un autre banc, place du Maréchal Foch. Un immense drapeau français se dresse devant moi. Le vent le fait bouger, il est magnifique. Dans le ciel de Paris chantent des oiseaux qui volent jusqu'à Arras. Le temps semble s'être arrêté. Je m'en vais. Je traverse la rue des Balances, je marche à travers le marché sur la place des Héros d'Arras, je m'assois sur une marche. Le soleil est au zénith. J'entends le son des cloches de l'église Saint-Jean-Baptiste. Je me dis que je n'ai rien à faire là-bas, que j'y suis déjà allé plusieurs fois le dimanche pour assister à la messe. Je pense que j'étais mieux à la gare.

CHAPITRE 12

Papa et le Wiko Jerry 2

De retour à la maison, je repars aussitôt chez mon père, en bus. Je descends à « La chaufferie ».

—Au revoir, Monsieur ! lui dis-je.

—Au revoir, Monsieur ! me dit-il en me souriant dans le rétroviseur. Je traverse la route en marchant sur le passage pour les piétons, je passe par la porte à l'arrière de l'immeuble qui donne sur le parc et je pénètre à l'intérieur. Je monte les escaliers qui mènent à l'ascenseur, j'appuie sur le bouton 6 puis j'arrive dans le couloir. Je tape à la porte 20. Mon père m'ouvre, j'entends la voix du chat Grisou qui m'appelle. Je le vois grimper sur mon cœur. Ma chatte se laisse baiser. Je suis content, car je sais que je serai bientôt le tonton d'une portée de chatons.

—Je vais les tuer à la naissance, me dit mon père.

Alors, je décide de fêter cela en faisant un gâteau au chocolat. Pendant qu'il cuit, mon père me coupe les cheveux avec une tondeuse électrique. Entre-temps, je surveille la cuisson de mon gâteau au chocolat et puis je me remets à ma place pour que mon père finisse sa coupe. Il y a plein de cheveux par terre, car ils étaient longs. Mon père balaie tout pour en faire un tas. Je décide de sortir mon gâteau au chocolat du four. Je le découpe avec un couteau en huit parts égales. Je mange une part, et nous décidons ensuite de nous en aller. Je prends la voiture de mon père direction la mairie d'Arras. Je donne l'un des deux arrêtés du maire que j'ai signés à une dame à l'accueil de la mairie.

—Bonjour ! C'est pour Madame Angela Jordano. Je lui donne

l'exemplaire de l'arrêté du maire.

—Merci ! Angela Jordano est chargée de recrutement (DRH/ Emploi et compétences). Ensuite, je reprends la voiture direction le parc de Saint-Laurent-Blangy. J'aime regarder deux jeunes faire des sauts périlleux arrière et vriller dans le sable derrière le lac. Assis sur une table de pique-nique avec mon père, nous regardons ces deux jeunes gens, puis nous décidons de rentrer chez lui. Sur le parking, je croise Victor. C'est un vieil ami que j'ai rencontré dans le bus, il habite dans la même entrée que mon père. Victor est un grand fan du chanteur Renaud, il a même son portrait tatoué sur le bras. Je décide de m'inviter chez lui vu qu'il habite dans le même immeuble que mon père, au 3e étage, porte 11. Nous arrivons chez lui. Il allume son ordinateur portable. J'enlève mon manteau, je le pose sur une chaise de bar en bois. Victor écoute Johnny Hallyday, *Je te promets*. La vidéo de la musique a été réalisée lors de son concert à l'Olympia, sur la scène, devant son public. Il met le son à fond dans son salon. Je regarde par la fenêtre et j'observe les voitures garées sur le parking.

—La police est déjà venue chez moi à cause de la musique, me dit-il.

Je décide alors de reprendre ma veste.

—Au revoir et à bientôt, Victor !

Je l'embrasse sur la bouche.

Je reprends l'ascenseur, j'arrive au 6e étage, chez mon père. Je mange une part de mon gâteau au chocolat. Mon père me dépose chez ma mère avec sa voiture. Je l'appelle avec mon téléphone fixe depuis mon salon.

—Allô, Papa ? Il faut que l'on aille m'acheter un nouveau téléphone portable. Tu peux venir me chercher à la maison, s'il te plaît ? À tout de suite ! lui dis-je.

Je repose le téléphone sur son socle. J'attends l'arrivée de mon père devant la fenêtre. Je le vois arriver, alors je sors de la maison et je referme la porte d'entrée derrière moi. Je monte dans la voiture.

—Où on va ? me demande-t-il.

—On va chez Auchan, lui dis-je.

Nous traversons la ville et nous arrivons sur le parking du toit du centre commercial. Nous trouvons une place pour nous garer juste à côté de l'escalator.

—Celui pour descendre est en panne, lui dis-je.

Je décide quand même de le prendre en cassant la banderole en plastique blanche et rouge. Je cours jusqu'en bas pour casser la deuxième, comme un coureur gagnant le marathon de Paris. J'arrive, victorieux, à l'entrée du magasin.

—Ça te faire rire ? me demande-t-il.

—Oui, lui dis-je en souriant.

Mon père ne partage pas ma joie. Il me suit jusqu'au rayon des téléphones ; nous hésitons entre plusieurs modèles.

—J'ai flashé sur le Wiko Jerry 2, l'arrière est bleu brillant comme j'adore, l'avant est blanc, lui dis-je. L'objectif de la caméra se trouve en haut, au milieu.

Je regarde un Nokia 3310 nouvelle génération.

—Il est sympa aussi, celui-là. Regarde, Papa !

Je décide alors d'aller voir le vendeur-conseil en téléphonie mobile pour lui demander s'ils l'ont encore en bleu. Il regarde dans le rayon en dessous.

—On ne l'a plus, me signale-t-il.

—Mince alors, je crois que je vais prendre le Wiko Jerry 2 que j'ai repéré au début. Il est vraiment très joli et il m'a l'air très fonctionnel, lui dis-je.

Je le prends, ainsi qu'un plastique rigide pour protéger l'écran des rayures.

Nous allons à la caisse pour payer le téléphone et son film protecteur.

—Merci, Papa !

Je lui fais un bisou sur la joue. Nous nous dirigeons vers l'agent de sécurité à l'entrée du magasin. Il est grand (plus grand que moi), brun aux yeux bleus.

—Bonjour, Monsieur ! lui dis-je.

—Bonjour, Messieurs ! nous répond-il.

Il enlève la boîte en plastique dur qui protège le téléphone, il me le donne.

—Merci, Monsieur ! Au revoir ! lui dis-je.

Mon père a envie d'aller faire pipi, nous allons aux toilettes du centre commercial. Je décide de l'attendre, assis sur le canapé, au milieu de l'allée centrale du centre commercial. Je scrute mon nouveau téléphone portable sous toutes ses coutures. Je vois mon père revenir vers moi ; nous décidons de sortir du centre commercial. Nous croisons Robert, un homme habitant le quartier où habite mon père. Où qu'il aille, il se promène toujours avec sa canne. *C'est sa fidèle compagne,* me dis-je en souriant. Nous avançons ; les portes automatiques s'ouvrent comme par magie, nous sortons et prenons l'escalator qui monte. Je m'assois sur le rebord pour m'amuser, je descends. Nous arrivons en haut. Nous reprenons la voiture garée sur le parking, mon père s'assoit côté conducteur, moi côté passager. Il décide de regarder les avis des internautes sur son téléphone, pour voir ce qu'ils pensent de mon Wiko Jerry 2. « Il est super ! » dit l'une. « Il est génial et très fonctionnel », dit une autre.

La plupart des gens en sont satisfaits. « Mais pour l'ouvrir pour mettre la carte Sim et la batterie, cela relève de l'exploit », écrit une internaute. Très bien, je décide de le garder. Nous sortons du parking.

—J'ai envie de manger un sandwich à la friterie Enjolive, lui dis-je.

—Oui, moi aussi ! me répond mon père. Allons-y !

Nous y allons. Nous trouvons une place pour nous garer juste à côté de la friterie. Je sens l'odeur des frites dans la voiture.

—Je veux un sandwich composé au thon, ou plutôt un filet américain, ce sera meilleur, lui dis-je. Tu vas prendre quoi, toi ? lui demandai-je.

—Un sandwich composé au surimi, me répondit-il.

Il sort de la voiture ; j'allume la radio pour écouter de la musique. Après, je sors de la voiture pour rejoindre mon père qui attend derrière deux personnes pour passer la commande. Je discute avec mon père de choses et d'autres. Le patron de la friterie Enjolive prend notre commande.

—Bonjour, Messieurs !

—Bonjour, Monsieur ! Nous allons prendre un sandwich composé au surimi et un filet américain, s'il vous plaît ! lui dis-je.

Il prépare tout cela avec son employée ; ils ont tous les deux une casquette sur la tête. L'homme met dans un sachet les deux sandwichs que nous avons commandés.

—Cela vous fait huit euros, s'il vous plaît ! nous dit-il.

Mon père paie l'addition au patron de la friterie Enjolive.

—Merci, Monsieur ! Bon appétit, ajoute-t-il.

—Merci beaucoup ! lui dit-il. Bon courage à vous deux, au revoir ! ajoute-t-il.

—Au revoir ! lui dis-je.

Nous regagnons la voiture jusqu'à l'appartement de mon père. Nous arrivons à l'intérieur du salon-salle à manger. Je m'assois dans le canapé pour manger mon filet américain devant le journal de 20 heures, sur France 2. Mon père reste attablé pour manger son sandwich. Après avoir mangé, nous nous décidons à ouvrir la boîte en plastique de mon nouveau téléphone. Mon père va chercher une paire de ciseaux dans la cuisine et il revient pour couper la boîte. Il sort le Wiko Jerry 2 de son emballage, la batterie, les écouteurs et le mode d'emploi. J'essaie d'ouvrir une première fois la partie arrière de mon téléphone.

—Impossible de l'ouvrir, soufflai-je. Je n'y arrive pas.

Mon père décide alors de regarder une vidéo sur YouTube. Il y a un homme qui présente les fonctionnalités du Wiko Jerry 2 et il nous montre comment faire pour l'ouvrir. Après plusieurs tentatives infructueuses, nous réussissons à l'ouvrir pour mettre la carte Sim et la batterie. Je referme le téléphone. Je l'allume et me familiarise avec la nouvelle interface de celui-ci. J'en profite alors pour écouter les messages que j'ai reçus durant mon absence, et laissés par mes correspondants sur ma messagerie Orange. La voix féminine de la messagerie Orange.

—Bonjour ! Vous avez dix-huit nouveaux messages ! me dit-elle. Bip !

Je les écoute un par un dans les toilettes. J'éteins mon téléphone et je le glisse dans la poche droite de mon pantalon. Je bois un verre d'eau, je mets ma veste, puis nous repartons à la voiture. Mon père me conduit chez ma mère ; elle m'ouvre la porte d'entrée de la maison. J'en profite alors pour lui montrer le nouveau téléphone portable que mon père m'a acheté plus tôt. Je me vautre dans le canapé-lit d'angle de mon salon devant la télé allumée. Je reprends le cours normal de mon existence.

CHAPITRE 13

Dominique

Je me réveille à sept heures du matin. Je décide d'appeler la mairie d'Arras. J'entre en communication avec la dame à l'accueil.

—Bonjour ! Christine, accueil de la mairie d'Arras, je vous écoute !

—Bonjour, Madame ! Je m'appelle Cyril Van Eeckhoutte. Pourrais-je parler à Madame Angela Jordano, s'il vous plaît ?

—Oui, ne quittez pas.

Après cinq longues minutes d'attente, le téléphone collé à l'oreille, j'entends une dame.

—Allô, me dit-elle.

—Bonjour, Madame, je m'appelle Cyril Van Eeckhoutte.

—Bonjour, Monsieur !

—Je vous appelle parce que je suis venu hier, à treize heures trente, à l'accueil de la mairie pour déposer un exemplaire de l'arrêté du maire que j'ai reçu dans ma boîte aux lettres, hier toujours. Arrêté recrutant Monsieur Cyril Van Eeckhoutte, vacataire à la direction de l'Éducation. Je l'ai daté et signé, et j'aimerais vous signaler le fait que vous vous êtes trompée dans mon adresse. En effet, vous avez, ou plutôt la personne qui l'a rédigé a écrit 62000 Arras alors que c'est 62217 Beaurains. Il faudrait que l'adjointe déléguée Corinne Gonard corrige son erreur, c'est important pour moi et pour Pôle emploi aussi. Vous comprenez ce que je vous dis ?

—Oui.

Je mets un terme à notre conversation téléphonique. Et puis je joue à un nouveau jeu que j'ai installé sur mon téléphone, la musique me donne des envies d'évasion dans un océan de soda violet.

—So delicious ! King.

C'est moi le king dont tout le monde parle, quelque part dans une musique vidéo que j'ai réalisée, par exemple. Je sais de quoi je parle. Je connais très bien mon sujet, je ne pense pas m'être trompé. Je rebondis sur mon canapé, en attendant de rappeler la mairie d'Arras. C'est rassurant de savoir qu'il y a des gens qui vous connaissent dans le jeu ! C'est écrit :

« Vous avez du talent, soyons amis. Quel est votre nom ? »

J'écris « Cyril » dans le jeu de mon téléphone. Je décide alors d'appeler la mairie une seconde fois. J'ai préparé mon discours et ma mère aussi, de son côté. J'ai de solides arguments et je compte bien faire entendre l'écho de ma voix pour avoir le plus d'assurance et donner le plus de conviction possible à mes propos. Madame la chargée de recrutement, directrice des ressources humaines, emploi et compétences et toute son équipe n'ont qu'à bien se tenir ! Je suis au meilleur moment de ma vie, alors je décide de rappeler Madame Angela Jordano, pour lui expliquer les choses qu'il faut changer. Elle me donne au téléphone son adresse e-mail que je note sur un papier. Je lui envoie aussitôt ma nouvelle adresse postale pour que de leur côté, ils puissent la rectifier sur l'arrêté du maire. J'envoie mon mail et je décide alors d'aller à la mairie d'Arras. Les deux dames à l'accueil se sont envolées comme par magie, deux jeunes hommes les ont remplacées. On a dû leur dire de partir entre-temps parce qu'ils n'assumaient pas leur erreur. Je me présente alors à l'un d'entre eux qui m'indique où se trouve le bureau de madame Angela Jordano, la chargée de recrutement, directrice des ressources humaines, emploi et compétences de la mairie.

—Deuxième étage, bureau 223.

Je monte les escaliers qui font du bruit quand je marche dessus. J'ai l'impression de marcher avec des talons aiguilles. Il aurait pu me préciser que c'était tout au fond du couloir, ce bougre d'âne !

Enfin, j'arrive dans le bureau de Madame Angela Jordano.

—Bonjour, Madame !

—Bonjour, Monsieur ! Nous allons vous retourner par La Poste deux nouveaux exemplaires de l'arrêté du maire avec votre bonne adresse dans les prochains jours, me dit-elle.

—Merci. Au revoir, Madame !

Je quitte son bureau. Je descends les escaliers en faisant le plus de bruit possible avec mes chaussures. Je retourne alors à l'accueil pour aller voir Madame Coline Angèle. Je vais demander aux gens dans les bureaux où je peux la trouver. L'un après l'autre, tous me disent :

—Madame Coline Angèle est en arrêt maladie, elle revient cet après-midi.

Comme par hasard. Un dernier monsieur, dans le bureau de Madame Coline, m'accompagne dans le bureau d'une dame blonde (j'ai toujours eu de la chance). Cette dernière prend mes coordonnées (nom, prénom, numéro de téléphone portable). J'envisage de mon côté de la rappeler à quinze heures trente, à l'heure de son retour. Mais avant tout, j'aimerais faire de la boxe au boxing club du centre multisports de Beaurains. Je vais leur montrer de quoi je suis capable, à tous ces enfants ! Je vais tous les allumer un par un, jusqu'au dernier. Ils ne vont pas s'excuser de s'être trompés dans mon adresse personnelle.

Moi, des gens comme ceux-là, je ne veux plus les côtoyer, j'ai assez donné de ma personne !

Il est douze heures quinze, je mange une salade assaisonnée de chou et de carottes râpées, un steak haché et des haricots verts cuits à la vapeur. Je me demande s'ils ne sont pas bipolaires avec moi, ces gens-là, à la mairie. Ce n'est pas notre genre. T'es là, t'es pas là, t'es là, t'es plus là. Alors, je ferme de nouveau les yeux et je repense à l'entrevue que j'ai eue avec Madame Coline, remplacée dans son bureau par deux hommes.

« Madame Coline Angèle est en arrêt maladie, elle revient cet après-midi. »

C'est du jamais vu, c'est de la magie, mais c'est pourtant bien ce que j'ai vu et vécu dans ma réalité tout à l'heure. Qui sont ces gens-là ? C'est incompréhensible. Que faisaient-ils dans son bureau ? On n'est pas sortis de la verge avec des gens comme vous. Il y a des choses qui ne sont pas normales dans cette mairie. Il faut que je mène une enquête sur ces disparitions de personnel. Les gens changent trop vite d'apparence et ce n'est pas normal. Je vais installer une caméra-espionne dans la nuit et je vais observer tout ce qui se passe. Un jour, j'arriverai à signer mon contrat de travail et les temps d'activité périscolaire. J'ai un rendez-vous le lundi 9 avril 2018 à la mairie d'Arras avec Monsieur Emmanuel Argent, le directeur de l'école primaire Aristote, et Madame Coline Angèle à dix heures trente, mais je pense que je vais annuler le rendez-vous. Je vais mettre un terme à notre collaboration. J'entends soudain mon téléphone portable sonner, je réponds à l'appel privé.

—Allô ? Allô ? Dominique ?

C'est un vieil ami gay que j'avais rencontré grâce à Victor, un samedi après-midi de décembre alors que je l'avais invité à aller faire un tour sur le marché de Noël d'Arras. Nous nous étions donné rendez-vous sur la place du Maréchal Foch, devant la gare d'Arras. Je vois la ligne 2 du bus passer devant moi, je décide alors d'aller rejoindre Victor au Quai A. Nous étions allés marcher jusqu'au magasin de prêt-à-porter pour hommes, Bonobo, dans la rue Émile Legrelle. C'est ici, entre le magasin Jules (où j'ai fait un stage de trois semaines de vendeur-conseil en magasin de vêtements pour hommes en 2016) et Bonobo, que j'ai rencontré et connu le fameux Dominique. Depuis qu'il m'a vu, il ne peut plus se passer de moi. Il m'appelle presque tous les jours pour me demander quand est-ce que l'on se voit. Je me souviens l'avoir attendu trois quarts d'heure à la gare d'Arras un midi, nous devions aller manger ensemble au restaurant. Et c'est en voulant reprendre mon bus en courant que je l'ai croisé à côté de l'agence de bus Artis.

—Je t'ai attendu trois quarts d'heure à la gare d'Arras. Qu'allons-nous faire, maintenant ? Je n'ai plus faim. On va chez toi ? Tu me fais visiter ta maison et après on va faire des courses ensemble à Auchan.

—D'accord, on fait ça.

Je laisse souvent un souvenir mémorable aux gens que je rencontre. C'est comme ça, que voulez-vous ! C'est quand je lui ai dit que je faisais de la musique qu'il s'est mis à s'intéresser à moi. Enfin, voilà, vous connaissez déjà le refrain de ma chanson. Dominique s'en allait faire ses courses à Auchan lorsque nous l'avons croisé. Victor lui avait donné la carte de visite que je lui avais moi-même donnée, le jour de notre rencontre dans le bus. Vous me suivez ? Elle passe de mains en mains, celle-là, ça fait plaisir à voir ! À la suite de cet échange, nous avons décidé de nous rendre à pied sur le marché de Noël. Victor observait un troupeau d'ânes pendant que je discutais avec quelqu'un comme ça. Je l'attendais sous la neige ; nous avons continué notre route.

—Bonjour, Messieurs les agents de sécurité !

Postés à l'entrée du marché de Noël. Nous nous sommes fondus dans la foule immense, foulant le tapis rouge sur les pavés de la Grand'Place, nous avons marché entre les chalets, jusqu'à la patinoire de l'autre côté. Nous avons regardé durant une heure les gens patiner par dizaines sur la glace. Il y avait de tout, des hommes, des femmes, des adolescents et des enfants. Après, nous étions repartis. J'avais observé Victor pisser sur le mur de La Poste. Ayant eu moi aussi l'envie de faire pipi, je lui ai demandé :

—Tu sais où se trouvent les toilettes publiques de la gare d'Arras ?

Il m'a montré les toilettes en pointant son index.

—Regarde, c'est juste là !

J'ai pissé à mon tour, après avoir baissé ma braguette. Je suis allé me laver les mains dans les toilettes de Pomme de Pain. Je me suis mis du savon à la noix de coco sur les mains. J'ai essayé de faire couler l'eau du robinet pour me les rincer. Pas une goutte d'eau n'en est sortie, cela ne fonctionnait plus, le détecteur sous le robinet ne détectait pas ma main. C'était la meilleure, ici, c'était le désert de Gobi. J'ai regardé mes mains toutes blanches de savon, je ne pouvais pas sortir comme ça, tout le monde allait croire en me voyant que je m'étais fait un petit plaisir solitaire. J'ai essayé de faire sortir le papier du distributeur de papier électronique, pas moyen d'en avoir un. J'ai alors pris mon courage à deux mains et je suis sorti les mains pleines de savon. J'ai essayé de cacher la misère comme je pouvais. J'ai rejoint mon ami Victor dans la gare, les mains derrière le dos, il discutait encore avec des gens. Le temps que j'aille me laver. Enfin, voilà quoi ! J'ai tendu une oreille curieuse pour écouter ce qu'ils se disaient avant de m'asseoir à côté du monsieur avec lequel il parlait. Après dix minutes d'une conversation passionnante, nous avons pris le bus ensemble. Nous avons discuté de choses et d'autres. Quand tout à coup, mes mains collées à son visage.

—Sens mes mains, elles sentent trop bon la noix de coco !

—Oui, ça sent très bon.

Plus tard, avant de descendre à l'arrêt du bus « chaufferie », Victor m'a sorti :

—Tu m'envoies un SMS quand tu es rentré chez toi. D'accord ?

—D'accord, Victor !

Il est descendu du bus et je l'ai vu partir vers chez lui. On s'est rappelé cinq, dix minutes après. J'ai discuté avec lui, comme avec Dominique qui veut à tout prix me revoir. Je lui ai parlé de mon nouveau téléphone que j'adore puisqu'il est bleu métallisé brillant à l'arrière. Alors, au téléphone, je l'ai convaincu d'acheter le même modèle à Auchan. Dominique, c'est un monsieur.

—J'ai dix-neuf ans, mais j'en fais soixante.

—Bon, on se rappelle demain matin. On se donne rendez-vous à la gare comme l'autre jour.

—D'accord. À demain, alors.

—À demain.

Je lui enverrai un SMS pour lui dire que je suis arrivé à la gare d'Arras à midi, alors que je serai chez moi, assis dans mon canapé, à manger des baies de goji bio devant la télé.

—Bonjour, je m'appelle Dominique, j'ai dix-neuf ans et il me manque plein de dents.

64

CHAPITRE 14

À la plage en famille

Je me lève et je m'en vais ailleurs pour trouver l'inspiration pour écrire de nouvelles chansons. Je les enregistrerai plus tard dans ma chambre qui était celle de mon jumeau avant qu'il prenne un appartement avec sa copine Wendy. Elle se demande encore si je suis le véritable tonton de Léo, vu que je ne prends pas toujours de ses nouvelles. En effet, je suis bien trop occupé avec mes tournages. Mais c'est vrai que je me suis bien calmé. Avant, je ne pensais qu'à cela. Toute ma vie, la musique, encore et toujours la musique.

Dans l'après-midi, j'attends un appel important pour du travail. J'ai rappelé Cuisinella, toujours pour le travail. Il y a quelques jours, j'ai posté un CV et une lettre de motivation pour travailler dans leur magasin d'Arras comme vendeur-concepteur de cuisines. Le vendeur que j'ai eu au téléphone ce jour-là a noté mon nom, mon prénom et mon numéro de téléphone. Il allait écrire un mail à Monsieur Georges Leveugle pour lui dire que je venais d'appeler le magasin, et pour que celui-ci puisse me rappeler. La dernière fois que je l'ai eu au téléphone, on s'était donné rendez-vous le mardi 27 mars, à quinze heures, pour un entretien chez Cuisinella. Je me suis alors rendu au Cuisinella d'Arras. À quinze heures, un homme m'a accueilli et m'a proposé d'aller boire un café dans une pièce au fond du magasin. Je l'ai suivi ; je me suis installé sur une chaise et il a versé mon café dans une petite tasse sur laquelle était gravé un *C*. J'ai bu mon café, puis je me suis levé ; l'homme m'a dit d'appeler Monsieur

Georges Leveugle. J'ai composé le numéro sur mon téléphone.

—Bonjour ! C'est Cyril, je suis bien arrivé chez Cuisinella !

Une employée répond à mon appel.

—Bonjour ! C'est au Cuisinella de Douchy, dans la zone d'activité commerciale, que vous avez rendez-vous. Présentez-vous au magasin avant dix-neuf heures. À tout à l'heure !

Comme je n'ai pas de voiture, j'ai décidé d'appeler mon père à la rescousse pour qu'il me conduise là-bas, sur place. Je prends la ligne 2 du bus à « Debussy ». Je montre ma carte de bus au chauffeur.

—Bonjour, Monsieur ! lui dis-je

—Bonjour, Monsieur, et merci ! me répond-il.

J'arrive chez mon père en courant ; dans le couloir, je vois la mère de Ludivine, qui habite dans l'immeuble, et son copain. Ils discutent ensemble.

—Bonjour ! Bonjour !

—Au revoir ! Au revoir !

Ils s'en vont. Nous nous préparons à partir à mon rendez-vous. Sur la route, j'écoute de la musique dans la voiture avec mon téléphone branché sur les enceintes. Nous trouvons une place pour nous garer sur le parking devant le magasin Cuisinella. Je sors de la voiture, je me suis bien habillé pour passer mon entretien d'embauche. Je discute avec Monsieur Georges Leveugle, puis avec le directeur commercial. Je leur parle de mes expériences en tant que vendeur-conseil en magasin. Ils me présentent à un troisième monsieur, celui avec lequel j'ai discuté au tout début, tout au fond du magasin. Nous nous disons :

—Au revoir, et à bientôt au téléphone !

Avec mon père, nous reprenons la route. À l'origine, Monsieur Georges Leveugle m'avait laissé un message sur ma messagerie Orange le 26 février me demandant de le rappeler. Ce que j'avais fait en arrivant chez Cuisinella à Arras. Maintenant, j'arrive à Auchan. Je m'installe sur le grand fauteuil gris, au beau milieu de l'allée centrale. Un bébé pleure dans une poussette, il passe devant moi et disparaît comme par magie. Je change de position. Sur un mur, je lis, écrit en blanc et en toutes lettres : « Arras, la ville au cœur des événements ».

Je reprends le bus et je me prends la barre en plein front. Ça m'apprendra à me moquer des autres. Je descends du bus à « Saint-Christophe » pour aller faire mes courses à Intermarché. Je pénètre dans le magasin et j'entends un homme qui fait de l'animation promotionnelle sur le lieu de vente. Je me dirige vers le rayon des salades Sodebo avec mon sac carnaval de Dunkerque très coloré ; il y a des carnavaleux déguisés sur une photo imprimée dessus. De l'autre côté, il y a les Côtes-du-Nord. Je prends deux salades et compagnie Antibes (riz, œuf, salade, crudités, thon et olives) avec une sauce vinaigrette balsamique. Trois salades et compagnie Stockholm (pâtes, œuf, tartare de saumon fumé, salade et tomate) avec une sauce vinaigrette aux agrumes, et enfin une salade et compagnie Istanbul (taboulé, salade, poulet rôti crudités et raisins secs) avec une sauce au yaourt et à la menthe. Elles ont toutes une date courte -50 %, donc je m'en vais à la caisse du magasin ; je paie 11,75 euros.

Je regarde le ticket de caisse : remises immédiates 6-11,78 euros. Je tiens mon sac par ses anses couleur or, comme mon micro. Je sors du magasin et je prends le bus à « Saint-Christophe » jusqu'à chez moi. Sur la table du salon, ma mère ouvre un plateau de vingt-deux petits fours fruités, il y a trois tartelettes à la pistache, trois flans aux abricots, quatre éclairs au chocolat, trois financiers aux framboises, trois tartelettes au citron, trois moelleux au caramel et à la pomme, trois carrés à la pomme et au cassis. Ils contiennent des œufs, du lait, du soja, du gluten, des amandes, des pistaches et des sulfites. Poids net : 331 grammes. Je prends mon téléphone pour appeler mon père. Je tombe sur sa messagerie Orange. Je lui laisse un message après le bip.

—Bonjour, Papa, c'est Cyril ! Nous pourrions aller aux trente-deuxièmes rencontres internationales de cerfs-volants à Berck-sur-mer ? C'est du samedi 15 au dimanche 23 avril 2017. Rappelle-moi, s'il te plaît. Gros bisous !

Avec mon père, nous y étions allés l'année dernière. Nous avions pris sa voiture. Il y avait un monde fou, impossible de trouver une place pour se garer ce jour-là. C'était un dimanche après-midi. J'avais trouvé une place pour nous garer entre les deux poteaux d'un arrêt de bus désaffecté. J'étais content d'avoir enfin trouvé une place. Nous avions quand même tourné plusieurs fois sur le parking, en espérant voir une place se libérer. Enfin, j'ouvre le coffre de la voiture, je prends une baguette au fromage pour me faire un sandwich. Je la découpe en deux, je mets du beurre à l'intérieur, deux tranches de jambon et je mange tout. Jusqu'à ce que je voie arriver mon frère jumeau, Gaël, avec sa femme Wendy, et Léo dans la poussette. Gaël a une casquette sur sa tête, une paire de Ray-ban sur son nez. Il a pris son appareil photo numérique. C'est un Canon comme le mien, sauf qu'il a dix-huit millions de pixels. Les photos sont juste de meilleure qualité.

—Vous voulez boire quelque chose ? leur demandai-je.

—Oui.

—Vous avez quoi ?

—On a du jus de pomme dans la glacière, et de l'eau.

On boit tous ensemble avant de décider d'aller voir les cerfs-volants sur la plage. Ça tombe bien, le soleil brille. Sur la route, avec mon père et mon jumeau, on se demande quelle voiture je vais bien pouvoir m'acheter par la suite. Nous arrivons sur la digue de mer, c'est le jour du marché. Il y a du monde. Nous essayons de nous frayer un chemin jusqu'à la plage. Je sens l'odeur des confiseries et des gaufres lorsque je passe devant le stand des bonbons. Il y a un marchand de cerfs-volants, c'est normal, nous sommes à la mer. Nous descendons sur la plage. Wendy et mon frère portent la poussette avec Léo dedans, parce qu'il leur est impossible d'avancer dans le sable. Nous regardons les cerfs-volants voler dans le ciel. Il y en a de toutes les formes, de toutes les tailles et de toutes les couleurs, c'est magnifique ! Mon jumeau en profite pour prendre des photos avec son numérique. Nous continuons d'avancer dans le sable et j'entends la voix d'un animateur radio. Il parle aux gens sur la digue de mer et leur propose de participer à un jeu pour leur faire gagner des places de cinéma et aller voir un nouveau film. Il y a de la musique aussi… Après avoir pris d'autres photos, mon jumeau nous prévient, mon père et moi, qu'ils ne vont pas tarder à y aller vu que mon jumeau travaille demain. Il est électricien à la Spie, c'est une société spécialisée dans les domaines du génie électrique, mécanique et climatique, et de l'énergie des réseaux de communication. Son métier est la réalisation, l'assistance à l'exploitation et la maintenance d'équipements industriels. Il travaille souvent à Paris ou Calais, du lundi au vendredi. C'est pour cela qu'il préfère repartir plus tôt avec Wendy et Léo, vu qu'il doit se lever à cinq heures trente du matin pour partir sur son lieu de travail. Nous nous disons :

—Au revoir et à bientôt !

Puis nous continuons d'admirer le beau spectacle des cerfs-volants. C'est au tour des professionnels de faire leur apparition. Nous avons le droit d'assister à ce beau ballet aérien. Les cerfs-volants lumineux se suivent au rythme de la musique, ils vont à droite, puis à gauche, de plus en plus haut dans le ciel berckois. C'est grandiose !

Nous admirons toutes les chorégraphies aériennes jusqu'à la fin du spectacle. Après, je me dirige vers un immense ours en toile gonflé par le vent. Il doit mesurer plus de cinq mètres de haut. Je me glisse entre ses jambes pour que mon père me prenne en photo. Nous observons d'immenses drapeaux de chaque pays du monde, mon père me prend en photo. Je prends des poses lascives avec quelques drapeaux qui volent au vent.

—J'ai envie de manger des chichis, Papa !

Ça tombe bien, je connais un marchand. Nous nous dirigeons vers le marchand de chichis, gaufres, crêpes, glaces à l'italienne et bien d'autres sucreries. Comme tout le monde, nous faisons la queue en attendant notre tour.

—Bonjour, Madame, je voudrais six chichis, s'il vous plaît !

Trois minutes plus tard, la dame donne le cornet à mon père.

—Merci. Belle journée à vous !

—Merci beaucoup. Belle journée à vous !

—Montre-moi le cornet.

La dame a mis plein de sucre sur les chichis, j'aurais dû lui préciser de ne pas en mettre. Arrivés sur la digue de mer, nous nous assoyons sur un muret en pierre. J'attrape un chichi, je chasse tant bien que mal les grains de sucres récalcitrants.

—Mais laissez mon chichi tranquille, il n'a pas besoin de vos grains de sucres ! Allez donc mourir dans la bouche de mon père. Tiens, Papa, mange ça !

Je déguste mes trois chichis sans faire de chichis. Puis, avec mon père, nous décidons d'aller refaire un tour dans le sable. Nous traversons la plage de long en large. Je me risque à aller prendre la température de l'eau. J'adore nager dans l'eau de mer, il paraît que c'est super bon pour la circulation sanguine. J'enlève mon pantalon, je m'approche de l'eau salée, j'avance à tâtons. En avril, elle est froide, mais j'ai l'habitude de l'eau. Elle ne peut me faire que du bien, j'imagine. Mon père me suit. Après plusieurs minutes de trempette dans l'eau de mer, nous nous rhabillons avant de retourner à la voiture. Nous croisons des vacanciers et des enfants qui font du vélo sur la digue de mer. Nous arrivons à la voiture en fin d'après-midi. Mon père me propose d'aller manger un kebab avec des frites dans le centre-ville de Berck-sur-Mer. Nous y allons ensemble. Nous passons notre commande auprès de la gérante du kebab, mon père paie l'addition, puis nous retournons à pied dans la voiture. Nous mangeons notre kebab, les frites sont excellentes. Elles étaient excellentes, je m'en souviens encore. J'allume la radio pour écouter de la musique. Nous reprenons la route jusqu'à l'appartement de mon père.

CHAPITRE 15

Rencontre avec Maxime

Un jeudi soir, le 30 mars 2017, je prends mon bus habituel pour aller au Rodéo bar lounge club. Je pénètre à l'intérieur et je vois un couple gay assis au bar. Je discute avec les deux hommes ; l'un me parle d'une association qu'il a créée avec son copain. Le site Internet de son association est en cours de maintenance. J'observe un troisième homme debout sur le coin du bar, il boit un Coca-Cola avec une paille. Jérémy, le responsable du bar, a vu que je le regardais. Il me dit :

—Maxime est bi, il bande à fond.

—Ça tombe bien, moi aussi je suis gay et célibataire.

Je me lève et je m'approche de Maxime. Il a 30 ans et demi, mesure un mètre quatre-vingt-deux, les yeux bleu-vert. Une petite fossette sur sa joue gauche à côté de ses lèvres lui donne un air charmeur, quelques rides sur le front. J'apprends de Jérémy qu'il est responsable du café Marius 12, rue Léon Gambetta, juste en face du Rodéo bar lounge club. Ma main caresse son entrejambe. Contrairement à ce que Jérémy m'a dit avant que je me lève, il ne bande pas, mais ça ne saurait tarder. Je décide de faire un strip-tease à Maxime pour l'émoustiller. J'enlève doucement mon pull à capuche bleu puis mon tee-shirt bleu ciel ; laissant apparaître mon body ultra sexy en lycra blanc, j'enlève ma ceinture avec allégresse. Je déboutonne délicatement mon jean et j'abaisse mon pantalon, dévoilant le bas de mon body. Je tourne sur moi-même. Maxime observe le beau spectacle qui s'offre à lui. Je remonte mon pantalon, puisqu'il y a des gens dans le Rodéo bar lounge club. Je remets mon tee-shirt et mon pull par-dessus. Je décide de m'asseoir sur une chaise haute de bar, sur la scène, juste derrière moi. Des lumières bleues, vertes et rouges balaient la piste de danse au rythme des musiques qui s'enchaînent. L'homme gay à lunettes vient me parler au fond du Rodéo bar lounge club.

—T'es toujours à l'aise comme ça, avec les gens ?

—Oui, j'ai toujours été à l'aise avec mon corps.

Je me lève et je m'approche du bar sur lequel j'ai posé mon manteau. Maxime se lève pour aller aux toilettes du Rodéo bar lounge club, au fond à gauche. Je décide de l'attendre, assis sur une chaise haute de bar. Je suis accoudé à une table de bar mange-debout ronde, brillante, aux reflets arc-en-ciel. Un classeur orange est posé dessus ; il est rempli de noms d'artistes avec les titres de leurs chansons classés par ordre alphabétique.

—C'est pour les soirées Karaoké des mercredis et vendredis soirs.

—Oui, je sais Jérémy, j'ai lu *Kara fun* écrit au feutre à l'intérieur.

Soudain, j'entends un bruit de chasse d'eau puis de séchoir électronique. Maxime sort des toilettes et je l'invite à me rejoindre à la table de bar mange-debout. Dans un élan amoureux, je l'embrasse sur les lèvres une fois, puis deux. Maxime m'invite ensuite à le suivre. Nous quittons le Rodéo bar lounge club dans le silence tandis que la musique continue. Je le suis sur le trottoir et nous traversons la route pour rejoindre son véhicule. Je m'installe à bord, sur le siège côté passager de sa Citroën C3 ; il allume le moteur. Nous attendons pour faire marche arrière, nous reculons et nous avançons à destination de sa maison. Il habite à Beaurains, voie de Bussang. Nous passons sur le pont Leclerc. Maxime passe devant l'arrêt de bus « Vosges ».

—Tourne à gauche !

—D'accord.

Nous passons en voiture devant ma maison.

—J'habite tout près d'ici. Il tourne à droite puis à gauche, encore à droite, et à droite au fond de la voie où se trouve sa maison. Elle ressemble à la mienne. Nous nous garons dans son allée de garage et sortons de sa voiture pour aller chez lui. Il ouvre la porte de sa maison. C'est charmant, il y a une plante verte à côté de sa montée d'escaliers. J'enlève mon manteau, je le pose sur la rambarde et j'enlève mes chaussures pour monter à l'étage. Maxime fait comme moi. Je monte les escaliers repeints en gris par les anciens propriétaires.

—C'est pour faire plus moderne.

—Oui, je sais, Maxime.

J'arrive sur le palier, je pousse la porte de sa chambre, je pénètre à l'intérieur. C'est assez sombre, car le volet est fermé. Maxime allume. Je vois un grand écran d'ordinateur au pied de son grand lit. Je m'assois. Maxime allume l'écran de son ordinateur.

—Tu veux regarder quel film ?

Nous regardons la longue liste des films qu'il a téléchargés. Il met *Le dîner de cons* ; c'est un film français sorti en 1998 et réalisé par Francis Veber. Veber adapte sa propre pièce de théâtre du même nom dans laquelle Jacques Villeret jouait le même rôle. Il est vingt-et-une heures quinze, j'entends un bruit de porte qui s'ouvre et se referme, c'est Camille qui sort de sa chambre pour aller aux toilettes.

—Tu as faim ?

—Oui, j'ai très faim.

—Tu sais que j'ai des sœurs jumelles ?

—C'est vrai ?

—Oui. Elles dorment dans la chambre à côté.

—D'accord.

Maxime sort de sa chambre pour aller préparer le dîner. Il revient.

—J'ai mis une pizza au four.

—On va se régaler !

Il me prête un caleçon et un tee-shirt, je devine alors que c'est mon pyjama. Il sort une deuxième fois de sa chambre et arrive au lit avec un plateau et une pizza au fromage de chèvre, tomates et poivrons. Il la découpe en quatre et commence à manger.

—J'ai envie de regarder un autre film, lui dis-je.

Il m'énonce les titres de plusieurs films. Jusqu'à *Madame*

Doubtfire. Madame Doubtfire est un film américain réalisé par Chris Columbus et sorti en 1993. C'est l'adaptation cinématographique du roman *Quand Papa était femme de ménage*, d'Anne Fire, publié en 1987. Robin Williams me fait mourir de rire. Chris Columbus est un réalisateur, producteur et scénariste américain, né le 10 septembre 1958 à Spangler, en Pennsylvanie, aux États-Unis. Robin Williams est un humoriste et acteur américain, né le 21 juillet 1951 à Chicago et mort le 11 août 2014 à Paradise Cay.

—Quelle belle ville !

Nous regardons le film, allongés dans son lit, sous la couette. J'entends soudain des bruits de pas venir jusqu'à la chambre ; c'est Camille. Maxime attrape mon oreiller et me le met sur la tête.

—Tais-toi, fait moins de bruit.

Il sort de sa chambre pour aller chercher la suite du dîner et revient avec une faluche et deux fromages bio.

—Merci ! C'est vraiment gentil de ta part. J'ai le choix.

On se partage la faluche à nous deux. On se régale jusqu'au dessert.

—Tu veux manger quoi comme dessert ?

—Qu'est-ce que tu as ?

—J'ai des yaourts aux fruits.

—Ça me va très bien ! J'adore les fruits !

Maxime revient avec un velouté avec de délicieuses fraises mixées. Il me le donne, je l'ouvre.

—Mmm... que c'est bon ! J'ai envie de le finir avec ta cuillère, Maxime.

—Tu fais ce que tu veux, mais finis-moi ce dessert je t'en supplie.

Je le termine. Je bois de l'eau à la bouteille tout en regardant le film. Maxime connaît la plupart des répliques par cœur, ce qui me fait beaucoup rire parce que je l'ai déjà vu moi aussi, comme lui. À la fin du film, Maxime éteint son ordinateur. Nous nous couchons ensemble pour la toute première fois. Dans la nuit :

—Maxime, j'ai envie de faire pipi et ta mère est encore debout.

—Tiens, prends cette bouteille, fais pipi dedans et essaie de ne pas en mettre partout, s'il te plaît.

J'allume la lampe de poche de mon téléphone portable, je sors ma zigounette, je mets le bout à l'intérieur de la bouteille et je me soulage. Je pose la bouteille à côté du lit.

—Bonne nuit, Maxime !

—Bonne nuit !

CHAPITRE 16

Ton ange gardien protecteur

Le lendemain matin, Maxime se réveille. Il est cinq heures quarante-cinq. Il est parti prendre une douche, moi je reste là dans son lit, bien au chaud sous sa couette. Je me lève, j'enlève mon pyjama et je m'habille, avant de me glisser à nouveau sous la couette. Maxime revient tout habillé.

—Prépare-toi, nous allons partir, c'est moi qui fais l'ouverture du café Marius ce matin.

Je me lève, déjà tout habillé, je descends les escaliers dans le silence, suivi de Maxime. Je mets mes chaussures, j'enfile mon manteau, j'ouvre la porte d'entrée de sa maison et il la referme derrière nous. Maxime ouvre la porte de son garage pour sortir sa voiture et la referme derrière lui. Je pénètre à l'intérieur du véhicule. En reculant, je vois Félix le chat noir et blanc de Maxime, marcher dans l'allée d'entrée de la maison. Sur la route, il met de la musique. Nous arrivons devant le café Marius.

—Ma chevalière ! Il me faut ma chevalière.

Nous retournons à la maison de Maxime.

—J'ai vu ton chat !

—J'arrive, j'en ai pour deux minutes.

Il revient avec sa précieuse chevalière au doigt. Nous retournons au café Marius ; en fait, on se gare juste devant. Le temps qu'il ouvre les volets du café, j'attends dans sa voiture. Je vois de la lumière à l'intérieur. C'est magique, je ris quand je le vois sortir devant l'entrée. Je sors de la voiture pour aller le rejoindre.

—Mes collègues sont à l'intérieur. Donne-moi ton numéro de téléphone, je vais le faire sonner.

Mon téléphone sonne et vibre entre mes mains.

—Bon courage !

Je traverse la route sur le passage pour piétons pour aller prendre un bus. Je prends le premier que je vois, je descends à la gare des bus. J'avance jusqu'à la gare des trains, je pénètre à l'intérieur, je regarde l'écran pour voir à quelle heure arrive le prochain bus 1. Je le vois arriver, je cours jusqu'au quai E, j'entre à l'intérieur de mon bus. Je montre ma carte de bus au chauffeur.

—Bonjour, Monsieur !

—Bonjour, Monsieur, et merci !

Je m'installe au fond du bus. Dehors, il fait encore noir ; je traverse la ville jusqu'au centre commercial.

—Au revoir, Monsieur !

—Au revoir, Monsieur !

Je descends du bus et je traverse la route pour reprendre le même bus de l'autre côté. Un camion de marchandises est garé sur la route. Les feux de détresse préviennent les usagers de la route de sa présence. Après plusieurs minutes d'attente dans le froid – mais ça va, je suis bien couvert –, je remonte dans le bus.

—Encore bonjour, Monsieur !

—Bonjour, Monsieur, et merci.

Le bus traverse la ville et je descends à l'arrêt de bus près de La Poste.

J'attends de longues minutes dans le froid, jusqu'à voir arriver du bus de la ligne 2, à destination de « Varlet ». Je pénètre à l'intérieur (comme d'habitude). Je m'assois à ma place favorite. J'appelle ma mère.

—Allô Maman ? Je suis dans le bus, j'arrive à la maison dans cinq minutes.

—À tout de suite.

Je raccroche. J'arrive chez ma mère. La journée passe vite, comme d'habitude. Le lendemain soir, Maxime m'envoie un SMS pour m'inviter à sortir boire un verre là où l'on s'est rencontré l'avant-veille.

—Je passe te prendre à vingt-et-une heures. Plein de bisous.

—D'accord. À tout à l'heure !

À la télévision, je regarde The Voice : La Plus Belle Voix. Ce sont les auditions finales de l'émission. À vingt-et-une heures quarante-cinq, je vois la voiture de Maxime se garer sur la route devant mon entrée de garage. Je sors le rejoindre et nous partons, destination le Rodéo bar lounge club. Nous passons une première fois devant l'établissement. Je vois de la lumière et des gens qui dansent à l'intérieur. Nous passons plusieurs fois devant ce lieu festif dans le but de trouver une place pour nous garer. Nous passons devant le café Marius et nous trouvons enfin une place pour nous garer, face à l'Hôtel Mercure. Je descends de la voiture, je suis de près mon Maxime. Je suis son ange gardien protecteur.

—Tout le monde me connaît ici, donc, pas de bisous.

—D'accord, lui dis-je.

Nous arrivons devant le Rodéo bar lounge club et je suis Maxime à l'intérieur. Devant moi, il embrasse des femmes qu'il connaît. Je bouscule tout le monde jusqu'à me retrouver nez à nez face à six lapins posés sur le bar. Ils ont chacun un nez en forme de cœur. Quelle coïncidence ! Je ne suis pas sous l'emprise d'un champignon hallucinogène ; c'est juste que nous sommes le week-end de Pâques et que demain, il y a une grosse soirée d'organisée au Rodéo bar lounge club avec un DJ, avec deux énormes œufs en chocolat à gagner et une distribution de chocolats. Maxime est accoudé au bar.

—Tu veux boire quoi ? me demande-t-il.

—Je vais prendre un jus d'orange, s'il te plaît, mon amour.

Dans un verre, la jolie serveuse me prépare ma boisson préférée avec des glaçons. Maxime est déjà parti, c'est un vrai courant d'air, celui-là ! Je devine qu'il est au café Marius. Je vois un magnifique travesti venir jusqu'à moi. En réalité, c'est avec Jérémy qu'il cherche à discuter.

—Bonjour.

Il opine du chef.

Je revois mon homme revenir vers moi. Il commande un Coca-

Cola à Jérémy et le sirote devant moi.

—Je m'en vais, me lâche-t-il.

Après quelques minutes de réflexion, je décide de le rejoindre. Je sors du Rodéo bar lounge club enfumé. Je traverse la route, j'arrive sur une langue de parking, je traverse la deuxième route et j'arrive au café Marius. Les portes automatiques s'ouvrent devant moi, et qui vois-je ? L'homme de mes rêves derrière le bar. Il m'a vu, il s'approche de moi, ma main caresse son dos tout en douceur devant l'entrée du café. Je le suis jusqu'au Rodéo bar lounge club. J'écrase rageusement par terre la cigarette qu'il vient d'allumer. Je saute à pieds joints dessus pour en finir avec cet objet tabou.

—Elle est à la fraise, me dit-il.

Je ne veux rien savoir.

—Je déteste ça ! Tu le sais très bien, je te l'ai déjà dit.

Je vois un homme prendre la banderole du Rodéo bar lounge club en photo avec son téléphone portable. J'ai déjà vu ce garçon quelque part, son visage m'est familier, mais je ne saurais plus dire où nous nous sommes rencontrés. Peut-être au restaurant L'ange bleu, j'y ai travaillé le 31 décembre 2015. Nous pénétrons dans le Rodéo bar lounge club. Le chanteur crie dans son micro.

—Bon Anniversaire, Mamie !

Je devine que c'est son anniversaire. Tout le monde chante.

—Joyeux anniversaire, joyeux anniversaire, joyeux anniversaire, Mamie, joyeux anniversaire !

Dans le Rodéo bar lounge club, tous les gens applaudissent. Jérémy sort un énorme bouquet de fleurs de derrière un rideau noir. Il s'approche de Mamie.

—Surprise !

C'est un homme déguisé en grand-mère. Ça alors ! Je m'amuse de la situation.

Un chanteur chante son répertoire de chansons françaises sur la scène du Rodéo bar lounge club. Tout le monde applaudit pour le féliciter. Il salue son public. Avec mon homme, nous repartons. Dans la voiture, arrivé à un feu tricolore, j'ai envie de l'embrasser, mais il me repousse prétextant qu'il y a des gens dans la voiture devant nous qui pourraient nous voir. Je m'en fiche, je lui caresse l'entrejambe en lui disant des mots d'amour. Je crois qu'il ne m'aime pas. Alors, nous décidons de retourner chez lui. Nous continuons tout droit, évitant sa mère rentrée de son travail. Nous continuons notre route en écoutant de la musique sur Contact FM. Nous arrivons sur un parking tranquille et nous nous garons sur la dernière place de celui-ci. La radio est toujours allumée. Pour plus de confort, nous décidons de nous installer à l'arrière. Je décide alors de l'embrasser sur la bouche, nous faisons l'amour habillés à l'arrière de sa voiture. C'est très romantique. Je me mets à cheval au-dessus de lui. Je prends sa tête entre mes mains, je continue de l'embrasser langoureusement pendant de longues minutes. Je sais qu'il aime bien les bisous, mon homme. Je regarde l'heure sur ma montre Casio, il est bientôt minuit et nous décidons de reprendre la route. Il me montre la maison de son collègue de travail. C'est un vieil homme chauve qui a voulu me faire payer un euro le plan de la ville d'Arras alors qu'il est écrit « Gratuit/ free » dessus.

—Ah! C'est pour ça que tu m'as emmené ici, sur ce parking ? C'est parce que ton collègue de travail habite tout près ?

Il a de la suite dans les idées, cet homme-là ! Il me dépose juste devant chez moi, nous nous embrassons sur la bouche une dernière fois et je rentre chez moi. Je fais aller la cognée de porte trois fois et la boîte aux lettres trois fois aussi. C'est le mot de passe que l'on s'est donné avec ma mère. Comme ça, elle sait que c'est moi et pas un vendeur de tapis. Je rigole ! Je suis repassé devant le café Marius en début d'après-midi, après avoir mangé ma salade Sodebo, assis à la gare d'Arras entre un couple d'Anglais et une jeune étudiante. J'ai vu mon homme la cigarette au bec en train de discuter avec sa collègue de travail. J'ai fait mine de ne pas le reconnaître en passant devant lui, mon bonnet bleu sur la tête, le tour de cou Wed'ze devant le nez et la bouche. Ça t'apprendra à mal me parler ! Juste après, je traverse le boulevard sur les deux passages pour piétons. C'est dans ces moments-là que je me rends compte à quel point je l'aime et je tiens à lui. Je traverse un troisième passage pour les piétons, celui qui me sépare de la station de « Ma Citadine » 100 % électrique que j'attends assis contre un poteau. Au café Marius, mon homme pense qu'il n'a pas besoin de moi, pas besoin de mon amour pour vivre sa vie comme il l'entend. Cela me fait beaucoup de mal parce que je m'attache vite aux gens et je donne dès le début tout mon amour, toute ma confiance aux personnes que j'aime. La preuve, c'est moi qui l'ai embrassé dès le premier jour de notre rencontre au Rodéo bar lounge club. Je comprends mieux maintenant pourquoi il était célibataire. Je crois comprendre l'origine de son mal-être. Dans son lit, Maxime m'avait parlé de son père absent car trop pris par son travail de médecin à Lille, quant à sa mère, Marianne était psychologue. Nous nous étions prêtés à quelques confidences sur l'oreiller.

—Dis-moi tout, mon chéri, ça va te libérer de me dire tout ce que tu as sur le cœur. On a tous un père comme le tien, qui nous manque. Tu devrais l'appeler de temps en temps, même ta mère, tu sais ?

—Tu as tout à fait raison.

Je ressens tout le mal que certains de ses salariés lui ont fait depuis ces deux ans qu'il travaille au café Marius en tant que responsable. Je me sens comme une éponge qui absorbe les mots au fur et à mesure, toute l'eau d'une vaisselle souillée restée trop longtemps dans un bac. Quand je l'entends parler, je pratique l'empathie mouillée. Mon homme a su me mettre à mon avantage le jour où nous nous sommes rencontrés pour la première fois. Devant lui, j'avais mouillé d'excitation mon body.

—Ça te ferait plaisir que je te montre mon zizi derrière le bar, mon beau Maxime ?

—Oui, vas-y, s'il te plaît, montre-le-moi, j'ai trop envie de le voir !

Sans me faire prier, j'abaisse tout en douceur mon pantalon sous le regard gourmand de Maxime.

—Tu vois, je ne bande pas encore, nous sommes à égalité !

Un doux délire.

—Tu peux remonter ton pantalon.

CYRIL VAN EECKHOUTTE

Je fais ce qu'il me dit.

CHAPITRE 17

Le Fitness club

Un jeudi après-midi, ma mère vient vers moi.

—J'ai du courrier pour toi, me dit-elle.

Assis dans le canapé du salon, je me lève et je lui arrache le courrier des mains. J'ouvre délicatement l'enveloppe avec ma main. Je sors les trois feuilles qui sont à l'intérieur et je lis :

Arras, le 31 mars 2017

Monsieur,

Vous trouverez ci-joint deux arrêtés correspondant à votre situation administrative, dont un exemplaire devra être retourné daté et signé à la Direction des ressources humaines de la mairie d'Arras.

Veuillez agréer, Monsieur, l'expression de nos sincères salutations.

Madame Angela Jordano

Chargée de recrutement DRH/Emploi et compétences

Arrêté du Maire

ARRÊTÉ recrutant Monsieur Cyril VAN EECKHOUTTE
Vacataire à la direction de l'Éducation

Vu les besoins occasionnels de la Direction de l'Éducation en personnel supplémentaire,

Vu la délibération du conseil municipal du 18 décembre 2016 relative à la rémunération des vacataires dans les équipements municipaux,

Vu les références présentées par Monsieur Cyril Van Eeckhoutte, demeurant 41 Avenue des Pyrénées 62217 BEAURAINS.

> *ARRÊTÉ*

ARTICLE 1ᵉʳ : Monsieur Cyril VAN EECKHOUTTE, assurera des vacations du 01/02/2017 au 31/07/2017 inclus en qualité :

- *D'animateur sans expérience dans les ateliers pédagogiques,*
- *Et/ou d'accompagnant dans les cantines scolaires,*
- *Et/ou d'accompagnant dans les garderies scolaires.*

ARTICLE 2 : L'intéressé(e) percevra une rémunération déterminée en fonction du nombre de vacations effectuées selon le taux fixé par la délibération susvisée.

ARTICLE 3 : Le Directeur général des services est chargé de l'exécution du présent arrêté qui sera transmis à l'intéressé(e). Une ampliation sera adressée au comptable de la collectivité, et le cas échéant, au représentant de l'État.

Notifié le :   Fait à Arras, le 23/02/2017
Signature de l'agent :   Pour le Maire,

L'adjointe déléguée

Après avoir donné un exemplaire signé de l'arrêté du maire à l'homme à l'accueil de la mairie d'Arras, j'en ressors d'un pas décidé et je marche sous les arcades de la Grand-Place. Je passe devant un homme qui ressemble à un SDF. Il m'interpelle.

—Montrez-moi votre sac ! me dit-il.

L'homme l'examine, il est écrit « Les côtes du Nord » d'un côté, « Carnaval de Dunkerque » de l'autre.

—J'ai habité à Dunkerque, j'ai reconnu quelqu'un dessus !

—Vous voulez dire sur mon sac ?

—Oui, c'est Daniel Lemaitre.

—Ah d'accord !

—Merci !

—Belle journée à vous, Monsieur ! lui dis-je en souriant.

Je me dirige alors vers le café Marius. Arrivé à pied juste devant l'entrée, je décide d'appeler Maxime pour lui faire une surprise.

—Allô, Maxime ?

—Allô ?

—C'est Cyril. Tu m'entends ?

—Allô ?

—Je t'attends devant le café Marius !

—Ah d'accord. Bon, je te laisse, je travaille ! me lance-t-il.

—Bon courage !

—Je te remercie, Cyril !

Il raccroche. Je pensais venir le retrouver à vingt-et-une heures ce soir au café Marius, pour voir le « Magic Show » de Mister Tom. Nous aurions pu profiter de l'événement pour briser l'iceberg qui s'est mis entre nous depuis quelques jours. Je suis très poli, courtois et respectueux avec lui, je le prouve à chaque fois que je lui envoie un SMS.

—Je t'aime, Maxime !

—Tu délires.

—Tu fais tout pour compliquer les choses alors que c'est plus facile de tout arranger en trouvant des solutions pour aller mieux.

Oui, j'ai l'impression qu'il fait tout pour compliquer les choses entre nous, c'est « je t'aime, mais fiche-moi la paix ». Et cela tombe bien, car j'ai un entraînement de boxe programmé ce soir à dix-neuf heures, au Fitness club d'Arras, près du centre commercial Auchan. Je chausse mes baskets, je mets ma veste à capuche marron clair et je m'en vais prendre le bus de dix-huit heures vingt-sept, aux « Vosges ». J'entre dans le bus comme à mon habitude. Je montre ma carte au chauffeur du bus.

—Bonsoir, Monsieur !

—Bonsoir, Monsieur ! Et merci !

Je m'installe au fond du bus côté vitre, face à la route ; j'arrive au centre commercial. Je descends du bus, je traverse la route sur le passage pour piétons en regardant de chaque côté. J'arrive devant le Fitness club. Je repère tout de suite un homme derrière le bureau de l'accueil.

—Bonjour, Monsieur. Je m'appelle Cyril, c'est moi que vous avez eu plus tôt au téléphone. Je viens pour l'entraînement de boxe du vendredi à dix-neuf heures.

—Bonjour, Cyril. Je vais te présenter tous les équipements du Fitness club. Je t'invite à me suivre.

Après avoir passé en revue chacun des appareils de musculation (tapis de course, rameurs…, les casiers et les vestiaires), j'emprunte un escalier en colimaçon. Au premier étage, il y a quatre sacs de frappe alignés, un bac avec des gants de boxe et un mur blanc sur lequel l'heure est vidéoprojetée. Je descends les escaliers avec à mes côtés le bel homme musclé et tatoué. De retour au bureau de l'accueil, je vois le coach sportif avec lequel je vais faire mon entraînement de boxe. Nous retournons tous les deux à l'étage. Comme c'est la première fois que je viens dans le Fitness club, bien sûr, je n'ai pas la tenue adéquate. Aurait-il fallu que je vienne avec un jogging et des chaussures de sport ? Adossé à la barrière, je décide alors de regarder les autres s'échauffer. La musique est bonne. C'est du hard rock. Les participants courent tout autour de la salle en petite, moyenne et grande foulée intermittentes. Pas chassés, pompes, ils se donnent tous à fond pour optimiser leur entraînement sportif. Tout l'inverse de moi qui reste là à les regarder se dépenser. Maintenant, chaque personne enfile une paire de gants de boxe. Ils sont quatre à s'entraîner, deux hommes et deux femmes, plus le coach sportif. Chaque personne se tient debout face à un sac de frappe. Ils s'en donnent à cœur joie pour frapper leur sac qui se balance dans le vide au-dessus du sol. Crochet gauche, crochet droit. Ensuite, ils se mettent deux par deux, uppercut au visage, le but de l'exercice étant de se prendre le moins de coups possible au visage. Je regarde l'heure sur mon téléphone mobile : il est vingt heures et je décide de repartir, laissant les gens derrière moi. J'appelle ma mère.

—Allô, Maman, je suis devant le centre commercial Auchan à

Arras. Tu viens me chercher ?

—Oui !

En fin de compte, je lui donne rendez-vous devant le McDonald's d'Arras. Après quelques minutes d'attente, je vois ma mère arriver dans sa Renault Clio rouge. Je monte dans son véhicule et nous repartons. Dans la voiture :

—J'ai envie de manger une frite, il y a trop de monde au McDonald's.

Nous décidons d'aller sur la place de la mairie de Beaurains. Nous trouvons une place pour nous garer sur le parking en face de l'école primaire Jean Moulin. Ma mère a repéré un food truck.

Nous nous dirigeons vers celui-ci. En face du camion, nous regardons le menu écrit à la craie blanche sur des ardoises.

—Vous avez choisi quoi ? nous demande la serveuse.

—Une pomme au four nature.

—Une pomme au four savoyarde.

—Vous désirez prendre un dessert ? ajoute-t-elle.

—Oui, nous prendrons deux tiramisus au caramel au beurre salé et aux spéculoos, s'il vous plaît !

La dame nous met le tout dans un sac marron.

Ma mère paie l'addition, dix-sept euros.

—Au revoir, messieurs dames ! nous dit-elle.

—Bon courage, j'ajoute.

Nous retournons à la voiture et nous rentrons à la maison.

Nous dégustons notre repas assis à la table de la cuisine. Je picore dans le plat de ma mère pour goûter sa pomme de terre savoyarde. Elle fait de même avec ma pomme de terre nature.

—Mmm… C'est super bon !

CHAPITRE 18

Où est Maxime ?

Je me lève d'un pas décidé. Nous sommes samedi, c'est le jour du marché sur la place des Héros, à Arras. Je descends du bus à la gare des bus d'Arras.

—Merci, Madame, et belle journée à vous ! lui dis-je.

Je contourne la place du Maréchal Foch à pied, je passe devant l'Eurostar, je remonte la rue. Je balaie du regard les voitures sur le parking à la recherche du véhicule de Maxime pour voir s'il travaille aujourd'hui au café Marius. Je ne trouve pas sa voiture. Je mets la capuche de mon manteau marron clair sur ma tête, je traverse la route sur le passage pour piétons. J'arrive à proximité de l'hôtel Mercure, toujours pas de trace de Maxime à l'horizon. Je continue mon chemin et je traverse le passage pour piétons pour remonter le boulevard Faidherbe. Je passe devant le Rodéo bar lounge club. Les rideaux sont fermés, mais sur la vitrine, je remarque l'affiche d'une soirée. Je lis :

« *L'association Boy Power BG+ organise la plus grosse soirée de l'année pendant douze heures non-stop.*

Full moon, la nuit de la lune

Samedi 1 avril 2017

Pour la première fois, le Shining Sun Club, en partenariat avec l'association Boy Power BG+ organise l'une des plus grosses soirées, une soirée très sulfureuse au plus profond de la nuit. Plus de 6 disc-jockeys résidents, des gogos danseurs, avec plein d'autres surprises pour vous, toute la nuit.

Disco-Navette pour le Shining Sun Club - Départ d'Arras (Rodéo

Bar lounge club)

Disco-Navette pour le Shining Sun Club – Départ de Lille (Recto verso bar lounge club) »

Je décide d'envoyer un SMS à Maxime pour le tenir informé de la soirée. J'écris :

« Bonjour, Maxime, je t'invite à m'accompagner à la soirée Full moon, la nuit de la lune, organisée par l'association Boy Power BG+. Rappelle-moi tout de suite, s'il te plaît. Merci ! »

Je continue d'avancer et je me retrouve à proximité de chez Jules, devant un stand de sous-vêtements féminins, soutiens-gorges et petites culottes, tenu par une femme. J'emprunte la rue Émile Legrelle, je passe devant le Casino d'Arras. Il est fermé. Je marche dans la petite rue Saint-Géry et j'arrive sur la place des Héros où je regarde le marché. Je continue mon périple jusqu'à arriver au café Marius. Je pénètre à l'intérieur.

—Bonjour, Monsieur ! me dit le serveur.

—Bonjour, Monsieur ! J'aimerais prendre un café crème, s'il vous plaît.

Je m'assois à une table côté rue. Le serveur arrive avec mon café crème sur un plateau rond.

—Merci, Monsieur !

Tout en buvant mon café, je balaie du regard la salle. Pas de trace de Maxime. Je me lève pour payer mon café crème au serveur.

—Merci, Monsieur ! Belle journée à vous !

—Belle journée à vous aussi ! Au revoir.

—Vous n'avez pas vu Maxime, le responsable du café Marius ? Je l'ai cherché, je n'ai pas trouvé sa voiture. Il se gare souvent devant.

—Maxime ? Il a pris une journée de congé, il ne travaille pas aujourd'hui.

—Ah d'accord !

J'aimais tant l'aimer.

CHAPITRE 19

À l'hôpital

Je retourne au café Marius le lendemain matin. Je revois le serveur en stage, âgé de 16 ans, qui m'a servi mon café crème la veille.

—Bonjour, Monsieur ! Vous allez bien ?

—Bonjour, Monsieur ! Oui, ça va, merci.

—Vous avez des nouvelles de Maxime ?

—Maxime ? Il a eu…

—Il a eu quoi ? Dites-moi.

—Maxime a eu un accident de voiture, il est à l'hôpital d'Arras. C'est sa mère qui nous a appelés ce matin pour nous le dire, fait Gérald, le patron du café Marius en encaissant un client âgé de 20 ans.

Pris de bouffées de chaleur, je déboutonne ma chemise. Et je m'en vais acheter un bouquet de fleurs chez le fleuriste à deux pas de là pour l'offrir à Maxime. Je choisis un bouquet de roses rouges, je pense qu'il va l'aimer. Je cours prendre le 6 à la gare des bus pour ne pas le rater, car je l'ai vu passer au loin en sortant de chez le fleuriste. Je sors ma carte de bus de ma poche. Je la montre au chauffeur.

—Bonjour, Monsieur, et merci !

—Bonjour, Monsieur, merci.

Le bus pénètre dans l'hôpital et il me dépose juste devant. Je descends du bus.

—Au revoir, Monsieur.

—Au revoir, Monsieur.

Je marche dans la longue allée qui mène jusqu'au centre hospitalier, le bouquet de roses à la main, et je me présente à l'accueil.

—Bonjour, Madame, je viens prendre des nouvelles de Maxime.

—Bonjour, Monsieur. Vous êtes de la famille ?

—Euh… je suis juste un ami très proche.

Je lui fais un clin d'œil.

—Ah d'accord, je comprends mieux… Il est dans la chambre 1269 D. Prenez le plan de l'hôpital, ce sera plus facile pour trouver sa chambre.

—Je vous remercie !

Je regarde le plan de l'hôpital ; alors, pour la chambre 1269 D, je dois prendre l'ascenseur jusqu'au quatrième étage, tout au fond du couloir, je tourne à droite… 1265 D, 1267 D, 1269 D. C'est là. Mon cœur bat la chamade. Pourvu qu'il ne soit pas momifié sur son lit d'hôpital.

—Toc, toc, toc.

—Oui, entrez !

—Bonjour, mon amour !

—Bonjour, mon cœur !

—Tu as l'air content de me voir, lui dis-je en le regardant sourire.

J'examine chaque partie de son anatomie.

—J'ai eu un accident de voiture, il y a deux jours, en rentrant du travail, me confie Maxime. Je me suis pris le volant en pleine tête, ils veulent me garder en observation jusqu'à demain. Je devrais sortir demain dans la matinée. Ils m'ont recousu le sourcil et la paupière droite parce que je me suis pris le volant en pleine figure au moment de l'accident, ajoute-t-il.

—C'est pour cela que tu as une compresse sur l'œil ? Mon pauvre amour ! Regarde ce que je t'ai acheté, des roses rouges, tes fleurs préférées !

Je prends un vase posé sur une table à côté du lit.

—Je vais le remplir d'eau pour y mettre les fleurs.

—Regarde comme c'est joli !

—Oui, c'est magnifique, merci beaucoup, Cyril !

Je repose le vase où je l'ai trouvé avec les fleurs.

—Il a été gentil avec toi, l'infirmier, mon amour ?

—C'était une grosse, énorme, avec plein de rides sur le visage, elle puait le saucisson, un vrai calvaire, j'en peux plus !

—Ah bon ?

—Oui, ou bien le Boursin périmé. Et après, j'ai senti comme une odeur d'œuf pourri, ajoute-t-il en plaisantant.

—Elle a lâché une caisse ! lui dis-je en me marrant. Tu as mangé quoi à midi ?

—J'ai eu le droit à une salade Montmartre, pâtes, œuf, salade, jambon supérieur, crudités et emmental, relevée d'une vinaigrette balsamique, et un cookie en dessert.

—Ah ! C'est bon, ça !

—Oui, je me suis régalé ! Tu sais, Cyril, l'accident est vite arrivé, je me souviens de l'arrivée sur les lieux des pompiers, ils m'ont allongé sur une civière dans l'ambulance et on m'a posé plein de questions. Il y en a même un qui a pris ma tension.

—Oui, ça, c'est normal. Je t'ai envoyé un SMS.

—Je ne sais pas, les téléphones ne sont pas autorisés dans l'hôpital. Je le lirai demain quand je sortirai ! me dit-il.

—Je comprends très bien que tu veuilles te reposer pour être en forme pour demain.

—Oui.

CHAPITRE 20

Les sœurs jumelles

Le lendemain matin, de retour chez Maxime.

—Cyril, je vais monter prendre ma douche.

Il monte les marches des escaliers et je le suis.

—J'en ai pour dix minutes, un quart d'heure, attends-moi là.

J'attends Maxime devant la porte. Après quelques minutes, j'entends l'eau couler.

Je décide d'aller dans la chambre des sœurs jumelles. Camille et Annabelle lisent chacune un livre, allongées dans le lit superposé face à la fenêtre donnant sur la voie de Bussang. Sur le pan de mur donnant sur la chambre de Maxime, il y a une grande armoire à vêtements contre laquelle est posée une table à repasser pliée. Juste à côté, il y a une petite bibliothèque dans laquelle une centaine de livres sont rangés. Tout au fond de la chambre, posé sur un pied, il y a un orgue électronique à côté duquel se trouvent, posés contre un grand bureau, deux étuis à violons et violoncelles. Et pour cause, les sœurs jumelles en jouent depuis l'âge de 6 ans au conservatoire.

—Bonjour, les filles !

—Bonjour !!

—Qu'est-ce que vous lisez ?

—Harry Potter à l'école des sorciers, répond Camille à l'étage du lit.

—Harry Potter et la chambre des secrets, répond Annabelle.

—C'est cool ! Vous jouez de l'orgue électronique ?

—Oui, c'est celui de Maxime, répond Camille.

—On joue du violon et du violoncelle. Tu es son nouveau copain ? On t'a vu au théâtre d'Arras, l'autre jour, affirme Annabelle.

—On peut dire ça comme ça.

Mon regard est alors attiré par une photo encadrée des sœurs jumelles Camille et Annabelle jouant du violon et du violoncelle aux côtés d'Arthur à la guitare devant une dizaine de musiciens et musiciennes guitaristes sur une scène. La professeure Fontanelle Joseline, 59 ans, quant à elle, se tenait debout, tout sourire à côté d'un piano à queue. Elle venait de se faire friser les cheveux blonds. Toujours vêtue de noir, elle a pris sa retraite cinq ans plus tard, alors que les sœurs jumelles Herman et Arthur Verbo entre autres faisaient leur rentrée en CM2. Je saisis la photo encadrée posée sur le bureau.

—Vous aviez quel âge sur cette photo ?

—On avait 6 ans et demi, répondent les sœurs jumelles. On était en CP.

—Et ceci, c'est la partition de guitare.

—D'Arthur ! répond Camille.

—Il va venir la récupérer cet après-midi, ajoute Annabelle.

—Très bien. Qui est la plus amoureuse d'Arthur ? Je sais que cela ne me regarde pas. Bon, je vous laisse. Bonne lecture, les filles !

—Merci !!

Elles rigolent.

Je repose la photo encadrée sur le bureau, ressors de la chambre à coucher des sœurs jumelles ; ensuite je pose mon oreille sur la porte de la salle de bain.

—Maxime ? Tu joues de l'orgue électronique ?

Maxime sort de la salle de bain, il a mis son plus beau costume pour aller au Shining Sun club. Je lui avais parlé de mon intention d'y aller en l'accompagnant de la sortie de l'hôpital jusqu'à chez lui. Nous avions pris le bus ensemble
pour être plus en sécurité, étant donné les circonstances... Debout devant la chambre des sœurs jumelles, Maxime me regarde.

—Tu m'as dit quelque chose tout à l'heure quand j'étais sous la douche ?

Je réfléchis deux secondes.

—Oui, mais tu dois te faire des films, je crois.

—Des films ? Qu'est-ce que tu veux dire par là ?

Les sœurs jumelles rigolent.

—Bon, les filles, ce soir, nous allons sortir en boîte avec Cyril. Vous me promettez d'être sage ?

— Oui !

—Il y a des plats préparés de poulet avec ses épinards à la crème dans le placard de la cuisine, au-dessus du frigidaire pour vous manger ce soir. Ça ira ?

—Oui, Maxime !!

C'est l'arrêt de bus « Vercors », le plus proche de chez Maxime, le soir, que nous trouvons.

—Tu as ta carte ?

—Non. J'achèterai un ticket auprès du chauffeur de bus.

—Bonjour, Monsieur ! lui dit-il.

Je montre ma carte de bus au chauffeur.

—Bonjour, Monsieur ! Merci, me dit-il en souriant.

Maxime sort un euro de sa poche et le donne au chauffeur en échange du ticket de bus qu'il composte dans le composteur de tickets. Bip !

Nous nous dirigeons vers le fond du bus et nous nous installons côte à côte.

—Maxime, tu es le papa des sœurs jumelles ?

—Comment te dire, leurs parents sont morts dans un accident de voiture quand elles avaient dix ans. Je les élève seul depuis.

—Wouah, chaud. Enfin, je pensais que c'était tes filles.

—Je les considère comme mes filles.

—Tu n'as pas peur de les laisser seules, sans surveillance ?

—Elles sont grandes, elles savent se débrouiller seules. Enfin, c'est toujours moi qui paye les factures et leur ramène à manger à la maison.

Arrivés à la gare des bus, nous décidons de rejoindre la disco-navette garée juste en face du Rodéo bar lounge club. Derrière les vitres fumées, nous voyons des gens qui dansent à l'intérieur. Nous pénétrons à bord de la Disco-Navette. L'ambiance est électrique. Un disc-jockey joue de la musique electro dance. Maxime danse dans la Disco-Navette. Elle traverse la ville et nous emmène jusqu'au Shining Sun Club. Là, nous en descendons et nous pénétrons dans le club. À l'intérieur, tout le monde danse sur de la musique électronique. Des canons à savons aspergent les clubbers, recouvrant la piste de danse d'une mousse légère et blanche jusqu'au niveau du bassin des gens. Maxime se dirige vers le bar, et moi je reste là à danser au milieu de la foule. Quelques minutes plus tard, je le vois grimper sur une scène. En effet, un gogo danseur l'a invité à venir le rejoindre en le prenant par la main. Il le fait s'asseoir sur une chaise et il commence alors sa danse sensuelle. D'autres gogo danseurs lancent des sucettes et des préservatifs dans le club. Les gens se ruent dessus. Le gogo danseur de Maxime enlève son tee-shirt, puis son pantalon, juste devant lui. Il jette ses vêtements un par un dans la foule chauffée à blanc. Il remue son postérieur devant son visage. Le corps bronzé, les muscles saillants et huilés, il prend la main gauche de Maxime pour la faire glisser le long de son torse jusqu'à son intimité. Il a de magnifiques tablettes de chocolat. Elles sont très bien dessinées. Un petit string rose bonbon ultrasexy en lycra cache ses bijoux de famille. Il remue à nouveau son postérieur devant les yeux de Maxime. Les clubbers sont de plus en plus excités. J'assiste au spectacle torride et je rougis face à la situation, surtout lorsqu'il enlève son string. On voit ses jolies fesses bronzées et musclées. N'y tenant plus, voyant que je suis sur le point de me faire piquer mon homme par ce dieu grec en chaleur, quelqu'un décide d'éteindre la lumière, plongeant le Shining Sun Club dans le noir le plus complet. Juste de la musique pour nous faire danser.

CHAPITRE 21

*Maxime rencontre le
professeur Legagneur*

Il est six heures du matin, la disco-navette nous ramène jusqu'au Rodéo bar lounge club.

—Ça va, tu as bien profité de ta nuit, Maxime ?

—Oh oui ! C'était très chaud !

—J'ai vu cela ! Il sentait bon, ton gogo danseur ?

—Oh oui ! Si tu savais ce qu'on a fait après…

Mon visage se décompose en une seconde. Je pense avoir compris ce qu'il s'est passé ensuite.

—Vous avez fait quoi, après ? lui demandai-je.

—Rien.

—Bon, on fait quoi maintenant ? On dort chez toi ? lui demandai-je..

—Oui, comme tu veux, Cyril.

On attend pour prendre le premier bus 2 de six heures trente-cinq à la station de bus près de La Poste.

—Maxime, je dois te parler de quelque chose que j'ai trouvé dans ta chambre avant d'aller au Shining Sun Club.

—De quoi tu parles ?

—Tu sais très bien de quoi je parle.

—Non, je ne vois pas.

—Je te montrerai en arrivant chez toi.

Le bus arrive, nous pénétrons à l'intérieur.

—Bonjour, Madame !

Je lui montre ma carte.

—Bonjour, Monsieur, et merci ! me dit-elle en souriant.

Maxime paie son ticket à la chauffeuse, le valide en le glissant dans la machine. Bip !

Nous nous installons aux deux dernières places au fond du bus. Nous descendons à « Vercors » et nous allons à pied jusqu'à sa maison. Nous pénétrons à l'intérieur. Dans le couloir, Maxime prend dans ses mains le courrier qu'il a reçu.

Il regarde les enveloppes. Un chat noir et blanc descend les escaliers. Je veux le caresser, mais il me montre toutes ses dents en faisant un bruit pour me faire comprendre qu'ici, c'est son territoire.

—Bonjour, le chat, moi aussi je suis content de te voir !

Avec Maxime, nous allons dans la cuisine.

—Assieds-toi, il faut que je te parle.

—De quoi veux-tu me parler, Cyril ?

—Hier, quand tu prenais ta douche, j'ai trouvé ton orgue électronique dans ta chambre d'amis.

—Ah ! Ce vieil orgue électronique ? Ça fait longtemps que je n'y ai pas touché. Ce sont les jumelles qui y jouent le plus.

—Ah ! D'accord. Et tu n'as jamais pensé à prendre des cours de chant ?

—Non, me répond-il.

—Tu sais que moi, j'aimerais bien en prendre.

—Ah bon ?

—Oui. Je connais un très bon professeur de musique et de chant au conservatoire.

C'est Monsieur Joël Legagneur. Je l'ai rencontré au théâtre d'Arras.

—Au théâtre d'Arras ?

—Oui

—Tu ne me l'avais pas dit, ça.

—T'es sûr, Maxime ?

—Oui, je suis sûr.

—Donc voilà ce que je te propose, Maxime.

Je regarde dans mon agenda.

—J'ai un cours de chant mardi prochain, de quatorze heures à quinze heures, je te propose de venir avec moi.

—Mardi prochain, je travaille au café Marius. Je ne pourrai pas t'accompagner, je suis désolé.

—Et si je te séquestre pour t'obliger à venir avec moi ? Tu pourrais bien prendre une demi-journée pour m'accompagner mardi ?

Il réfléchit un instant.

—Bon, d'accord. Mais c'est bien parce que c'est toi !

—Merci ! Je suis content que tu le prennes comme ça !

Mardi, en fin de matinée, après m'être douché, brossé les dents, habillé et coiffé, j'envoie un SMS à Maxime.

—Bonjour, Maxime ! C'est toujours bon pour cet après-midi, à quatorze heures ? Je te donne rendez-vous à treize heures trente à la station « Poste » de ma citadine.

—Bonjour, Cyril. Oui, à tout à l'heure ! me répond-il.

On se retrouve comme prévu à quatorze heures à la station de ma citadine. Nous pénétrons à l'intérieur et nous nous installons.

—Bonjour, messieurs-dames !

—Bonjour, Monsieur !

Nous faisons une pause sur le parking de la citadelle avant de repartir, et nous descendons à la station de ma citadine située à la place Guy Mollet.

Nous empruntons un chemin derrière la mairie d'Arras et contournons l'église Saint-Géry. Nous passons sous le porche qui mène jusqu'à l'entrée du conservatoire d'Arras, sur notre gauche. Derrière nous, il y a trois grands noyers dans le parc où nous sommes venus un jour avec mon père pour ramasser des noix. Nous sonnons à l'interphone.

—Bonjour, Madame ! C'est Cyril, je viens pour prendre mon cours de chant avec Monsieur le professeur Joël Legagneur.

—Bonjour, Monsieur ! Entrez !

La dame au bureau du secrétariat à l'accueil du conservatoire, Isabelle est une jolie jeune femme blonde aux yeux bleus, âgée de vingt-cinq ans. Elle nous regarde, mon ami et moi. Je la regarde.

—Je l'ai invité à participer à mon cours de chant, il a accepté.

—Ah d'accord ! Le professeur Joël Legagneur vous attend à l'auditorium, au premier étage.

Nous empruntons les escaliers du conservatoire qui nous mènent tout droit à l'auditorium.

—Toc, toc, toc.

—Oui ! Entrez !

Je pousse la porte

—Bonjour, Professeur Legagneur !

—Bonjour, Cyril ! Je suis heureux de te revoir !

—Moi aussi. Je suis venu avec mon ami Maxime. Il aimerait prendre des cours de chant avec vous.

—Ah oui ! Bonjour, Maxime ! Je suis enchanté de faire votre connaissance !

—Monsieur, j'aimerais que nous chantions une chanson que j'ai écrite, composée et interprétée tout spécialement pour vous. J'ai réalisé la vidéo comme vous me l'aviez demandé, je l'ai mise sur ma chaîne YouTube : Cyril-Dieu existe.

—Très bien ! On vous écoute !

Je sors mon micro de mon sac à dos, je le branche sur mon Casio lk-265. J'appuie sur le bouton « Power » au-dessus. Je choisis le rythme correspondant au titre de la chanson. L'introduction commence... Plus tard, je chante.

Dieu existe, il vit en moi... Dieu existe, il vit en moi...

Quatre minutes plus tard, après avoir chanté toutes les paroles de ma chanson, le professeur Legagneur et Maxime me félicitent et applaudissent ma prestation.

—Tu lis la Bible ?

—Oui, ça m'arrive.

—Tu sais à qui tu me fais penser, là, maintenant ?

—Dites-moi, professeur.

—Tu me fais penser aux archanges qui sont l'expression directe de Dieu avec qui ils travaillent en étroite collaboration.

Leur enseignement est celui du Christ : soyez dans le véritable amour de la vie pour vous et tous les autres, privilégiez et rayonnez l'expression du divin qui est en vous, mettez en action le pouvoir et les qualités spirituelles et élevez vos vibrations pour développer votre corps de lumière qui est votre véritable nature. Chaque archange à une vibration spécifique. En expérimentant leur énergie d'amour, un processus de transformation et de guérison est activé pour que notre âme puisse s'harmoniser avec notre être. Maintenant, je vais vous parler de la loi du libre arbitre, si vous le voulez bien.

Le professeur Joël Legagneur s'assoit derrière son bureau et continue.

—Sachez que comprendre la Loi du libre arbitre est nécessaire pour bien travailler avec les anges et les archanges. Dieu nous a donné le libre arbitre, cela signifie que si vous voulez que Dieu et les anges interviennent dans vos vies, vous devez à tout prix les solliciter, de toutes les manières possibles.

Le professeur Joël Legagneur me regarde.

—Si tu as fait venir Maxime au conservatoire aujourd'hui, c'est parce que tu as décidé de l'aider. Dieu et ses anges.

Il tourne sa tête vers Maxime et le regarde dans les yeux.

—Maxime, vous vouliez chanter ? On vous écoute !

—Oui, mais vous savez que c'est la première fois que je chante, Professeur Legagneur ?

—Très bien alors, on vous écoute !

Dieu existe, il vit en moi…

—Stop. J'adore votre voix ! Poursuivez.

Il reprend la chanson jusqu'à la fin.

Dieu existe, il vit en moi, c'est lui qui décide du temps qu'il fait.

Quand il neige, crois-moi, on s'est mis d'accord en pensant très fort en fusionnant nos corps matérialisés par des symboles.

—Écoutez, Maxime, je connais très bien le directeur du conservatoire, Monsieur Jérôme Capucin. Il dirige aussi la chorale des élèves de troisième et quatrième année du conservatoire qui a lieu tous les vendredis et tous les samedis, de quatorze heures à dix-sept heures dans la salle de concerts, au 3e étage. Je vais l'appeler pour lui parler du don que vous avez pour le chant. Et puis il cherche à recruter un animateur périscolaire pour la rentrée prochaine, vous pourriez lui donner un CV la prochaine fois. Vous avez un numéro de téléphone mobile sur lequel il pourrait vous rappeler ?

—Oui, Professeur Legagneur, dites-lui qu'il peut me joindre au 06 78 91 23 45.

Le professeur Joël Legagneur sort un crayon de sa trousse pour noter le numéro de téléphone de Maxime dans son agenda.

—Je pense que monsieur le directeur, Jérôme Capucin, sera enchanté de vous rencontrer et de vous faire écouter sa chorale d'élèves au conservatoire de musique, de théâtre et de danse, Maxime.

Le professeur Joël Legagneur regarde sa montre.

—Il est déjà seize heures. Que le temps passe vite quand on s'amuse !

Il rigole.

— Oui, je n'ai pas vu le temps passer moi non plus.

La sonnerie retentit. Le cours de chant est terminé.

—Au revoir, Monsieur le Professeur, et à bientôt !

—Au revoir, Maxime, au plaisir de vous revoir un autre jour !

Il referme la porte derrière nous.

CHAPITRE 22

Animateur périscolaire

—T'as vu, Maxime, je te l'avais dit que c'était génial ! Et en plus, Jérôme Capucin cherche à embaucher un animateur périscolaire pour la rentrée prochaine, tu pourrais lui donner ton CV, au directeur Jérôme Capucin.

Il exulte.

—Oui, tu as bien raison ! Depuis le début, j'aurais dû t'écouter !

Nous descendons les marches du conservatoire de musique, de danse et de théâtre en courant. Nous arrivons à l'accueil.

—Maxime va venir écouter la chorale des élèves du conservatoire de musique, de danse et de théâtre. Monsieur le directeur doit le rappeler pour lui dire quand il va commencer ses temps d'activité périscolaire.

Isabelle, au bureau du secrétariat à l'accueil, est surprise d'apprendre la nouvelle. Elle le félicite.

—Félicitations, Maxime ! Bienvenue au conservatoire !

Maxime reste sans voix et dit :

—Monsieur le professeur Legagneur m'a dit qu'il a adoré ma voix. J'ai été moi-même surpris.

—Excellente fin d'après-midi à vous.

—Au revoir, Madame !

Nous quittons le conservatoire de musique, de danse et de théâtre pour aller récupérer ma citadine à la station « Guy Mollet », juste à côté de la mairie.

—Il faut que je retourne au café Marius, j'ai du travail.

—Tu vas leur dire, à tes collègues de travail, pour le

conservatoire ?

—Non, il ne faut pas que je leur en parle.

—Mais si, au contraire, ils vont être très fiers de toi !

—Bon, d'accord.

Ma citadine arrive, nous pénétrons à l'intérieur.

—Bonjour, messieurs-dames !

—Bonjour, Messieurs !

Nous nous installons côte à côte. Assise en face de moi, une jeune fille tient un étui à violon entre ses mains, c'est Camille. Annabelle, assise à côté d'elle, tient son violon dans son étui.

—Comme on se retrouve, mes chéries ! je souris. On revient du conservatoire de musique d'Arras. Nous avions rendez-vous pour une audition avec Monsieur Legagneur. Maxime attend un appel important de monsieur le directeur Jérôme Capucin pour travailler au conservatoire.

—C'est vrai, Maxime ?

—Oui.

—Il va être animateur périscolaire au conservatoire..

Dans ma citadine, le visage des sœurs jumelles s'illumine.

—C'est cool, on va te voir plus souvent !

—Oui.

—On va chez le luthier, rue des Balance, pour faire réviser notre instrument.

CHAPITRE 23

Le luthier

Nous arrivons à La Poste.

—Au revoir, les filles ! On se retrouve au conservatoire !

—Oui. Au revoir !

Je descends de ma citadine. Maxime s'apprête à partir travailler au café Marius.

—On se tient au courant pour le conservatoire.

Je lui fais un clin d'œil amical avant de repartir prendre mon bus à côté de La Poste. Il arrive ; je pénètre à l'intérieur, la carte à la main.

—Bonjour, Monsieur !

—Bonjour, Monsieur, et merci !

Je m'assois tout au fond du bus, je m'en vais jusqu'à l'arrêt de bus « Vosges », où je descends. Je traverse la route pour arriver jusqu'à ma maison. Je passe par le garage, j'arrive dans la véranda, jusqu'à la cuisine. Je monte les escaliers, j'arrive dans mon ancienne chambre transformée en bureau. Je prends une valise à roulettes dans laquelle je mets mon ordinateur. Je sors de chez moi en vitesse. Les roulettes de ma valise font beaucoup de bruit sur le trottoir. Je traverse la route. J'arrive sur le trottoir d'en face, à l'arrêt du bus « Vosges ». Il arrive. Je sors ma carte de bus. Je la montre au chauffeur.

—Bonjour, Monsieur !

—Bonjour, Monsieur, et merci !

Je m'installe tout au fond du bus, comme d'habitude.

Je descends à la gare des bus d'Arras.

—Au revoir, Monsieur !

—Au revoir, Monsieur !

Les roulettes de ma valise font du bruit au fur et à mesure que j'avance dans les rues de la ville, jusqu'à la médiathèque d'Arras. Je marche sur le tapis rouge, je monte les marches du Musée des Beaux-Arts. Une dame vient vers moi.

—Le Musée des Beaux-Arts est fermé aujourd'hui parce que le Premier ministre portugais va arriver.

—Ah d'accord !

Je comprends mieux la présence des pompiers et des gens en costume sur les lieux et aux abords du Musée des Beaux-Arts.

Je décide alors de repartir. Je marche sur le tapis rouge, et sur ma route je croise des policiers. Je passe devant l'hôtel de Guînes, mon téléphone sonne. Je le sors de la poche gauche de mon blouson. C'est Maxime.

—Allô, Cyril ? C'est Maxime. Tu peux me rappeler s'il te plaît ?

Je le rappelle. Bip… bip… bip…

—Allô, Maxime ?

—Oui. J'ai eu le directeur Jérôme Capucin au téléphone.

Il me parle d'une toute petite voix.

—Pourquoi tu me parles tout bas ?

—Je suis dans les toilettes du café Marius, je ne veux pas que mes collègues sachent que…

—Le directeur Jérôme Capucin t'a donné rendez-vous au conservatoire, c'est ça ?

—Oui ! J'ai rendez-vous samedi après-midi, à quatorze heures, dans la salle de concerts du conservatoire.

—D'accord. Et il t'a dit autre chose ?

—Bon, je te laisse ! Passe voir les sœurs jumelles chez le luthier, rue des Balances, elles ont l'héritage de leurs parents, donc elles ont de quoi le payer. On se retrouve samedi à la station de ma citadine « Poste ».

—À quelle heure ?

Je souris.

—À treize heures trente ?

—À treize heures trente !

On est bien d'accord. Je raccroche.

Je remonte la rue Paul Doumer, puis la rue Émile Legrelle pour aller voir les sœurs jumelles Camille et Annabelle Herman. Elles sortent tout juste de chez monsieur Cordon Xavier, 35 ans, artisan luthier. Il fabrique, entretient des violons, des altos, des violoncelles et des contrebasses dans son atelier « Docteur Cordes Frottées », depuis plus de 10 ans, juste en face du restaurant Couleur des Champs.

Je croise les filles à la sortie de chez Xavier Cordon.

—Tout va bien, les filles ? leur souris-je.

—Oui !! On a fait réparer notre violon.

—Parfait ! Maxime m'a dit de veiller sur vous. Vous rentrez à la maison maintenant ?

—Oui !! répondent Camille et Annabelle en marchant avec leur violon dans leur étui vers la rue Émile Legrelle.

Nous faisons un petit bout de chemin ensemble jusqu'à arriver à l'arrêt de bus « Poste » où nous attendons l'arrivée de la ligne 2 du bus. Il arrive. Je sors ma carte de bus de la poche droite de mon blouson, je pénètre à l'intérieur, suivi des sœurs jumelles Camille et Annabelle. Elles sortent elles aussi leur carte de bus de la poche de leur manteau.

—Bonjour, Monsieur !

—Bonjour, Monsieur, et merci !

Je reste debout au milieu du bus, la valise à roulettes à la main. Avec les sœurs jumelles et leur violon à mes côtés.

—Prochain arrêt « Vosges ».

—Arthur Verbo habite la maison juste-là, dit Camille.

—Celle qui fait l'angle de l'avenue d'Amiens, et de l'avenue des Alpes, ajoute Annabelle.

—Le numéro 43 ?

—Oui !!

—Vous, c'est le 6, c'est cela ?

—Oui !!

Je descends du bus.

—À bientôt, les jumelles ! Au revoir, Monsieur !

—À bientôt Cyril !!

—Au revoir, Monsieur ! dit le chauffeur du bus.

Je marche jusqu'à chez moi. Je prépare mes affaires de sport. En effet, j'ai un cours de boxe ce soir, à dix-huit heures quinze, au Fitness club à Arras. Je sors un short blanc et un débardeur bleu et blanc de mon armoire que je mets dans ma valise à roulettes. Je ferme la fermeture éclair. Je me lève du canapé du salon et je m'en vais prendre le bus du côté de la place René Varlet. Je vois un jeune homme brun aux yeux bleus, vingt ans, assis sur le banc de l'abribus. Il tient à côté de lui une cage de transport pour chat avec une serviette blanche posée dessus et qui descend sur les côtés. Vu qu'il pleut, je pense que c'est pour protéger le chat que je vois à travers les barreaux de la cage. Et moi, je tiens ma valise à roulettes près de mon corps. Je la fais tourner sur elle-même. Le bus a du retard, cette fois-ci. Il arrive enfin, je sors ma carte pour la montrer au chauffeur du bus. Il est noir, avec de petites lunettes rondes. Je pénètre à bord.

—Bonjour, Monsieur !

—Bonjour, Monsieur. Merci !

Je m'installe tout près du chauffeur et je me tiens debout à la barre du bus. De l'autre main, je tiens ma valise à roulettes serrée au plus près de moi. Un homme assis en face de moi de l'autre côté m'interpelle.

—Vous allez en ville ?

Une fois.

—Vous allez en ville ?

Une deuxième fois.

—Vous allez en ville ?

Une troisième fois. Je réagis.

—Je vais au centre commercial. Pourquoi ?

—Le bus ne passe pas par le centre-ville.

Je pose ma main sur mon front. Je pose ma chaussure de ville marron foncé sur ma valise à roulettes. Je compare sa couleur avec la couleur de la peau du chauffeur. C'est la même couleur. Je rigole. J'arrive à la gare des bus. Il s'arrête, laissant entrer d'autres personnes de tous les âges, de toutes les tailles et de toutes les nationalités. Le bus redémarre, il change d'itinéraire. En effet, il ne passe plus dans le centre-ville, car toutes les rues ont été fermées à la circulation en raison de la venue à Arras du Premier ministre portugais, Antonio Costa. Le bus passe donc sur la Grand'Place, puis sur la place Guy Mollet pour arriver au centre commercial. C'est là que je descends avec ma valise à roulettes.

—Au revoir, Monsieur !

—Au revoir, Monsieur !

Je traverse la route sur le passage pour piétons. Je m'habitue au bruit que font les roulettes de ma valise sur la route. J'arrive à l'entrée du Fitness club. Je pénètre à l'intérieur. Je me dirige vers le bureau d'accueil. Jean se tient debout juste derrière.

—Bonjour, Jean !

—Bonjour, Cyril ! Ton cours de boxe vient tout juste de commencer !

Je regarde à l'étage, les quatre personnes sont déjà en train de s'échauffer tout comme l'autre jour. Je reste là.

—J'ai hésité à venir au cours de boxe de ce soir. Dans le bus, j'ai eu mal au crâne et je suis fatigué de ma journée.

—Ah bon ?

—Oui, j'ai dû courir à droite à gauche pour emmener au conservatoire mon meilleur ami, Maxime.

—Maxime ?

—Oui, c'est le responsable du café Marius, à Arras. Il a beaucoup de talents cachés.

Je rigole.

—Ah d'accord. Tu fais quoi, alors ?

—Je crois que je vais repartir chez moi. J'ai une audition à préparer.

—Comme tu veux.

Je fais un petit tour dans le Fitness club.

—Belle fin de journée à toi, Jean !

—Belle fin de journée à toi aussi, Cyril ! Prends soin de toi !

—Merci.

Je m'en vais pour reprendre le bus au centre commercial. Je le vois arriver. C'est le même chauffeur que tout à l'heure. Un homme noir à lunettes. Il me reconnaît. La carte à la main.

Je reste debout, adossé à la fenêtre du bus. Une affiche est encadrée à ma droite. Je lis, écrit dessus :

EFS
ÉTABLISSEMENT FRANÇAIS DU SANG
Du donneur aux patients.
Don du sang gastronome ! Collation gastronomique préparée par trois chefs arrageois : Julien Basdevant, Henry Depret et Jean-Noël Dargent ! Organisé par l'Inter club Arrageois, mercredi 22 août de neuf heures à dix-neuf heures à la Citadelle d'Arras, salle de l'ordinateur.

Le bus me dépose à l'arrêt du bus « Vosges ».

—Au revoir, Monsieur !

—Au revoir, Monsieur !

Je descends du bus, sur le trottoir, sous l'abribus. Je marche sur le trottoir, puis je traverse la route en regardant de chaque côté. Je marche jusqu'à chez moi en traînant ma valise à roulettes derrière moi. Je m'installe sur le canapé devant la télé allumée.

CHAPITRE 24

Violette Solange

Nous sommes samedi matin, il est huit heures, le soleil vient de se lever. Je vais me laver les dents. Je me prépare à partir rejoindre Maxime au café Marius. Je prends ma valise à roulettes. Je la traîne derrière moi sur le trottoir, puis sur la route. Je vais prendre le bus de huit heures cinquante-cinq à « Varlet ». J'attends sous le soleil et je vois le bus arriver à ma gauche. Je sors ma carte de bus de mon portefeuille. Je monte à bord du bus et je montre ma carte à la chauffeuse.

—Bonjour, Madame !

—Bonjour, Monsieur. Merci !

Je m'installe à ma place favorite. Deux jeunes hommes viennent me rejoindre, ils discutent entre eux. Après, je descends à « Saint-Jean ».

Je remonte la rue de l'Ambassadeur jusqu'à arriver à l'hôtel de Guînes. En effet, quelques jours plus tôt, j'ai appris en lisant une affiche qu'il y avait une exposition d'art contemporain du 6 au 22 avril.

Je pénètre dans la cour pavée de l'hôtel. J'arrive dans une salle située au fond.

—Bonjour, messieurs-dames !

—Bonjour, Monsieur !

J'observe chaque peinture avec attention. Il y en a de toutes les tailles, de toutes les couleurs et pour tous les budgets. Je décide de retourner au café Marius avec ma valise à roulettes. Je la traîne derrière moi comme un fidèle compagnon. Je pénètre dans le café. Maxime m'accueille avec un large sourire.

—Bonjour, Cyril !

—Bonjour, Maxime ! Tu as l'air content de me revoir !

—Oui, je suis très content de te revoir !

—Tu veux boire un café ?

—Oui, s'il te plaît. Avec plaisir !

Je m'attable. Pendant ce temps, derrière le bar, Maxime prépare mon café. Avant de venir me l'apporter sur un plateau rond, il encaisse un client. Il s'assit en face de moi. Il ouvre son journal. Il lit une page, la tourne, en lit une deuxième. Avant de le refermer.

—Il y a un article qui parle de ce que tu sais.

Je souris.

—Ah bon ?

Il me tend le journal vite fait.

—Regarde.

Je l'ouvre avec le plus de discrétion possible. Je tourne les pages une à une et je lis l'article en question dans ma tête.

—Prends-le avec toi.

Je termine mon café. Je sors mon portefeuille pour payer.

—Je te l'offre.

—Merci, Maxime.

J'ouvre la fermeture éclair sur le devant de ma valise à roulettes, je glisse le journal de Maxime à l'intérieur. Je ferme la fermeture éclair et je me lève.

—À bientôt, on en reparle par SMS si tu veux.

Je lui fais un clin d'œil confidentiel avant de sortir du café Marius, ma valise à roulettes à la main. Je me dirige alors vers la gare des trains d'Arras. J'entre à l'intérieur de la gare avant de m'installer sur un banc. Je sors le journal de ma valise à roulettes, je le pose dessus. Je sors mon téléphone portable de la poche intérieure gauche de mon blouson.

Saisissez le code pin.

Je saisis le code pin. J'envoie un SMS à Maxime.

—Tu es toujours OK pour tout à l'heure ?

—Oui, toujours !

Je regarde l'heure sur mon téléphone portable. Il est déjà treize heures. Je décide alors de lire le journal *La Voix du Nord* avant de partir d'ici. Je le range dans ma valise à roulettes. Et je m'en vais rejoindre la station de ma citadine « Poste ». Je passe devant chez Marius avec ma valise à roulettes. Je traverse les trois passages piétons qui me séparent de la station de ma citadine. J'attends une dizaine de minutes, assis sur un banc en pierre à regarder les voitures qui circulent sur le boulevard de Strasbourg. Je vois Maxime sortir du café Marius de l'autre côté de la route. Je lui fais signe de la main de venir vite vers moi. Soudain, je vois ma citadine tout au bout du boulevard de Strasbourg. Toutes les voitures sont à l'arrêt. Je vois Maxime traverser sur le premier passage pour piétons. Le petit bonhomme du deuxième passage pour les piétons passe au rouge. Je cours sur place pour lui faire comprendre qu'il doit courir sur le deuxième passage pour les piétons, pour avoir ma citadine. Encore un et nous serons ensemble. Nous pénétrons dans ma citadine.

—Bonjour, messieurs-dames !

—Bonjour, Monsieur !

Je vois les deux sœurs jumelles Camille et Annabelle Herman, assises côte à côte. Elles sont contentes de nous revoir.

À côté d'elles, je vois une magnifique femme âgée de 29 ans. Elle est blonde, elle a un généreux décolleté blanc en dentelle ultrasexy, laissant apparaître sa forte poitrine, et une mini-jupe blanche tout aussi sexy. Ses jambes fines sont démesurées. Elle porte des talons aiguilles. Un chignon de ballerine et de petites lunettes noires lui donnent un air sérieux.

—Bonjour !

Maxime la regarde

—Bonjour, Madame !

Camille Herman tient son violoncelle entre ses mains.

—C'est notre nouvelle professeure d'anglais du conservatoire, professeure Violette Solange. T'as vu, Maxime, elle est très jolie !

Maxime rougit. Il enlève un bouton à sa chemise.

—Il fait chaud !

La professeure Violette Solange décroise ses jambes.

—C'est vrai qu'il fait très chaud, dans ma citadine !

Elle sort une bouteille d'eau de son sac à main, la porte à ses lèvres. Avant d'en mettre sur sa poitrine.

—Ça va beaucoup mieux comme ça ! Que faites-vous dans la vie, Monsieur ?

—Maxime, je m'appelle Maxime.

—Que faites-vous dans la vie, Maxime ?

—Je suis responsable du café Marius situé près de la gare d'Arras. Et nous avons rendez-vous à quatorze heures, au conservatoire avec monsieur le directeur Jérôme Capucin pour assister à la chorale.

—Very good ! Nous descendons au même endroit alors, nous allons faire un petit bout de chemin ensemble !

Les jumelles Camille et Annabelle Herman discutent entre elles. Ma citadine arrive au parking de la Citadelle. Le chauffeur fait une pause de trois minutes avant de repartir. Annabelle Herman se dandine sur son siège. Madame la professeure d'anglais, Violette Solange, la regarde se dandiner.

—Tu nous fais la danse de Saint-Guy, Annabelle ?

—J'ai envie de faire pipi, Professeure !

—Retiens-toi jusqu'au conservatoire, ma chérie, nous sommes bientôt arrivés !

—Tu iras aux toilettes au conservatoire, Annabelle ! ajoute Maxime.

—Je pourrai l'accompagner, Madame ?

—Bien sûr, Camille !

Ma citadine arrive à destination. Nous descendons tous à « Guy Mollet », direction le conservatoire de musique, de danse et de Théâtre !

CHAPITRE 25

La rentrée scolaire

Nous arrivons devant l'entrée du conservatoire d'Arras et la professeure Violette Solange appuie sur le bouton de l'interphone.

—Bonjour ! C'est la professeure Violette Solange, j'arrive avec mes élèves !

Madame Isabelle Bonnelle répond à son appel.

—Bonjour ! Entrez, je vous prie !

La professeure Solange entre dans le conservatoire de musique, de danse et de théâtre, suivie de ses élèves et de Maxime ; le surveillant Joseph accompagne Annabelle Herman et sa sœur jumelle, Camille Herman, aux toilettes. Nous allons dans la salle de concerts, au troisième étage.

Dring ! La sonnerie du conservatoire de musique, de danse et de théâtre retentit.

—Mettez-vous en rang deux par deux. On avance dans le silence, s'il vous plaît !

La professeure Solange, suivie de ses élèves, monte les escaliers. Arrivés au premier étage, ils continuent de monter. Ils arrivent au deuxième étage.

—Dépêchez-vous, les élèves musiciens, monsieur le directeur Jérôme Capucin nous attend !

Tous les élèves se pressent. Arrivés au troisième étage, les élèves arrivent devant une porte. La professeur d'anglais Violette Solange l'ouvre avec obstination. Ils arrivent dans une immense salle de concerts où la chorale des élèves de troisième et quatrième année accueille les nouveaux élèves de première année en chantant du Johnny Hallyday. Professeur Violette Solange regarde Maxime dans les yeux.

—Ce sont les élèves de troisième et quatrième année d'études du conservatoire qui chantent sur la scène, lui dit-elle.

Que je t'aime, que je t'aime, que je t'aime ! chantent-ils tous ensemble.

C'est grandiose ! Des lumières bleues, blanches et rouges éclairent la scène tout au fond de la salle. Les élèves se retirent de la scène vers les côtés. Tout le monde applaudit. Le professeur de musique, monsieur Joël Legagneur, la professeure de danse, madame Huguette Viennois, la professeur de théâtre, madame Christelle Saguaro, mais aussi le professeur d'histoire de l'art, monsieur Alain Lenchanteur, la professeure de français, madame Clémence Latouche, le professeur de sport Rémy Duroy, le professeur Léo Forestier et puis le professeur Jean Mêlé. Il y a aussi trois animateurs périscolaires : Siham, Romain et Maxime. Et au milieu, le directeur du conservatoire de musique, de danse et de théâtre, et le chef de chorale, Jérôme Capucin. Il se tient debout derrière son pupitre. Perchée sur ses talons hauts de quinze centimètres, la professeure d'anglais s'avance. Sa démarche sur le tapis rouge au milieu de la salle de concerts est élégante et sensuelle. Elle est suivie de tous ses élèves. Ils s'attablent sur les deux longues rangées de tables alignées de chaque côté de la salle. La professeure d'anglais, Violette Solange, monte les trois marches pour rejoindre la scène, faisant raisonner ses talons dans toute la salle de concerts. Les élèves du premier rang se baissent pour voir sa petite culotte. Professeur Violette Solange tire sur sa jupe. Elle rejoint les autres professeurs et se place juste à la droite de monsieur le directeur, Jérôme Capucin, qui lui sourit. Les sœurs jumelles Herman reviennent des toilettes. Camille Herman observe un perroquet multicolore avec une très longue queue bleue posé sur un micro fixé sur son pied.

—Tu as vu, Annabelle, comme il est beau ce perroquet ?

—Oh oui ! Il est magnifique, comme toi, Camille !

Les sœurs jumelles Herman s'attablent côte à côte au premier rang.

La régie spectacle se trouve de l'autre côté de la scène. Max Martin, 26 ans, est régisseur lumière. Il travaille en amont avec le metteur en scène au théâtre ou avec les musiciens en préparation des concerts. Le régisseur exécute le plan de feu imaginé avec l'éclairagiste. Ici, Charles Verbo, le papa d'Arthur Verbo, âgé de 35 ans.

Le perroquet s'agite sur son micro.

—Silence, s'il vous plaît! On écoute le directeur Jérôme Capucin! lui dit-il.

Les élèves continuent de faire du bruit en écoutant la musique. Le directeur Jérôme Capucin saisit son micro, il l'allume et le porte à sa bouche.

—Silence, s'il vous plaît!

Le perroquet s'envole et survole la salle de concerts. Il sort par la porte principale par laquelle les élèves sont arrivés. Un second perroquet coloré revient deux minutes plus tard. Il tient dans son bec une lettre. Il survole la salle pour aller rejoindre monsieur le directeur Jérôme Capucin. Ce dernier tend son bras pour attraper la lettre lâchée par le perroquet et il la saisit de la main gauche. Un nœud rouge entoure la lettre. Il tire sur le nœud, l'enlève. Le perroquet se pose sur son micro fixé à un pied. Le directeur, Jérôme Capucin, déroule la lettre, la pose sur son pupitre et chausse ses lunettes. Il fixe son micro sur le pied. Le silence s'installe dans la salle de concerts.

—Bonjour, tout le monde! Vous êtes tous réunis ici pour démarrer votre première année d'études au conservatoire de musique, de danse et de théâtre d'Arras. Vous êtes ici pour apprendre votre futur métier d'artiste, musicien, danseur ou comédien avec vos professeurs principaux ici présents. Le professeur Joël Legagneur vous enseignera la musique, la professeure Huguette Viennois vous enseignera la danse classique et moderne jazz et la professeure Christelle Saguaro vous apprendra le théâtre et durant toute votre année scolaire. Ils vont venir vers vous pour vous distribuer le règlement intérieur du conservatoire de musique, de théâtre et de danse, ainsi que votre emploi du temps. Il faudra le lire, le respecter et le garder précieusement avec vous. Et ce, jusqu'à la fin de votre année scolaire ! Vous serez répartis en trois classes différentes. Une classe de musique (professeur Joël Legagneur), une classe de danse (professeure Huguette Viennois), et une classe de théâtre (professeure Christelle Saguaro) suivant l'option que vous avez choisie...

Tous les élèves applaudissent. Monsieur le directeur enroule sa lettre autour de laquelle il remet le nœud rouge. Il donne sa lettre au perroquet Jacob qui prend son envol. Il traverse la salle de concerts pour disparaître de l'autre côté de la porte, sous les applaudissements des élèves. Monsieur le directeur Jérôme Capucin retourne derrière son pupitre. Il saisit son micro.

—Que les élèves du professeur Joël Legagneur lèvent leur main !

Maxime est au premier rang, un curriculum vitae à la main. Les quinze élèves lèvent leur main. Le professeur Joël Legagneur prend dans ses mains une pile de règlements intérieurs et d'emplois du temps, puis il descend de la scène et commence à distribuer les emplois du temps à ses nouveaux élèves. Une élève musicienne l'interpelle, elle tient un étui à violon dans ses mains.

—Bonjour, Professeur Legagneur ! Alors, c'est vous notre nouveau professeur de musique ?

—Bonjour, Mademoiselle ! Oui, c'est bien moi !

—Chouette, alors !

Il lui donne son règlement intérieur et son emploi du temps.

—Tu t'appelles comment ?

—Je m'appelle Angéline Lecap ! Et le garçon à côté de moi, je crois qu'il est amoureux !

Le professeur Joël Legagneur se tourne vers son élève musicien. Il tient un étui à guitare entre ses mains. Il lui remet son règlement intérieur et son emploi du temps.

—C'est vrai que tu l'aimes, Arthur ?

—Bonjour, Professeur Legagneur ! C'est pas vrai, je ne l'aime pas, c'est elle qui m'aime !

Le professeur Joël Legagneur continue de distribuer ses emplois du temps. Un autre groupe de musiciens l'interpelle. Un jeune élève aux cheveux roux lui adresse la parole.

—Bonjour, Monsieur ! C'est à quelle heure, notre cours de musique avec vous ?

—Bonjour, jeune homme ! Vous serez avec moi tous les mardis et jeudis, de quatorze heures à seize heures. C'est noté dans votre emploi du temps.

—Ah d'accord ! Et nous serons où ?

—Nous serons au premier étage du conservatoire, dans l'auditorium, mon grand !

—Ah, c'est chouette !

—C'est quoi ton prénom ?

—Je m'appelle Christian Otava et je joue du trombone !

—Enchanté, Christian Otava qui joue du trombone ! Je suis ravi de faire ta connaissance !

Le professeur Joël Legagneur lui sourit et s'approche de Maxime.

—Bonjour, Maxime, heureux de te revoir !

—Bonjour, Professeur Legagneur ! J'ai amené un curriculum vitae pour le directeur Jérôme Capucin.

—Parfait ! Alors toi, tu seras à la direction de l'éducation avec Siham et Romain. Vous accompagnerez votre groupe d'élèves durant leur temps d'activités périscolaires, pendant la cantine du midi et du soir, du lundi au vendredi. Tu travailleras toute l'année, sauf pendant les vacances scolaires et les jours fériés. Tu auras donc mes élèves sous ta responsabilité.

Maxime acquiesce.

—Très bien, Professeur ! Et comment je vais faire avec mon autre travail ? Vous savez que je suis déjà responsable du café Marius ?

—Eh bien pour ça, j'ai pensé à tout !

—Ah bon ?

Le professeur Joël Legagneur approche sa bouche de l'oreille de Maxime.

—Nous avons un cloneur d'êtres humains au sous-sol du

119

conservatoire, lui murmure-t-il.

—Un cloneur, vraiment ?

—Oui, un cloneur d'êtres humains, tu m'as bien compris ! On en reparlera plus tard, tu veux ?

—Oui.

—Tout ira bien, tu verras, fais-moi confiance !

Le professeur Joël Legagneur sourit à Maxime en lui faisant un clin d'œil, avant de retourner sur la scène. Monsieur le directeur Jérôme Capucin reprend son micro.

—Silence !

Les élèves se taisent et il reprend la parole.

—Que les élèves ayant choisi de faire du théâtre se lèvent ! Vous serez avec la professeur Christelle Saguaro !

Les quinze élèves de la professeure Christelle Saguaro se lèvent en silence.

La professeure Christelle Saguaro prend la pile de règlements intérieurs et d'emplois du temps devant elle. Elle descend les marches de la scène pour rejoindre les élèves de sa classe de théâtre et leur donner un exemplaire chacun. Elle a une longue robe noire, de longs cheveux noirs qui descendent jusqu'en bas de son dos nu. Les sœurs jumelles Camille et Annabelle Herman discutent entre elles.

—T'as vu, Camille, on dirait une sorcière !

—Oui, tu as raison, Annabelle !

La professeure d'anglais Violette Solange monte sur la scène.

—Faites attention, les sœurs jumelles, je vous ai à l'œil !

—Ah celle-là, avec ses énormes seins, qu'elle reste avec son directeur !

—Je suis sûr que ce sont des faux !

—Oui, moi aussi et en plus, on ne voit qu'eux sur la scène. Regarde, Camille !

Les sœurs jumelles Camille et Annabelle Herman rigolent entre elles.

Le directeur Jérôme Capucin hurle dans son micro.

—Vous voulez venir nous rejoindre sur la scène, les sœurs jumelles Herman ? Vos professeurs et vos petits camarades seront ravis de vous écouter parler d'eux ! leur dit-il.

Les sœurs jumelles Herman se taisent.

—On connaît le secret de la professeure et du directeur !

Le directeur Jérôme Capucin porte son micro à sa bouche.

—Silence ! leur crie-t-il.

Les sœurs jumelles Herman rigolent encore entre elles.

La professeur Christelle Saguaro termine de distribuer ses règlements et ses emplois du temps aux élèves de sa classe quand soudain :

—Madame, Madame ! Léonard ne se sent pas bien !

—Joseph, emmenez-le à l'infirmerie ! lui dit-elle.

Le surveillant Joseph s'approche de Léonard. Ils sortent par la porte. Professeur Christelle Saguaro termine de distribuer à ses élèves les exemplaires de son règlement intérieur et ses emplois du temps, et elle retourne tranquillement sur la scène. Sa longue robe dos nu noire fait sensation auprès du professeur Joël Legagneur qui la fixe discrètement avec un regard insistant lorsqu'elle passe devant lui.

—Auraient-ils une liaison ? demande Camille à Annabelle.

Elle se place entre le directeur Jérôme Capucin et le professeur d'histoire de l'art Alain Lenchanteur. Il a de longs cheveux blancs, de petites lunettes noires rondes posées sur son nez, une longue barbe et une longue robe bleue constellée d'étoiles dorées. Paul Human et Romuald Rousseau, de la classe de danse du professeur Huguette Viennois, rigolent entre eux.

—Regarde, Paul ! Merlin l'enchanteur se caresse la barbe !

Paul Human rigole et répond à Romuald Rousseau.

—Je suis sûr que c'est son garde-manger ! Il doit avoir sa baguette magique cachée dedans !

— Oui, Paul ! Fais moins de bruit, ils vont nous entendre !

La professeure Huguette Viennois prend la pile de règlements intérieurs et d'emploi du temps devant elle. Le directeur Jérôme Capucin prend son micro.

—C'est à vous, Professeure Huguette Viennois !

La professeure Huguette Viennois marche sur la scène. Elle a un chignon noir, telle une ballerine, un juste au corps noir, des collants de danse classique et des pointes noires. Elle descend les marches de la scène, exécute quelques pas de danse classique devant ses élèves pour leur montrer l'exemple à suivre. Les élèves sont stupéfaits. Elle marche avec la grâce d'une danseuse étoile. Elle court, puis exécute un grand jeté sur le tapis rouge, entre les deux longues rangées de tables alignées. Paul Human et Romuald Rousseau sont admiratifs. D'autres élèves la sifflent.

—Bravo, Professeure Viennois !

Ils la félicitent.

—Comment vous faites cela ? lui demande Paul Human.

La professeure Huguette Viennois le regarde.

—Vous y arriverez après quatre ou cinq ans de pratique de la danse classique ! lui dit-elle en souriant. Tenez, voici vos règlements intérieurs et votre emploi du temps !

Joseph revient avec Léonard Semic.

—Ça va mieux, mon garçon ?

—Oui, ça peut aller, Professeure Viennois ! L'infirmière, Lauren Jolie est très gentille !

—Ah bon ?

—Oui. Je lui ai dit que c'était mon anniversaire aujourd'hui et elle m'a montré sa poitrine !

Gênée, la professeure Huguette Viennois rougit.

—Hé oh ! Qu'est-ce que c'est que cette histoire ?

Elle regarde Joseph qui reprend Léonard en lui donnant une tape de la main derrière la tête.

—Il dit que des conneries !

—Ah d'accord, je vois le genre ! Je ne dirai rien à tes parents, mais je n'en pense pas moins ! Retourne t'asseoir à ta place et tiens, prends ton règlement intérieur et ton emploi du temps ! lui dit-elle.

Elle le lui donne. Il le prend et va s'asseoir.

—Qui n'a pas encore eu son règlement, ici ?

Le professeur Huguette Viennois balaie du regard la salle de concerts et retourne sur la scène avec toute l'élégance et la grâce d'une danseuse étoile. Elle fait quelques entrechats sur la scène, faisant entendre le bruit de ses pointes. Soudain, le professeur

Maxence Daunat arrive en petite foulée par la porte d'entrée de la salle de concerts, sur le tapis rouge, entre les deux rangées de tables alignées jusqu'à la scène. Le professeur Maxence salue les élèves sur son passage. Le directeur Jérôme Capucin l'interpelle au micro.

—C'est à cette heure-ci que vous arrivez, Professeur Daunat ?

Il regarde sa montre.

—Oui, Monsieur le Directeur, je donnais un cours de modern jazz à ma classe de quatrième année ! Nous venons tout juste de terminer.

Il arrive sur la scène et se place juste à côté du professeur de danse classique Huguette Viennois qui lui sourit.

—Tu as vu, Annabelle, comme il est musclé, le nouveau professeur ?

Les sœurs jumelles Camille et Annabelle Herman continuent de tout balancer.

En effet, le professeur Maxence Daunat dégouline de sueur et laisse entrevoir ses tablettes de chocolat sous son tee-shirt en lycra blanc ultrasexy. Il a un petit short blanc qui le met très bien en valeur.

— Oui. Tu as vu, Camille, il est noir, et on voit toutes ses tablettes de chocolat en dessous ?

Le directeur Jérôme Capucin porte son micro à ses lèvres.

—Puisque vous avez décidé de vous donner en spectacle en décrivant tout ce qui se passe dans cette salle de concerts, venez donc rejoindre vos professeurs sur la scène, les sœurs jumelles Herman ! Au micro ! Vous allez nous réciter la charte de la laïcité à l'école ! Allez, on se dépêche, tout le monde vous attend et tout le monde va vous entendre !

Les sœurs jumelles Camille et Annabelle Herman avancent sur le tapis rouge ; elles montent les marches qui donnent sur la scène. Elles se mettent à la place du directeur Jérôme Capucin. Camille Herman commence la lecture de la charte de la laïcité à l'école.

Charte de la laïcité à l'école

La nation confie à l'école…

—Garde bien le micro devant ta bouche, Camille, c'est comme une grosse sucette !

—Comme cela, Monsieur le Directeur ?

—Oui comme ça !

Dans la salle de concerts, tout le monde rigole.

Elles reprennent en même temps, se disputant le micro.

—Non, mais, ne vous disputez pas le micro, les filles !

—Mais moi aussi, j'en veux un de micro, Monsieur le Directeur !

—Joseph, va me chercher un deuxième micro main à la régie spectacle pour Annabelle Herman, s'il te plaît !

Il s'exécute, et revient deux minutes plus tard avec un nouveau micro qu'il donne à Annabelle Herman.

—Merci, Monsieur Joseph !

Les sœurs jumelles reprennent ensemble la lecture.

Charte de la laïcité à l'école

La Nation confie à l'école la mission de faire partager aux élèves les valeurs de la République.

La République est laïque - L'École est laïque.

Article 1

La France est une république laïque et démocratique.

Elle assure **l'égalité** devant la loi et respecte les croyances de tout le monde.

Article 2

L'État est neutre, cela signifie qu'il est séparé de toute conviction religieuse ou spirituelle.

Article 3

La laïcité garantit **la liberté de croire ou de ne pas croire.** Chacun peut s'exprimer dans le respect de l'autre.

Article 4

La laïcité concilie la liberté, l'égalité et la fraternité. Elle a le souci de **l'intérêt général** et du **vivre ensemble.**

Article 5

La République assure **le respect** de tous les principes énoncés dans cette charte au sein des établissements scolaires.

Article 6

L'École protège les élèves de toute pression qui les empêcherait de faire leurs propres choix.

Article 7

La laïcité assure aux élèves **l'accès à une culture commune et partagée.**

Article 8

À l'école, les élèves peuvent **s'exprimer librement** dans la limite du bon fonctionnement de l'école et du respect des valeurs républicaines.

Article 9

L'École rejette toutes les formes de violence et les discriminations. L'égalité entre filles et garçons y est garantie.

Article 10

Tous les personnels doivent faire connaître aux élèves et à leurs parents **le sens des valeurs de cette charte.** Ils doivent veiller à leur bonne application dans le cadre scolaire.

Article 11

Les personnels ont **un devoir de stricte neutralité** : ils ne doivent pas manifester leurs convictions dans le cadre de leurs fonctions.

Article 12

Les enseignements sont laïques. Tous les sujets peuvent être abordés. La religion ou l'avis politique d'un élève ne l'autorise pas à s'opposer à un enseignement.

Article 13

On ne peut pas s'opposer aux règles applicables à l'École à cause de son appartenance religieuse.

Article 14

Le règlement intérieur est respectueux de la laïcité.

Tous signes extérieurs manifestant une appartenance religieuse de manière excessive sont interdits.

Article 15

Tous ensemble, les élèves contribuent à faire vivre la laïcité au sein de leur établissement.

—Je vous remercie, les filles ! Vous pouvez à présent rejoindre vos camarades de classe !

CHAPITRE 26

Les tags sur le mur

Les sœurs jumelles Camille et Annabelle Herma descendent de la scène pour retourner à leur place. Le directeur Jérôme Capucin regarde le professeur Legagneur.

—Je vais maintenant donner la parole au professeur Joël Legagneur !

Il lui tend son micro.

—Merci, Monsieur le Directeur Jérôme Capucin !

Maintenant, j'invite tous les élèves à suivre Siham, Romain et Maxime. Ce sont vos nouveaux animateurs périscolaires.

—Vous souhaitez prendre la parole, Siham ? lui demande-t-il.

Il lui tend le micro.

—Oui, merci, Professeur Legagneur ! Bonjour, tout le monde ! Donc comme le professeur Legagneur l'a dit, Maxime, Romain et moi-même serons vos nouveaux animateurs périscolaires durant toute cette année. J'aurai la classe de la professeure Christelle Saguaro, Maxime, la classe du professeur Joël Legagneur et Romain, la classe de la professeure Huguette Viennois. Pour votre première activité périscolaire, nous allons nous rendre sous le préau, dans la cour du conservatoire. Nous allons vous faire faire des tags sur les murs du préau. Les plus créatifs d'entre vous feront gagner dix points à leur classe ! Le directeur Jérôme Capucin viendra nous donner son verdict juste après que vous avez fini. Les élèves de première année se réjouissent de faire cette nouvelle activité. Siham et Romain descendent les marches de la scène et rejoignent Maxime assis à la première place de longue table. Maxime se lève et ils avancent vers la porte pour sortir. Les trois classes de première année du conservatoire suivent Siham, Romain et Maxime, en rang deux par deux.

— Suivez-nous en silence, s'il vous plaît !

Après avoir descendu les trois étages du conservatoire, tout le monde passe par la porte qui donne dans la cour arrière du conservatoire. Dehors, il fait chaud, le soleil brille en ce jour de rentrée scolaire du mois de septembre. Deux jardiniers tondent un grand rectangle de pelouse qui sépare la cour en deux parties égales. Il y a deux grands arbres au milieu. Siham, Maxime et Romain ont chacun dans la main une liste d'élèves. Ils longent le mur du conservatoire. Les élèves des trois classes de première année les suivent en rang deux par deux, jusque sous le préau. Siham a un trousseau de clés à la main. Elle se dirige vers la salle de sports. Elle trouve la bonne clé, la glisse dans la serrure, la tourne, pousse la porte et puis elle revient avec un gros carton rempli de bombes de tag de toutes les couleurs qu'elle porte à bout de bras. Elle rejoint les autres animateurs périscolaires et les élèves de la classe de la professeure Christelle Saguaro dont elle a la responsabilité. Maxime et Romain la regardent ouvrir le carton. Elle va en chercher un second dans la salle de sports. Les élèves de la classe du professeur Joël Legagneur avancent vers Maxime. Il distribue les bombes à chacun de ses élèves. Il donne une bombe de tag rouge à Camille Herman, une bombe de tag rose à Annabelle Herman,
puis une bombe de tag jaune à Angéline Lecap, une bleue à Arthur Verbo, une blanche à Christian Otava, et ainsi de suite...

Ensuite, Siham revient avec un deuxième carton rempli de bombes de tag qu'elle distribue aux élèves de la classe de la professeure Christelle Saguaro.

—Une bleue, je voudrais une bombe de tag bleue, s'il vous plaît, Siham !

Elle donne la bombe de tag bleue qu'elle sort du carton à Henri Joyeux.

—Je vous remercie ! Comme je suis grand, je vais dessiner le ciel sur le mur !

Il fait la même taille que Siham.

—Je pourrais prendre plusieurs couleurs, Siham ?

—Oui, vas-y, choisis celles que tu veux, Mathilde !

—Une bombe de tag verte et une bombe de tag marron pour faire la terre !

—Et moi, je vais choisir la couleur rouge pour dessiner une mare de sang sur la terre !

—Très bien, François ! C'est ma couleur préférée ! lui dit- elle.

À bout de souffle, Siham se tourne vers Romain.

—Romain, tu peux aller chercher le dernier carton, s'il te plaît ? Je te remercie !

Romain part en courant vers la salle de sports du conservatoire. La porte est déjà ouverte. Il ressort de la salle de sports en portant à bout de bras un carton rempli de bombes de tag. Il pose le carton sur le sol, l'ouvre. Paul s'approche de lui.

—Je veux une bombe de tag blanche, s'il te plaît, Romain ! Romain lui donne sa bombe de tag blanche. Romuald s'approche à son tour de Romain.

—Donne-moi une bombe de tag noire, s'il te plaît !

Il lui donne sa bombe de tag noire. Léonard a pris une bombe de tag verte. Tous les élèves se mettent à taguer le mur du préau. Deux jeunes filles, Julie Pommier et Marie-Jeanne Hergé discutent entre elles dans la cour du conservatoire.

—T'es avec Madame Saguaro, la professeure de théâtre ?

—Oui, c'est bien cela ! Et toi, tu es avec la professeure Viennois ?

—Oui, c'est bien cela !

— Comment tu t'appelles ?

—Je m'appelle Marie-Jeanne Hergé ! Je suis avec Siham !

—Moi, c'est Julie Pommier ! Je suis avec Romain !

—Montre-moi ton emploi du temps, je vais le comparer avec le mien !

Julie sort son emploi du temps de son sac. Marie-Jeanne fait pareil. Siham observe la scène et elle s'approche des deux jeunes filles.

—Qu'est-ce que vous faites, les filles ? Rangez vos emplois du temps dans votre sac à dos et allez rejoindre vos camarades qui taguent les murs ! Vous avez les mêmes cours et vous serez séparées : quand l'une fera du théâtre avec la professeure Christelle Saguaro, l'autre fera de la danse classique avec la professeure Huguette Viennois !

Les deux jeunes filles s'en vont chercher dans un carton une bombe de tag de couleur. Tous les élèves s'appliquent à faire des tags sur les murs du préau. Tous, sauf Guillaume Carte et Marcel Bande qui se taguent le visage en bleu et marron dans la cour du conservatoire. Monsieur le directeur Jérôme Capucin arrive le sifflet à la bouche. Il siffle !

—Arrête, je te dis ! Mais arrête, Guillaume !

—Toi, arrête ! Monsieur le directeur, c'est lui qui a commencé ! lui lance-t-il.

Siham intervient entre les deux jeunes gens.

—Ce sont Guillaume Carte et Marcel Bande, les élèves de la classe du professeur Saguaro. Ils ne peuvent pas se voir en peinture, ces deux-là ! Ils sont toujours en train de se chamailler. Regardez, ils ont les cheveux, le visage et les mains pleins de peinture. Monsieur le Directeur, faites quelque chose, je viens de me prendre de la peinture bleue sur le visage !

Monsieur le directeur Jérôme Capucin les attrape par le col de leur chemise, il les soulève, puis les relâche.

—Vous allez venir faire les clowns dans mon bureau ! Vous êtes collés tous les deux ! Vous serez privés de cantine ce soir. Et vous me copierez cent fois pour demain matin : je ne prends pas le visage de mes camarades comme toile de fond pour y peindre dessus le ciel et la terre du conservatoire. Les murs du préau sont plus appropriés pour laisser libre cours à sa créativité !

Les deux élèves au visage peinturluré suivent le directeur Jérôme Capucin dans son bureau. Le surveillant Joseph les croise dans la cour. Il leur sourit.

—Ça vous fait rire, Joseph ?

Il ne dit pas un mot.

Ils continuent de marcher jusqu'au bureau du directeur.

—Vous avez de la chance que j'aie une bombe nettoyante magique spéciale tag dans mon bureau, les garçons !

Le directeur Jérôme Capucin revient deux minutes plus tard pour annoncer le verdict aux élèves de première année. Il se demande qui a bien pu faire le plus beau tag. Le directeur admire chaque tag avec intérêt.

—Qui a tagué les deux grands cœurs rouge et rose que je vois là ?

Les jumelles lèvent la main en même temps.

—C'est nous, Monsieur !

—Félicitations, les filles ! Ce sont les plus beaux tags que j'ai jamais vus ! Dix points pour la classe du professeur Legagneur !

Tous les élèves du professeur Joël Legagneur exultent de bonheur en apprenant la victoire. Ils soulèvent la main des jumelles comme on soulève un trophée. Maxime va aux toilettes. Il va en réalité retrouver le professeur Joël Legagneur qui lui a envoyé un SMS sur son portable.

« Viens me retrouver au sous-sol du conservatoire de musique, de théâtre et de danse. Ton clonage va commencer ! À tout de suite ! » lui avait-il écrit.

CHAPITRE 27

La cantine

Il est dix-huit heures trente, les élèves des classes du professeur Joël Legagneur, de la professeure Christelle Saguaro et de la professeure Huguette Viennois rangent les bombes de tag dans les cartons. Entre-temps, Maxime est parti se faire cloner dans la salle du cloneur d'êtres humains, au sous-sol du conservatoire, avec le professeur Joël Legagneur. Pour pouvoir ainsi vivre sa deuxième vie de responsable du café Marius en dehors du conservatoire. Il revient dans la cour du conservatoire. Siham s'approche de lui.

—Je pourrais savoir où t'étais passé ? lui demande-t-elle.

—J'étais parti aux toilettes, figure-toi !

—C'est cela ! Aide-moi à ranger les cartons dans la salle de sports. Tiens, prends celui-là !

Maxime porte un carton à bout de bras et suit Siham dans la salle de sports du conservatoire.

—J'ai un secret à te confier. Maintenant que les élèves ne sont pas là, je dois te dire la vérité.

Maxime pose le carton sur le sol.

—Voilà, j'ai une deuxième vie. En fait, je suis responsable du café Marius dans le centre-ville d'Arras, près de la gare.

—Ah bon ? T'es sérieux ? lui demande-t-elle. Mais tu ne me l'avais pas dit ! ajoute-t-elle.

—C'est pour cela que je suis parti tout à l'heure, je me suis fait cloner dans le cloneur d'êtres humains, au sous-sol du conservatoire, avec le professeur Joël Legagneur. C'est lui qui m'en a parlé dans la salle de concerts au moment de la remise aux élèves des règlements intérieurs et des emplois du temps.

—Ah d'accord. C'est pour toi pouvoir vivre ta deuxième vie, en fait ?

—Oui, voilà ! T'as tout compris !

Siham et Maxime sortent de la salle de sports. Siham ferme la porte à clé derrière elle. Elle souffle dans son sifflet pour appeler les élèves à venir la retrouver avec Maxime et Romain, l'autre animateur périscolaire.

Siham prend la parole devant les élèves.

—Les élèves de la professeure Saguaro, mettez-vous en rang deux par deux devant moi ! Les élèves de la professeure Viennois, mettez-vous en rang deux par deux devant moi !

Maxime fait pareil avec les élèves du professeur Joël Legagneur.

—Les élèves du professeur Legagneur, mettez-vous en rang deux par deux devant moi !

Christian Otava et Arthur Verbo se mettent alors à chanter.

—Les élèves de la professeure Saguaro, mettez-vous en rang deux par deux devant moi !

—Nous, devant nous !

Ils rigolent entre eux. Siham rigole.

—Vous faites comme Jacob, le perroquet du directeur Jérôme Capucin, les garçons ? Vous répétez tout ce qu'on vous dit !

—Oui, Siham !

Christian Otava et Arthur Verbo reprennent.

—Les élèves de la professeure Viennois, mettez-vous en rang deux par deux devant nous !

Romain regarde les garçons.

—Il n'y a pas de compétition entre nous ! Vous aurez toute l'année pour chanter, les garçons ! leur lance-t-il.

—Les élèves de la classe de la professeure Saguaro, vous pouvez entrer dans la cantine !

En silence, ils avancent deux par deux jusqu'à la cantine. Siham, leur animatrice périscolaire, les suit. Quinze minutes plus tard :

—Les élèves de la classe de la professeure Viennois, avancez deux par deux en silence jusqu'à la cantine, s'il vous plaît !

Les élèves de Romain s'exécutent et avancent dans la cantine. À l'intérieur, les élèves de première année de la professeure Christelle Saguaro sont attablés juste à côté des élèves de quatrième année. Au menu ce midi, entrées : macédoine de légumes, carottes râpées, betteraves rouges. Plats : hamburger-frites, sauce ketchup et mayonnaise pour tout le monde, le tout servi par Murielle Somer, la cantinière âgée de 45 ans. En dessert : pommes, bananes, fromage blanc en libre service. Les quatrième année se lèvent pour sortir de table avant de rejoindre la cour du conservatoire. Parmi eux, Thomas Youri, 14 ans, est guitariste dans la classe de Charlie Gaudri, 14 ans, saxophoniste. Arthur Verbo est hyper fan et admiratif de son ainé. Le deuxième groupe d'élèves s'installe à table, à côté du premier groupe d'élèves et ils commencent à manger. Dans la cour du conservatoire, Maxime se tient debout devant ses élèves.

—Les élèves de la classe du professeur Legagneur, vous pouvez aller manger à la cantine !

Ils avancent deux par deux devant Maxime qui ferme la marche derrière les sœurs jumelles Camille et Annabelle Herman.

—Bravo, les filles ! Je suis fier de vous !

—Merci, Maxime ! C'est pour toi que l'on a fait les cœurs sur le mur du préau ! On t'aime beaucoup !

—C'est trop mignon.

Maxime est très touché par les sœurs jumelles.

Tout le monde passe à table avec son plateau. Camille Herman donne sa pomme à Maxime.

—Tiens, tonton Maxime, c'est pour toi !

—Merci, Camille !

Sa sœur jumelle, Annabelle, fait pareil.

—Tiens, Maxime, c'est pour toi !

—Merci, Annabelle ! Je vous adore, mes petites jumelles !

—On t'adore aussi, Tonton !

Maxime a deux pommes et une banane sur son plateau et il en prend une qu'il porte à ses lèvres. Il mord dedans.

CHAPITRE 28

Les cours de musique, danse et théâtre

Tous les élèves de première année sont sortis de la cantine et la nuit est tombée sur le conservatoire de musique, de théâtre et de danse. Le surveillant général Joseph accompagne les élèves de première année dans les dortoirs du conservatoire situé au quatrième étage. Les filles sont à gauche, dans le dortoir des filles ; les garçons à droite, dans le dortoir des garçons. Tous les élèves vont se coucher à vingt heures.

Le soleil se lève sur le conservatoire de musique, de danse et de théâtre. Le surveillant Joseph arrive dans le dortoir des garçons, à droite, le sifflet à la bouche. Il siffle.

—Debout, là-dedans !

Les garçons se lèvent et s'habillent en vitesse. Joseph va ensuite dans le dortoir des filles, à gauche, le sifflet toujours à la bouche. Il siffle.

—Debout, les filles !

Les filles se lèvent et s'habillent elles aussi en vitesse. Camille et Annabelle Herman, les sœurs jumelles musiciennes de la classe du professeur Joël Legagneur, prennent leur violoncelle, leur flûte à bec et leur cahier de musique. Angéline Lecap met son violon dans son étui, sa flûte à bec dans son sac à dos et se prépare pour son cours ; les musiciens de leur classe font pareil. Arthur Verbo met sa guitare dans son étui ; son cahier de musique et sa flûte à bec sont déjà dans son sac à dos. Christian Otava fait briller son trombone avec un chiffon, il porte son sac sur son ventre.

—Vous avez vu mon sac à ventre, comme il est beau ! lance-t-il fièrement. (Christian aime se faire remarquer.)

Les élèves de la classe de la professeure Christelle Saguaro, Henri Joyeux, François Sage, Mathilde Lejeune, Marie-Jeanne Hergé et les autres se rendent à leur cours de théâtre au théâtre du conservatoire, au rez-de-chaussée, et en silence. Les élèves danseurs de la classe du professeur Huguette Viennois, Paul Human, Romuald Rousseau, Léonard Semic et les autres garçons de leur classe prennent leur sac à dos avec une paire de chaussons de danse noirs, un collant de danse en lycra noir, un tee-shirt blanc et une serviette chacun. Les filles, Julie Pommier, Claire Mesureur et les autres prennent leur sac à dos avec une paire de chaussons de danse roses, une paire de collants roses, un tutu complet avec camisole juste au corps bleu ciel et une serviette. Tous les élèves danseurs se rendent dans les vestiaires pour se changer. La salle de danse du conservatoire et les vestiaires sont au rez-de-chaussée du conservatoire. Le surveillant Joseph vérifie que tous les élèves de première année sont sortis des dortoirs. Dans un premier temps, il ferme à clé la porte du dortoir des filles et dans un second, il ferme à clé la porte du dortoir des garçons.

Jean-Marc, l'homme de ménage du conservatoire danse avec l'aspirateur dans la salle de danse sur le titre de Zouk Machine, *Maldon*. Il est grand et très musclé. Il se met à chanter, l'aspirateur dans les mains.

—Nétwayé, baléyé, astiké. Kaz la toujou penpan, chante-t-il.

La professeure de danse Huguette Viennois arrive et, dans l'entrebâillement de la porte de la salle de danse, le surprend en train de danser et chanter. Elle pousse la porte et assiste au spectacle de Jean-Marc, l'homme de ménage.

—Bonjour ! Vous vous sentez bien, Jean-Marc ? lui demande-t-elle, morte de rire.

—Oh oui, très bien ! J'adore mon métier !

—Je vois cela ! ajoute-t-elle.

Elle croit rêver de l'homme parfait... Les élèves du professeur

Joël Legagneur, Camille et Annabelle Herman et les autres se rendent à l'auditorium, au premier étage, tandis que les élèves de la professeure Christelle Saguaro vont au théâtre du conservatoire, au rez-de-chaussée. À l'accueil, Isabelle Bonnelle, la secrétaire administrative du directeur du conservatoire de musique, de danse et de théâtre, Jérôme Capucin sort de son bureau. Elle est blonde à forte poitrine, vingt-cinq ans, elle porte une robe vert pomme. Elle tient entre ses mains une affiche qu'elle va accrocher avec des punaises sur le panneau d'affichage, à l'entrée du conservatoire de musique, de danse et de théâtre.

Le directeur et chef de la chorale Jérôme Capucin et tous les professeurs du conservatoire sont heureux de vous inviter au spectacle de musique, de danse et de théâtre des élèves musiciens, danseurs et comédiens de quatrième année et de septième année d'études du conservatoire de musique, de danse et de théâtre d'Arras le samedi 26 mai 2018. Venez célébrer la remise des diplômes aux élèves musiciens, comédiens et danseurs du conservatoire de musique, de danse et de théâtre d'Arras !

Tarif : 10 € par adulte,

5 € par enfant de moins de 12 ans.

Ouverture des portes au public à vingt heures, début du spectacle et de la cérémonie de remise des diplômes à vingt heures quarante-cinq.

Petite restauration sur place à la cantine du conservatoire.

Informations et inscriptions au secrétariat, à l'accueil du conservatoire auprès de Madame Isabelle Bonnelle. Ou au 0321456789.

Madame la secrétaire administrative Isabelle Bonnelle retourne dans son bureau. Elle sort la liste des noms des parents d'élèves avec leur numéro de téléphone. Elle commence à les appeler pour leur parler du concert. Monsieur le directeur Jérôme Capucin sort de son bureau avec Guillaume Carte et Marcel Bande, ses deux élèves de première année qu'il a mis en retenue la veille. Ils sont tout beaux, tout propres. Il les accompagne au théâtre en leur tirant les oreilles. La porte du théâtre est déjà ouverte. Le directeur Jérôme Capucin s'adresse à la professeure Christelle Saguaro.

—Professeure Saguaro, je vous ramène les deux spécimens que j'ai mis en retenue hier dans mon bureau.

—Bonjour, Messieurs, allez donc vous asseoir à votre place ! Le cours va commencer.

À l'auditorium, au premier étage, les élèves du professeur Joël Legagneur se tiennent debout derrière leur table.

—Bonjour à tous mes élèves !

—Bonjour, Professeur Joël Legagneur !

—Asseyez-vous !

Tous les élèves s'assoient en même temps. Le professeur Joël Legagneur sort la liste des élèves de sa classe et commence à faire l'appel, debout sur son estrade derrière son bureau. Angéline Lecap lève la main.

—Monsieur, Monsieur, j'ai envie de faire pipi !

Camille est assise à côté d'elle.

—Je peux l'accompagner aux toilettes, Professeur ?

—Dépêchez-vous, les filles !

Les filles se lèvent et sortent de l'auditorium. Elles descendent toutes les deux les escaliers en courant.

—Attends-moi là, Camille !

Angéline Lecap sort par la porte arrière du conservatoire qui donne dans la cour pour se rendre aux toilettes des filles. Dans le même temps, les élèves du professeur Joël Legagneur sortent leur cahier de musique et leur flûte à bec. Le surveillant Joseph voit Angéline Lecap dans la cour et l'accompagne. Camille va à l'accueil du conservatoire ; elle arrive face au panneau d'affichage et commence à lire l'affiche du concert des élèves de quatrième année. Isabelle Bonnelle la voit et sort de son bureau.

—Bonjour, ma grande ! Que fais-tu ici ?

—Je suis en train de lire l'affiche, pendant que les autres élèves de première année sont en cours, Mademoiselle !

—Madame ! Oui, je vois cela ! Et au fait, tu ne devrais pas être en cours à cette heure-ci ?

—Oui, j'accompagnais Angéline Lecap aux toilettes quand j'ai vu l'affiche sur le panneau d'affichage. Elle est très jolie, comme vous, Madame !

Camille lui tient tête du haut de son mètre quarante-cinq.

—Merci, c'est très gentil, Camille ! Ce sont les élèves de quatrième année de la classe de chorale du directeur Jérôme Capucin qui donnent un concert aux parents d'élèves, le samedi 26 mai. Je ne pense pas que tu sois en quatrième année, ma princesse !

Le directeur Jérôme Capucin les voit discuter de son bureau, et il arrive, le sourire aux lèvres.

—Camille, je l'adore ! C'est mon élève préférée ! Il faut retourner en cours avec ta sœur jumelle et tes petits camarades de classe !

—Oui, je sais, Monsieur, mais je me suis proposé d'accompagner Angéline aux toilettes.

Monsieur le directeur Jérôme Capucin voit le surveillant Joseph revenir avec Angéline à côté de lui. Des parents d'élèves sonnent à l'interphone. Jérôme Capucin regarde dans trois directions différentes.

—Ça commence à faire beaucoup de monde, ici ! Angéline Lecap, Camille Herman, retournez en cours avec le professeur Joël Legagneur ! Isabelle, occupe-toi des parents d'élèves ! Ils viennent pour s'inscrire au spectacle, je pense.

Les deux jeunes filles retournent dans la classe du professeur Joël Legagneur en prenant l'ascenseur, juste à côté de l'escalier. Elles arrivent dans la classe du professeur Joël Legagneur qui fait chanter Annabelle Herman, la sœur jumelle de Camille qui se trouve debout à côté de lui.

—C'est à cette heure-ci que vous arrivez, les filles ?

—Oui, Monsieur, nous étions aux toilettes avec Angéline Lecap !

Les deux élèves musiciennes retournent à leur place. Camille Herman s'étonne de voir sa sœur jumelle à côté du professeur Joël Legagneur.

—Professeur, je peux venir sur l'estrade avec ma sœur jumelle Annabelle ? lui demande-t-elle.

—Oui, Camille, tu peux venir nous rejoindre. Durant votre absence, ta sœur Annabelle a voulu chanter la chanson des jumelles par les demoiselles de Rochefort !

Camille Herman rejoint le professeur Joël Legagneur et se

place à la droite de sa sœur jumelle Annabelle. Le professeur Joël Legagneur a son téléphone portable à la main, il allume la musique en appuyant dessus. La musique commence.

Camille et Annabelle Herman, un micro à la main, chantent :

Nous sommes deux sœurs jumelles, nées sous le signe des gémeaux.
Mi-fa-sol-la-mi-ré-ré-mi-fa-sol-sol-sol-ré-do.
Toutes deux demoiselles, ayant eu des amants très tôt.
Mi-fa-sol- la-mi-ré-ré-mi-fa-sol-sol-sol-ré-do.

(Camille)

Nous fûmes toutes deux élevées par Maman, qui
pour nous se priva, travailla vaillamment.

(Annabelle)

Elle voulait de nous faire des érudites, et pour
cela vendit toute sa vie des frites.

(Camille et Annabelle)

Nous sommes toutes deux nées de père inconnu,
Cela ne se voit pas, mais quand nous sommes nues.
Nous avons toutes deux au creux des reins.
C'est fou...

(Camille)

... Là un grain de beauté...

(Annabelle)

... Qu'il avait sur la joue.

(Camille et Annabelle)

Nous sommes deux sœurs jumelles, nées sous le signe des gémeaux.
Mi-fa-sol-la-mi-ré-ré-mi-fa-sol-sol-sol-ré-do.
Aimant la ritournelle, les calembours et les bons mots.
Mi-fa-sol-la-mi-ré-ré-mi-fa sol-sol-sol-ré-do.

(Camille)

Nous sommes toutes deux joyeuses et ingénues...

(Annabelle)

... Attendant de l'amour ce qu'il est convenu...

(Camille)

... D'appeler coup de foudre...

(Annabelle)

… Ou sauvage passion…
(Camille et Annabelle)
… Nous sommes toutes deux prêtes à perdre raison.
Nous avons toutes deux une âme délicate.
(Camille)
Artistes passionnées…
(Annabelle)
… Musiciennes…
(Camille)
… Acrobates…
(Annabelle)
… Cherchant un homme bon…
(Camille)
… Cherchant un homme beau…
(Camille et Annabelle)
… Bref, un homme idéal, avec ou sans défauts.
Nous sommes deux sœurs jumelles, nées sous le signe des gémeaux.
Mi-fa-sol-la-mi-ré-ré-mi-fa-sol-sol-sol-ré-do.
Du plomb dans la cervelle, de la fantaisie à gogo.
Mi-fa-sol-la-mi-ré-ré-mi-fa-sol-sol-sol-ré-do.
(Annabelle)
Je n'enseignerai pas toujours l'art de l'arpège.
J'ai vécu jusqu'ici de leçons de solfège.
Mais j'en ai jusque-là, la province m'ennuie.
Je veux vivre à présent, de mon art à Paris.
(Camille)
Je n'enseignerai pas toute ma vie la danse.
À Paris moi aussi je tenterai ma chance.
Pourquoi passer mon temps à enseigner des pas,
Alors que j'ai envie d'aller à l'opéra.
(Camille et Annabelle)
Nous sommes deux sœurs jumelles, nées sous le signe des gémeaux.
Mi-fa-sol-la-mi-ré-ré-mi-fa-sol-sol-sol-ré-do.
Deux cœurs, quatre prunelles, à embarquer allegretto.
Mi-fa-sol-la-mi-ré-ré-mi-fa-sol-sol-sol-ré-do.
(Camille)

Oh ! Midi moins le quart. Ça y est je suis en retard !

(Annabelle)

Camille !

(Camille)

Oui.

(Annabelle)

Tu vas chercher Boubou ?

(Camille)

Oh ! Tu ne peux pas y aller ?

(Annabelle)

J'irai cet après-midi.

(Camille)

Je ne peux pas sortir avec ça ! Oh puis si.
Oh puis non. J'ai rendez-vous à midi avec
Guillaume, je n'y serai jamais.

(Annabelle)

Qu'est-ce qu'il veut encore, celui-là ?

(Camille)

Je ne sais pas… me voir.

(Annabelle)

Oh ! Bien, il attendra. Tu rentres déjeuner ?

(Camille)

Oui. Mais pas avant une heure. Qu'est-ce que j'ai
fait de mon poudrier ? Ah non, je l'ai.

(Camille et Annabelle)

Jouant du violoncelle, de la trompette ou du banjo.
Aimant la ritournelle, les calembours et les bons mots.
Du plomb dans la cervelle, de la fantaisie à gogo.
Nous sommes sœurs jumelles, nées sous le signe des gémeaux.

(Annabelle)

Au revoir.

(Camille)

Au revoir.

Le professeur Joël Legagneur et les élèves applaudissent les sœurs jumelles Herman.

—Félicitations, les filles !

141

—Merci.

CHAPITRE 29

La proposition et la punition

La sonnerie du conservatoire de musique, de théâtre et de danse retentit. Le cours de musique du professeur Joël Legagneur est terminé et les musiciens de la classe de musique du conservatoire sortent de l'auditorium. Camille Herman décide de rester près du professeur Joël Legagneur. Elle semble vouloir lui parler de quelque chose. Sa sœur jumelle Annabelle Herman reste elle aussi à leurs côtés.

—Professeur, je dois vous parler de quelque chose.

—Dis-moi tout, ma grande !

—Quand je suis partie accompagner Angéline Lecap aux toilettes, je suis restée à l'accueil. Isabelle Bonnelle, la secrétaire administrative du directeur Jérôme Capucin est allée afficher une affiche sur le tableau d'affichage du conservatoire. J'ai lu sur l'affiche que les élèves de quatrième année de la classe de musique du conservatoire donneraient un spectacle aux parents d'élèves et aux élèves du conservatoire, le 26 mai, si je me souviens bien. J'aurais voulu savoir si ma sœur jumelle Annabelle et moi pourrions chanter la chanson que nous venons d'interpréter avec vous pendant le spectacle ?

—Tu veux dire sur la scène du conservatoire ? Pendant le concert des élèves de quatrième année ?

—Oui.

Le professeur Joël Legagneur réfléchit quelques instants avant de parler.

—Il faut que je demande l'autorisation au directeur Jérôme

Capucin, mais je pense déjà connaître sa réponse.

—Vous voulez dire qu'il serait d'accord pour que nous l'interprétions devant les parents d'élèves ?

—Oui.

Annabelle Herman regarde sa sœur jumelle Camille, puis son professeur Joël Legagneur.

—Nous n'avons plus nos parents, Monsieur le Professeur Legagneur. Ils sont morts dans un accident de voiture au mois de janvier de cette année, quand nous avions dix ans et demi. C'est notre oncle qui nous élève depuis. Nous sommes très autonomes, vous savez !

—Oui, je sais ! Vous voulez que je demande à Madame Isabelle Bonnelle d'appeler votre oncle pour l'inviter à venir vous applaudir sur la scène du conservatoire, le 26 mai ?

—Vous feriez cela pour nous, Professeur Joël Legagneur ?

—Oui, bien sûr ! C'est bien normal ! On y va ensemble, si vous voulez.

Les sœurs jumelles Herman reprennent leur violoncelle et leur sac à dos, et suivent le professeur Joël Legagneur jusque dans l'ascenseur.

—Comment s'appelle votre oncle, les filles ?

—Notre oncle s'appelle Maxime !

—Maxime ? Vous voulez dire Maxime, notre animateur périscolaire ?

—Oui, vous avez bien compris, Professeur Legagneur. C'est Maxime, notre oncle.

L'ascenseur arrive au rez-de-chaussée du conservatoire de musique, de théâtre et de danse et les portes s'ouvrent. Les sœurs jumelles Herman et le professeur Legagneur avancent jusqu'au secrétariat. Le professeur Legagneur approche son visage de la vitre qui le sépare d'Isabelle Bonnelle, la secrétaire administrative.

—Isabelle, pourrais-tu appeler Maxime, notre animateur périscolaire, pour l'inscrire au spectacle des quatrième année du 26 mai, s'il te plaît ? Regarde, j'ai son numéro de téléphone portable affiché sur mon écran. (Il lui montre son téléphone mobile.) Elle compose le numéro de Maxime sur le téléphone du secrétariat. Le téléphone sonne une fois… deux fois…

—Allô, Maxime ? C'est Isabelle Bonnelle, la secrétaire administrative du directeur du conservatoire d'Arras. Nous organisons un spectacle le 26 mai au conservatoire. Je t'y inscris ?

—Bonjour, Isabelle ! Oui, avec grand plaisir ! Je te remercie beaucoup ! À tout à l'heure !

—À tout à l'heure, Maxime !

Camille et Annabelle Herman reprennent l'ascenseur du conservatoire. Camille appuie sur le bouton 1. Au premier étage, elles arrivent devant l'amphithéâtre. Tous les élèves de première année d'études au conservatoire de musique, de danse et de théâtre se trouvent assis dans l'amphithéâtre. La professeure d'anglais, Miss Violette Solange, parle au micro derrière son bureau.

—Hello, everybody ! Sit down, please ! Thank you !

Les sœurs jumelles Camille et Annabelle Herman arrivent en retard au cours d'anglais de Miss Violette Solange, car elles étaient avec leur professeur de musique Joël Legagneur. Elles se placent au tout premier rang.

—Hello, Miss Solange !

—Hello, Camille and Annabelle ! Allez chercher un billet de retard au bureau du secrétariat, s'il vous plaît ! Et dépêchez-vous !

—Nous étions avec le professeur Legagneur, Professeure Solange !

—Je ne veux rien savoir ! Allez me chercher un billet de retard ! Hurry up ! Quick, quick !

Camille et Annabelle Herman s'en vont chercher un billet de retard au secrétariat. Elles reviennent cinq minutes plus tard et Camille donne son billet de retard à la professeure Solange.

—Merci à vous, les filles ! Allez vous asseoir à votre place !

Elles s'assoient à une table.

—So ! Pour votre première heure de cours d'anglais de l'année, je vais vous demander de sortir de votre sac une copie simple et un crayon. Je vais vous interroger à l'écrit sur les verbes irréguliers anglais ! Surprise !

Tous les élèves de première année sortent une copie et un crayon de leur sac à dos. Arthur Verbo sort tous ses crayons de couleur de sa trousse, qu'il pose sur sa table en faisant du bruit. Miss Violette Solange passe dans les rangs de l'amphithéâtre.

—Écrivez votre nom et votre prénom en haut à gauche de votre copie, et votre classe en haut à droite. La date *in English, please* ! Au centre, vous écrivez *English test*. Veillez à ne pas faire de fautes dans la date, cela pourrait vous faire perdre deux points !

Les élèves s'appliquent à écrire.

—Are you ready ?

—Yes, Miss Violette Solange ! (Tous les élèves en même temps.)

— Perfect !

—Premier verbe irrégulier : se lever... éveiller... être... porter... battre... devenir... survenir à... engendrer... commencer...

La professeure Violette Solange regarde ses élèves écrire sur leur copie et elle continue d'énoncer les verbes à voix haute.

—Contempler... supplier... parier... ordonner... proposer... rêver... tirer... dessiner...

Professeur Violette Solange observe Arthur Verbo et continue de dicter les verbes irréguliers anglais aux élèves.

—Choisir... s'attacher... apprendre... faire... L'interrogation écrite surprise est finie ! Camille et Annabelle Herman, vous pouvez ramasser les copies, s'il vous plaît ?

Les deux jeunes filles se lèvent. Professeure Violette Solange s'approche d'Arthur et elle se penche sur lui. Il a ses seins collés sur son visage...

—Arthur, montre-moi ce que tu as fait !

Elle prend la copie d'Arthur dans sa main gauche. Elle descend les marches de l'amphithéâtre en faisant raisonner ses hauts talons. Elle monte sur l'estrade, se positionne derrière son bureau et pose la copie d'Arthur dessus. Les élèves discutent dans l'amphithéâtre. Elle porte son micro à ses lèvres.

—Be quiet, please !

Les élèves se taisent.

—Thank you !

Elle ouvre le tiroir de son bureau et elle en sort un rouleau de scotch. Elle prend la copie d'Arthur Verbo et puis la scotche sur le tableau derrière elle... Arthur y a dessiné sa professeure Violette Solange avec une énorme paire de seins. Dans l'amphithéâtre, tous les élèves rigolent. Violette Solange porte son micro à ses lèvres.

—Be quiet, please !

Les élèves se taisent. Quelques secondes plus tard...

—On va voir qui me dessine le mieux !

La professeure Violette Solange se tourne face au tableau. Elle prend une craie de couleur blanche et commence à dessiner sa silhouette féminine en remuant son postérieur. Elle porte une jupe rouge ultrasexy. Sa main gauche défait le chignon qu'elle a dans ses cheveux et elle secoue la tête de gauche à droite. Elle prend une craie jaune pour dessiner sa longue et belle chevelure blonde sur le tableau. Les sœurs jumelles Camille et Annabelle Herman finissent de ramasser les copies des trois classes. La professeure Violette Solange se retourne et se place à côté des deux dessins. Les sœurs jumelles Herman posent les copies sur le bureau de la professeure Violette Solange.

—Thank you, twin sisters !

Les sœurs jumelles retournent s'asseoir au premier rang.

—Mes seins sont plus réussis que ceux d'Arthur Verbo ! Moins deux points pour la classe du professeur Legagneur ! Arthur, tu viendras me voir à la fin du cours ! On va avoir une petite explication, tous les deux ! Pour le prochain cours d'anglais, je vais vous demander d'apprendre les paroles de la chanson d'Ed Sheeran, *Perfect*. Je vous interrogerai dessus à l'oral lors de votre prochain cours d'anglais avec moi.

La professeure Violette Solange sort une pile de chansons de sa sacoche.

—Camille et Annabelle Herman, vous voulez bien distribuer les paroles de la chanson à vos camarades de classe présents dans l'amphithéâtre, please ? Thank you very much !

Les sœurs jumelles Camille et Annabelle Herman se lèvent et commencent à distribuer les paroles à leurs camarades de classe dans les rangs de l'amphithéâtre. Elles se dépêchent.

La sonnerie du conservatoire retentit. Tous les élèves rangent leurs livres, leurs trousses et leurs cahiers dans leur sac à dos et s'en vont dans la cour intérieure du conservatoire pour les activités périscolaires. Tous... sauf Arthur qui s'avance vers le bureau de la professeure Violette Solange.

—Je mets un zéro à ton contrôle, et je garde ton dessin que je montrerai à ton professeur principal Joël Legagneur. Et tu me copieras dix fois toute la liste des verbes irréguliers anglais pour la prochaine fois !

La professeure Violette Solange regarde dans son emploi du temps.

—Les élèves de première année, je vous retrouve dans une semaine !

—Très bien, Professeure Solange ! À bientôt !

Arthur et son professeur Violette Solange sortent de l'amphithéâtre. Elle éteint les lumières en tapant dans ses mains et referme la porte derrière eux.

CHAPITRE 30

Le match de basket

Les trois classes d'élèves de première année se rejoignent sous le préau du conservatoire de musique, de danse et de théâtre qu'ils ont tagué la veille. Siham, Maxime et Romain les ont rejoints. Ils saluent leurs élèves, Siham en premier.

—Bonjour, les élèves de la classe de théâtre de la professeure Christelle Saguaro ! Suivez-moi, nous allons faire du badminton à la salle de sport !

Tous les élèves de la classe de théâtre suivent Siham jusqu'à la salle de sports. Ensuite, Romain fait l'appel des élèves de la classe de la professeure Huguette Viennois.

—Les élèves de la classe de danse de la professeure Huguette Viennois, nous allons à la salle de sports chercher un ballon de basket-ball et des maillots pour constituer vos équipes respectives. Vous allez faire du basket-ball dans la cour du conservatoire ! Vous jouerez contre les élèves de la classe du professeur Joël Legagneur !

Romain et les élèves de la classe de la professeure Huguette Viennois s'en vont à la salle de sports.

—Tenez, Julie, Paul, Romuald, Damien et Justine, mettez un maillot jaune, vous serez l'équipe des jaunes ! Les autres élèves, vous supportez votre équipe sur le côté.

Les élèves de la classe de la professeure Huguette Viennois enfilent un maillot jaune. Romain porte à bout de bras un autre carton rempli de maillots, et se rend dans la cour du conservatoire, sur le terrain de basket. Il s'approche de Maxime et des quinze élèves de la classe du professeur Joël Legagneur. Maxime ouvre le carton et commence à distribuer les maillots rouges à ses élèves.

—Angéline, Camille, Annabelle, Arthur, Christian, Florent. Qui veut faire l'arbitre du match de basket ? demande-t-il à ses élèves.

Comme d'habitude, les sœurs jumelles Herman lèvent leur main les premières, et en même temps !

—Nous, Maxime !

—Camille ou Annabelle ?

—Annabelle ! lui dit Camille.

—Camille ! lui dit Annabelle.

Les sœurs jumelles rigolent.

—Il faut choisir, les filles ! Bon, ce sera toi, Camille ! Tiens, prends le sifflet, un papier et un crayon pour noter les points. Tu siffles quand il y a une faute !

—Parfait ! J'ai tout compris, Maxime !

L'équipe des jaunes se compose des élèves suivants : Damien Marel, Julie Pommier, Paul Human, Romuald Rousseau et Claire Mesureur.

Maxime lui explique les règles du match de basket.

—Tu vois le panier le basket, là ? Un lancer-franc rapporte un point, un tir normal deux points. Si le joueur qui lance le ballon se trouve derrière la ligne des trois points, le panier rapporte trois points. À la fin du temps réglementaire, l'équipe ayant marqué le plus de points remporte le match.

Tout le monde est en place. L'équipe des jaunes, composée de cinq joueurs est à gauche, l'équipe des rouges, à droite.

—Combien de temps dure un match de basket, Maxime ? interroge Camille.

—Un match se déroule en quatre parties de dix minutes.

Maxime porte le ballon de basket comme la coupe du monde de basket, au-dessus de sa tête, le sifflet à la bouche.

Il siffle le début du match. Paul Human, de l'équipe des jaunes attrape le ballon de basket dans ses mains. Il le fait rebondir sur le macadam en courant jusqu'au panier de l'équipe adverse, les rouges. Il s'immobilise pour tenter de marquer un panier. Il lance le ballon de basket et touche le carré central avant de rentrer dans le panier. Il marque deux points et Camille dessine deux bâtons sur sa feuille, au nom de l'équipe des jaunes. Les jaunes manifestent leur joie. Annabelle Herman, de l'équipe des rouges, passe le ballon de basket à Angéline Lecap qui l'attrape dans ses mains. Elle court vers le panier de basket de l'équipe des jaunes et Romuald Rousseau, de l'équipe jaune, intercepte le ballon de basket. Il fait une passe à Julie Pommier qui fait une passe à Damien Morel ; ce dernier, placé derrière la ligne des trois points, lance le ballon de basket qui rentre directement dans le panier de l'équipe des rouges, adverse, faisant gagner trois points de plus à son équipe qui se réjouit. Camille Herman dessine trois bâtons sous l'équipe des jaunes. Elle soupire. Sa sœur jumelle Annabelle la voit. Le ballon est aux rouges. Annabelle Herman fait rebondir trois fois le ballon de basket au sol avant de faire une passe à Arthur Verbo de l'équipe des rouges qu'elle regarde courir jusqu'au panier de basket de l'équipe des jaunes. Il lance le ballon de basket qui ne rentre pas dans le panier. Romuald Rousseau saisit le ballon de basket dans ses mains et le fait rebondir au sol en avançant vers le panier de l'équipe des rouges. Il regarde Paul Human à sa gauche et lui fait une passe. Paul Human attrape le ballon de basket qu'il fait rebondir une fois au sol avant de viser le panier. Le ballon de basket touche le carré au centre avant de rentrer dans le panier de basket de l'équipe des rouges. Les jaunes marquent deux point de plus. Camille dessine deux nouveaux bâtons sous l'équipe des jaunes qui marque sept points à zéro. Elle soupire encore. Angéline Lecap saisit le ballon de basket dans ses mains et le fait rebondir au sol. Elle regarde Christian Otava, lui fait la passe, le ballon atterrit dans les mains de Claire Mesureur, juste à côté. Claire Mesureur court jusqu'au panier adverse sous lequel elle s'immobilise deux secondes, puis lance le ballon et marque deux points de plus. Camille dessine en soupirant deux nouveaux bâtons sur la feuille, sous l'équipe des jaunes. Sa sœur jumelle Annabelle Herman récupère le ballon de basket dans ses mains, elle avance avec en le faisant rebondir au sol. Elle voit Arthur Verbo et décide alors de lui faire une passe. Arthur Verbo récupère le ballon de basket dans ses mains et le fait rebondir au sol en avançant jusqu'au panier de l'équipe des jaunes. Il s'immobilise deux secondes avant de lancer la balle qui touche l'anneau avant de rentrer dans le panier. Il marque les deux premiers points de son équipe qui saute de joie. Camille Herman dessine deux bâtons sur la feuille sous l'équipe des rouges. Elle soupire encore. Maxime regarde sa montre et siffle la fin de la deuxième période du match. Camille donne sa feuille de résultats à Maxime et va voir en courant sa sœur jumelle Annabelle.

—On est trop nuls, on gagnera jamais le match ! Ils sont trop forts, les jaunes ! lui dit-elle.

—Tu veux que je te remplace, Camille ? Je voudrais bien faire l'arbitre à ta place !

—Oui, prends ma place !

Annabelle va rejoindre Maxime qui lui donne la feuille des points. Camille va sur le terrain de basket. Maxime regarde sa montre et retourne au milieu du terrain, entre les deux équipes. Il tient le ballon de basket de la main gauche, au-dessus de sa tête… (On dirait la statue de la Liberté.) Le sifflet dans la bouche, il donne le signal.

La troisième partie du match commence ! Camille saisit le ballon dans ses deux mains, le fait rebondir par terre jusqu'au panier de l'équipe des jaunes adverse, s'immobilise un instant et lance le ballon de basket directement dans le panier, derrière la ligne des trois points. Maxime félicite Camille.

—C'est bien, ma chérie !

Elle le regarde et lui sourit. Sa sœur jumelle Annabelle dessine trois bâtons sur la feuille sous l'équipe des rouges qui manifeste sa joie. Camille reprend le ballon de basket dans ses mains. Elle voit Angéline Lecap lui faire signe de lui donner le ballon devant elle, ce qu'elle fait, et Angéline Lecap l'attrape avec ses deux mains. Elle fait rebondir le ballon de basket au sol ; elle voit Arthur Verbo devant elle, lui jette le ballon. Il l'attrape dans ses mains et court vers le panier de basket de l'équipe des jaunes.

Arthur Verbo lance le ballon de basket dans le panier de l'équipe des jaunes, touche le carré au centre avant de rentrer dans le panier de basket et marque deux nouveaux points. Annabelle dessine deux bâtons sur la feuille sous l'équipe des rouges soulagée. Ensuite, Christian Otava reprend le ballon de basket entre ses mains et le fait rebondir, une fois, deux fois, trois fois au sol. Il voit Arthur Verbo juste devant lui, lui lance le ballon de basket qui atterrit dans les mains de Camille juste à côté de lui. Camille court vers le panier de basket de l'équipe des jaunes en faisant rebondir le ballon de basket au sol. Elle se poste juste en face du panier de basket, lance le ballon et marque deux points. Son équipe est contente, sa sœur jumelle Annabelle dessine deux nouveaux bâtons sous l'équipe des rouges. Romuald Rousseau reprend le ballon dans ses mains, le fait rebondir une fois au sol avant de voir Claire Mesureur devant lui. Il lui passe le ballon qu'elle attrape à deux mains. Elle avance vers le panier de basket de l'équipe des rouges en le faisant rebondir au sol. Paul Human s'approche d'elle, se poste à sa gauche, intercepte le ballon à deux mains et avance jusqu'au panier de l'équipe des rouges. Il lance le ballon de basket qui touche le panier juste en dessous. Claire Mesureur reprend le ballon de basket dans ses mains, le fait rebondir au sol, sur place, avant de voir Camille devant elle à sa droite. Elle lui lance le ballon ; Camille l'intercepte à deux mains, puis fait une passe à Angéline Lecap qui avance jusqu'au panier de basket de l'équipe des jaunes en faisant rebondir le ballon de basket au sol. Elle se place à la gauche du panier de basket de l'équipe des jaunes et lance le ballon. Celui-ci atterrit directement dans le panier de l'équipe des jaunes, marquant les deux points de la victoire de son équipe qui saute de joie et se prend dans les bras sur le terrain de basket du conservatoire. Annabelle dessine deux bâtons sur la feuille sous l'équipe des rouges. Maxime siffle la fin du match de basket et reprend la feuille qu'Annabelle lui tend.

CHAPITRE 31

La rencontre avec Thomas et Charlie

Les élèves des trois classes de musique, de danse et de théâtre se réunissent au centre de la cour du conservatoire auprès de Siham, Maxime et Romain. Ils s'en vont manger à la cantine du conservatoire.

—Les élèves du professeur Legagneur, mettez-vous en rang deux par deux, s'il vous plaît !

Tous les élèves se mettent en file indienne derrière Maxime et pénètrent dans la cantine du conservatoire. Tous les élèves de quatrième année sont attablés, en train de manger du couscous. Les sœurs jumelles Camille et Annabelle Herman s'assoient en face de Thomas Youri et Charlie Gaudri, élèves de quatrième année de la classe du professeur Joël Legagneur.Thomas regarde Camille.

—Bonjour, tu vas bien ? lui demande-t-il.

—Oui. Je vais très bien, merci !

—Tu t'appelles comment ?

—Je m'appelle Camille, et toi ?

—Moi, c'est Thomas.

—Camille Herman ?

—Oui, c'est moi !

—C'est toi qui as dessiné les cœurs sur les murs du préau ?

—Oui, c'est moi, avec ma sœur jumelle Annabelle Herman. T'aimes bien ?

—Oui, c'est très joli !

—Comment tu sais que c'est nous qui les avons dessinés ?

—C'est le directeur Jérôme Capucin qui nous l'a dit. C'est lui le chef de notre chorale, le chef de la chorale de l'ensemble des élèves de quatrième année.

—Ah bon ? C'est chouette ça ! lui dit-elle, amusée.

Camille Herman regarde sa sœur jumelle Annabelle Herman qui est en train de manger son entrée, puis regarde à nouveau Thomas Youri.

—J'ai vu l'affiche du spectacle des élèves de quatrième année sur le panneau d'affichage, à l'accueil du conservatoire.

—C'est vrai ?

—Oui, c'est vrai. Et nous allons peut-être chanter sur scène, avec ma sœur jumelle Annabelle.

—Tu veux dire pendant notre spectacle ?

—Oui.

—Mais, c'est génial !

Charlie regarde Camille.

—C'est qui votre professeur de musique, Annabelle ?

—C'est le professeur Joël Legagneur ! C'est lui qui nous a fait chanter devant notre classe ! lui dit-elle triomphalement.

—Vous voulez que je lui parle de vous, enfin, de toi Annabelle et de ta sœur jumelle Camille ? Nous avons cours avec lui juste après à quatorze heures.

—Oui, avec plaisir !

Les sœurs jumelles sourient devant Thomas Youri et Charlie Gaudri qui se lèvent parce qu'ils ont fini de manger.

—On se revoit dans la cour, sous le préau, après notre cours de musique avec le professeur Legagneur, les jumelles. D'accord ?

—D'accord !

Thomas Youri et Charlie Gaudri sortent de la cantine. Les élèves de quatrième année s'en vont dans la cour du conservatoire. Ils rejoignent les élèves de cinquième, sixième et septième année du conservatoire qui discutent entre eux, dans la cour, sous le préau du conservatoire. Un couple d'homosexuels de septième année s'embrasse sur la bouche devant les cœurs que les sœurs jumelles Camille et Annabelle Herman ont tagués sur le mur du préau. Les élèves de première année de la professeure Christelle Saguaro arrivent dans la cantine, suivis par Siham, leur animatrice périscolaire. Les sœurs jumelles Camille et Annabelle Herman ainsi que leurs camarades de classe, Angéline Lecap, Arthur Verbo, Christian Otava et les autres sortent de table et quittent la cantine. Les élèves de la professeure Saguaro, Henri Joyeux, François Sage, Mathilde Lejeune, Marie-Jeanne Hergé, Guillaume Carte et Marcel Bande prennent leur place à table.

—Marcel, on a cours avec qui, après ?

Marcel Bande se lève pour aller chercher son emploi du temps dans son sac laissé au vestiaire de la cantine. Il le prend et retourne s'asseoir à sa place, en face de Guillaume Carte.

—On a cours avec Merlin l'enchanteur à quatorze heures !

Les deux élèves rigolent

—Tu veux dire avec le professeur Alain Lenchanteur ?

—Oui.

Marcel se lève devant ses camarades de classe de première année et les autres.

—Hé ! Écoutez ! Marcel Bande à quelque chose à nous dire !

Ils rigolent. Siham regarde Marcel.

—Qu'est-ce que tu as à nous dire, Marcel ? On t'écoute !

—Cet après-midi, on a cours avec Merlin l'enchanteur ! lui lance-t-il.

Tout le monde rigole et Siham siffle dans son micro. Tous les élèves se taisent. Marcel reste debout. Il sort de la cantine en courant. Siham lui fait les gros yeux.

—Je peux finir son assiette, Siham ?

—Non, Guillaume, je vais le chercher dans la cour !

Siham va chercher Marcel Bande dans la cour du conservatoire. Elle balaie du regard la cour, mais elle ne le voit pas.

—Marcel ! Marcel ! hurle-t-elle.

Camille l'aperçoit.

—Il s'est caché derrière le grand chêne, Siham, regarde, il est là !

Siham s'approche du grand chêne, Marcel Bande court dans toute la cour du conservatoire. Il pénètre dans la salle de sports, Siham le suit, son sifflet à la bouche. En courant dans la salle de sports, Marcel croise les élèves de troisième année. Siham entre dans la salle de sports qu'elle balaie du regard. Les élèves de troisième année jouent au volley-ball, mais elle ne voit pas Marcel. Elle monte alors les escaliers qui donnent au dojo, au premier étage de la salle de sports. Elle traverse le couloir, observe par la fenêtre les élèves de troisième année jouer au volley-ball. Elle entend des sifflets, mais pas de Marcel à l'horizon… Elle pousse la porte qui donne vers le vestiaire des garçons.

—Marcel, t'es là ?

Elle regarde sous les douches, Marcel n'est pas là. Elle entre dans le dojo et voit Marcel courir sur les tatamis. Elle court vers lui et finit par l'attraper. Elle le prend par le bras et tous les deux sortent du dojo pour retourner à la cantine. Les première année ont fini de manger. Marcel Bande finit son repas avec Siham.

CHAPITRE 32

Le cours d'histoire de l'art

Il est quatorze heures. La sonnerie du conservatoire de musique, de danse et de théâtre d'Arras retentit. Tous les élèves de première année se rendent dans l'amphithéâtre du conservatoire où le professeur Alain Lenchanteur les attend debout sur l'estrade derrière son bureau. Dans une cage, sur son perchoir, il y a une chouette blanche avec de grands yeux rouges. Elle s'agite lorsqu'elle voit arriver les élèves de première année. Les sœurs jumelles Camille et Annabelle Herman et les autres élèves des trois classes de première année s'étonnent de la voir à côté du professeur Alain Lenchanteur. Marcel Bande avance à côté de Guillaume Carte pour s'asseoir au dernier rang de l'amphithéâtre.

—Regarde, il y a la chouette de Merlin l'enchanteur qui s'agite !

Le professeur Alain Lenchanteur intervient.

—Vous avez de la chance qu'elle soit en cage ! Asseyez-vous !

Les élèves s'assoient à leur place. Le professeur Lenchanteur regarde ses élèves.

—Bonjour à tous, les première année !

—Bonjour, Professeur Lenchanteur !

Il se retourne pour prendre une craie blanche et il écrit son nom et son prénom en toutes lettres sur le tableau. Il souligne.

—Alain Lenchanteur.

Il se retourne vers ses élèves.

—Je m'appelle Alain Lenchanteur et je pourrai vous jeter un sort si vous m'appelez Merlin ! Je serai votre professeur d'histoire de l'art.

Marcel le regarde.

—Ah bon ? Merlin ! Merlin ! lui dit-il.

Dans l'amphithéâtre, tous les élèves se mettent à rire. Alain Lenchanteur sort sa baguette magique de sa barbe et se penche en s'appuyant sur son bureau. Il pointe sa baguette sur Marcel Bande.

—Ah ! Je vous avais prévenu ! Je serai votre professeur d'histoire de l'art durant toute votre année scolaire !

Le professeur Lenchanteur fait mine de lui jeter un sort. Il agite davantage sa baguette magique devant Marcel Bande qui éclate de rire.

—Elle ne fonctionne pas, ta baguette magique, Merlin ! Ce n'est pas une vraie baguette magique ! Et en plus, elle joue de la musique quand il appuie dessus ! Elle scintille.

Tous les élèves se marrent.

—Silence !

Guillaume Carte regarde son professeur d'histoire de l'art.

—C'est la baguette de la princesse des glaces ! Vous l'avez piqué à votre petite fille ? lui demande-t-il en rigolant.

Le professeur Alain Lenchanteur porte son micro à ses lèvres.

—Silence !

Le directeur Jérôme Capucin passe au même instant devant l'amphithéâtre. Le professeur Alain Lenchanteur le voit, il cache vite sa baguette magique de princesse des glaces dans sa longue barbe blanche. Le directeur Jérôme Capucin regarde le professeur Alain Lenchanteur.

—Tout va comme vous voulez, Professeur Lenchanteur ?

—Oui, tout va très bien, Monsieur le Directeur ! Je me suis cru être Merlin l'enchanteur jusqu'à ce que vous arriviez dans mon cours.

Le directeur Jérôme Capucin est amusé.

—Merlin l'enchanteur ? lui demande-t-il.

Le directeur Jérôme Capucin rigole à son tour, avant de reprendre son sérieux.

—Reprenez votre cours d'histoire de l'art, Professeur Alain

Lenchanteur !

La chouette du professeur Alain Lenchanteur ulule dans sa cage. Le directeur Jérôme Capucin reste debout devant l'entrée de l'amphithéâtre.

—Bon courage à vous, Professeur Merlin l'enchanteur !

—Je vous remercie, Monsieur le Directeur ! Vous allez tous me rendre marteau dans ce conservatoire, ma parole ! rage-t-il.

Le professeur prend son livre d'histoire de l'art entre ses mains, le directeur Jérôme Capucin s'en va et observe discrètement le professeur Lenchanteur. (Son nouveau jouet.) Il tient son livre à l'envers, puis à l'endroit. Amusé, le directeur le regarde.

—Je serai votre professeur d'histoire de l'art durant toute cette année scolaire, les première année ! Sortez vos livres d'histoire de l'art ! Nous allons lire ensemble la page 7 !

Tous les élèves de première année d'étude au conservatoire de musique, de danse et de théâtre sortent leur livre d'histoire de l'art. Arthur Verbo sort son livre et le met debout sur sa table, puis il sort une pile de copies doubles de son sac et sa liste de verbes irréguliers anglais. Il commence à la copier. Le professeur Lenchanteur ne le voit pas faire… (Puisqu'il est caché derrière son livre). Annabelle Herman est assise juste à côté d'Arthur Verbo et elle le voit copier sa liste de verbes irréguliers anglais.

—Qui veut commencer à lire la page 7 ?

Les sœurs jumelles Camille et Annabelle Herman lèvent la main en même temps.

—Moi, Monsieur ! lui disent-elles.

Le professeur Alain Lenchanteur croit voir double. Il regarde alors sa liste d'élèves.

—Qui est Camille Herman ?

—C'est moi, Monsieur le Professeur !

—Très bien ! Vous pouvez commencer la lecture.

Camille commence la lecture de la page 7 à voix haute. Dans le même temps, Arthur Verbo copie ses verbes irréguliers anglais.

—L'histoire de l'art (les arts plastiques). L'art en général est un ensemble de moyens pratiques pour atteindre un but : l'art de la culture. Il cherche à établir des préceptes. Au sens strict, c'est la représentation du beau, de l'idéal, sous une forme sensible ; telle est la définition retenue par l'esthétique classique. Du point de vue subjectif, pour cette même approche, c'est la manifestation esthétique de l'activité humaine. Le but suprême de l'œuvre d'art, c'est la réalisation de l'idéal. L'art contemporain peut encore se satisfaire de cette définition, à condition de remarquer en premier lieu que le beau est aussi le produit de l'éducation du goût et, que d'autre part, l'art est un acte libre de communication.

—Merci, Camille ! Continuez !

Camille continue la lecture.

—L'art et les arts. En toute objectivité, on a considéré qu'il n'a que deux sens, la vue et l'ouïe, dont les perceptions peuvent faire naître le plaisir du beau, on a donc distingué deux grandes sortes d'art, les arts visuels ou arts plastiques (l'architecture, la sculpture, la peinture) et les arts de l'ouïe et de la vue ou arts phonétiques (les clips musicaux, la musique, la poésie, la littérature).

Tous ces arts sont souvent réunis sous le nom de beaux-arts, ils sont opposés aux arts utiles qui ont pour fin l'utilité, c'est-à-dire la satisfaction de quelque besoin matériel ou moral. Les arts plastiques emploient les formes et les couleurs : ils produisent des ensembles dont les parties sont étendues et co-existantes ; ce sont les arts de l'espace, par conséquent les arts objectifs ou matériels. Il s'ensuit que la beauté de leurs œuvres réside plutôt dans l'ordre ou dans la forme que dans l'expression et qu'elles sont expressives, elles ne peuvent exprimer que des sentiments très simples (par exemple en architecture).

Les arts phonétiques emploient les sons, soit les sons musicaux, soit les mots d'une langue ; les parties de leurs œuvres sont successives et inétendues : ce sont les arts du temps, par conséquent les arts subjectifs ou spirituels. Aussi réalisent-ils la beauté expressive plutôt que la beauté formelle ; eux seuls peuvent exprimer toutes les nuances infinies de la sensibilité humaine.

Cependant, la poésie (avec la littérature qui en est liée) participe

dans une large mesure aux caractères des arts plastiques : grâce
à l'imagination qui voit les choses sous les mots, elle est une
peinture autant qu'une musique.

Aujourd'hui, une telle classification semble très limitative.
Mais il est vrai aussi qu'aucune n'est satisfaisante. Au moins
doit-on remarquer que n'impliquer dans l'art que deux sens,
c'est en nier tout un pan. La sculpture, on l'a montré depuis
longtemps est tout autant et peut-être encore davantage, un art
du toucher que de la vue. Quant à l'art culinaire, combien de sens
implique-t-il ? En l'occurrence, l'habitude du langage faisant
appel au bon, relève en réalité du beau.

—Merci beaucoup, Camille Herman ! Nous allons maintenant
parler de l'histoire de l'art décoratif. Annabelle Herman, on vous
écoute !

—L'Égypte antique. D'après des théories modernes, les
Égyptiens auraient été de très habiles décorateurs parce qu'ils
ont revêtu les murailles de leurs temples et des tombes royales
de sculptures et de peintures retraçant les fastes historiques de
leurs monarques, les scènes mythologiques de leur panthéon
religieux, et, ce qui est plus précieux pour nous, les usages
et les occupations de la vie civile au bord du Nil. Toutes
ces compositions ont été conçues dans un style simple et
délicat produisant un effet très satisfaisant, cet effet était la
conséquence du goût particulier que l'antique Égypte professait
pour la polychromie dont elle connaissait toutes les règles,
sans que ses ouvriers décorateurs aient vraisemblablement reçu
une instruction spéciale les séparant des artistes ordinaires.
L'art égyptien est essentiellement décoratif et les monuments
grandioses qu'il a produits, de même que les objets les
plus infimes du mobilier rentrent dans un système absolu
de décoration. Les obélisques, les pyramides, les statues
colossales et les grandes baies de leurs temples, dont les
profils géométriques se découpent sur l'horizon illimité des
plaines sablonneuses représentent l'ensemble de l'architecture
égyptienne.

L'architecture égyptienne est théocratique. Tout y est soumis à un canon hiératique qui vise la vie future continuant le passage de l'humain dans la vie. De là cette importance prépondérante donnée à la construction des tombeaux. Dans ces catacombes, le défunt était entouré du mobilier dont il avait fait usage et les peintures des chambres sépulcrales représentaient toutes les actions auxquelles il avait pris part. Les sols de la contrée les ayant conservés intactes, nous y retrouvons les renseignements les plus intéressants sur les coutumes, sur les mœurs et sur les croyances des anciens Égyptiens. On comprend le rôle important qui était dévolu aux arts décoratifs dans cette société séculaire, en apercevant les ouvriers occupés à modeler la terre des vases, les sculpteurs modelant ou polissant les statues de matières dures, les peintres dessinant les traits du destinataire du sépulcre, les ébénistes entaillant ou marquetant les meubles, les tisserands exécutant les étoffes ou composant des tapis aux nuances multicolores dont l'orient avait déjà accaparé la fabrication. On connaît les procédés employés pour la décoration de ces anciens monuments. L'exécution d'ensemble était dirigée par un artiste qui commençait par tracer légèrement des lignes régulières se coupant à angles droits et formant des carrés d'égale dimension. Dans ces carrés, l'artiste indiquait les points où devaient passer les contours principaux des figures. Un autre peintre arrêtait les traits au pinceau et le sculpteur gravait ensuite la pierre en suivant les lignes du dessin ou modelait en relief les figures indiquées par un simple trait. Le peintre terminait enfin ce travail en revêtant ces bas-reliefs ou ces intailles d'enluminures de diverses teintes.

—Merci, Annabelle Herman ! Guillaume Carte, on vous écoute !

—Les hypogées du Nil ont conservé dans son intégrité tout un mobilier dont les pièces diverses sont uniformément revêtues d'une couche brillamment coloriée. Les principaux motifs en sont toujours fournis par la nature ; ce sont des fleurs de lotus ou des figures d'animaux traités avec un grand sentiment de vérité. L'architecture elle-même trahit cette origine primitive et les colonnes rappellent les trous des palmiers qui soutenaient les anciens temples, avant de recevoir une forme plus classique d'où l'ordre dorique est sorti. L'emploi des lignes droites et des plans nettement indiqués contribue puissamment au style simple et noble des monuments égyptiens auquel une longue frise composée de deux feuilles de lotus affrontées donnait un aspect particulièrement grandiose.

CHAPITRE 33

La suite du cours

—La Mésopotamie, l'Iran antique. On constate les mêmes principes de décoration chez les peuples des vallées du Tigre et de l'Euphrate. Les palais de Ninive et de la Babylonie contenaient une suite de salles et de galeries dont les murailles étaient revêtues de bas-reliefs qui sont absolument des œuvres de sculpture décorative. On y voit se dérouler des théories d'officiers, de soldats et de captifs qui escortent le souverain victorieux. Des animaux gigantesques représentant des taureaux ailés à figure humaine annoncent l'entrée du palais ; on débouchait sur de vastes terrasses ou de longues frises figuraient soit des peuplades vaincues, soit des scènes de chasse au lion d'un caractère très dramatique. Le temps a fait disparaître les brillantes couleurs dont ces bas-reliefs étaient revêtus. Cet ensemble polychromique était complété par des voussures et de grands caissons de faïence peinte et émaillée dont les musées ont recueilli de nombreux échantillons.

Cette fabrication si éminemment décorative persista longtemps après la chute des empires ninivite et assyrien.

—Merci, Guillaume Carte ! Paul Human !

—Le Louvre possède une série de grandes figures peintes sur des carreaux émaillés et représentant les archers du roi Artaxerxès, qui proviennent des ruines du palais de Suse en Perse. Ces admirables compositions montrent avec quelle habileté les artistes achéménides employaient des procédés des fabrications que n'auraient pas osé mettre en œuvre les ouvriers occidentaux. C'est certainement à leur école que les céramistes musulmans sont redevables du secret des inimitables faïences qui parent les mosquées d'un éclat si harmonieux. Rappelons aussi que l'Orient fournissait, dès cette époque, les tissus destinés aux vêtements de luxe et les tapis brodés de vives couleurs qui étaient si recherchés en Grèce et en Italie. Ce ne sont pas les seules preuves qui nous restent de l'habileté industrielle des artistes du Proche-Orient et du Moyen-Orient. Nous pourrions encore citer des portes monumentales ornées de frises d'animaux. Dans toutes ces œuvres, on constate une constante préoccupation décorative, unie à une exécution d'une énergie réaliste qui va parfois jusqu'à la rudesse.

La Grèce antique. La Grèce, héritière sur de nombreux points des civilisations de l'Orient, se montra tout d'abord fidèle aux traditions artistiques de ses précurseurs. C'est chez elle et principalement à Athènes que fut créée la formule d'un art dont les principes ont perduré jusqu'au seuil de l'époque contemporaine. Cette culture, passionnée pour les manifestations du beau, peut-être jusqu'à son expression la plus tragique, si l'on veut suivre Nietzsche, développa toutes les ressources de la composition décorative pour rehausser l'aspect de ses édifices publics. Que sont en effet les incomparables marbres du Parthénon, sinon des parties détachées de la symphonie décorative confiée au ciseau de Phidias. N'est-ce pas à l'unité de conception et d'exécution que ces groupes et ces bas-reliefs doivent le style simple et large qui les distingue ? Nous ajouterons que la polychromie employée avec la discrétion attique venait augmenter l'effet de ces productions consacrées par l'admiration universelle.

—Merci, Guillaume Carte ! Arthur Verbo !

Arthur pose son crayon sur sa table.

—Vous êtes arrivés où ?

—L'admiration universelle, c'est là, regarde !

Elle lui montre où c'est sur le livre.

—Merci. Maîtres en fait de goût, les Grecs ont abordé et porté au plus haut point de perfection tous les sujets qui pouvaient se trouver en contact avec l'art. Le temps n'a rien épargné des sculptures en ivoire qui décoraient l'intérieur de leurs temples ; nous en connaissons plus que par la description des auteurs anciens les tableaux qu'avaient exécutés leurs peintres dont les noms, sinon les œuvres sont demeurés classiques ; il ne reste plus que le souvenir des meubles précieux et des ciselures sur métal qui enrichissaient les sanctuaires de Delphes, d'Olympie et du Parthénon ou ils avaient été envoyés par la piété des monarques de l'Asie et des Républiques helléniques. Mais des découvertes chaque jour plus nombreuses nous ont livré une foule de monuments tirés de matières moins précieuses, auxquels l'art a donné une valeur inappréciable. Rien ne dépasse l'élégance du style des figures de bronze recueillies dans les musées publics ainsi que dans les grandes collections et qui composent toute une théogonie dont les statues romaines ne sont que de médiocres imitations. Il en est de même pour les candélabres, les vases et les miroirs qui décèlent toute la finesse attique. Des nécropoles grecques de Tanagra, de Miryna, de Cymé, sont sorties des milliers de statuettes et de bas-reliefs en terre cuite coloriée qui montrent la jeunesse antique de son charme le plus pénétrant et nous offrent des motifs d'une fraîcheur inépuisable. Plus nombreux encore, les vases en terre cuite recouverts de peintures et parfois même d'ornements dorés sont décorés de sujets tracés d'une main si sûre et si légère qu'ils semblent l'œuvre d'artistes consommés. La plupart sont consacrés aux traditions mythologiques des dieux ou des héros de l'Antiquité ; d'autres représentent toutes les scènes de la vie antique. C'est le plus exact renseignement que l'on puisse consulter pour connaître l'aspect intérieur des maisons athéniennes ainsi que les mœurs et les usages de leurs habitants. On retrouve un témoignage des préoccupations artistiques des Grecs dans une série spéciale de vases peints qui retracent des sculpteurs, des peintres, des céramistes, des graveurs, des ébénistes et des ciseleurs travaillant dans leurs ateliers.

—Merci, Arthur Verbo ! Romuald Rousseau !

Arthur Verbo reprend son crayon et, caché derrière son livre, continue de copier sa liste de verbes irréguliers anglais. Le professeur Lenchanteur ne se doute de rien.

—La Rome antique. Les Romains, moins artistes que les Grecs, furent quant à eux plus curieux des œuvres d'art ; après avoir enlevé à la Grèce la majeure partie de ses richesses, ils appelèrent les artistes du pays subjugués. Rome ne fit donc que continuer Athènes, mais on sait que les productions d'un sol perdent toujours à être transplantées. Sous ce rapport, la nouvelle capitale de l'Ancien Monde resta bien au-dessus de sa devancière vaincue. Un cataclysme historique, l'éruption du mont Vésuve survenue dans le premier siècle de notre ère, a permis de retrouver la cité entière de Pompéi, dont la population était en partie d'origine hellénique. Tout le mobilier exhumé des cendres volcaniques est de style grec, et ce caractère est confirmé par les inscriptions tracées par les artistes sur diverses œuvres d'art qui décoraient la ville campanienne. Il n'est pas de pièces de cet ameublement qui ne méritent, par la pureté du style et par le fini de l'exécution, d'être mises sous les yeux des artistes industriels auxquels elles ont souvent servi de modèles. Plus heureuse que les villes de Grèce, Pompéi a conservé les peintures murales dont ses maisons étaient ornées. Une partie a été détachée pour être transportée au musée de Naples, le reste est demeuré en place. On ne saurait demander à ces compositions sommaires la perfection qui signalait les chefs-d'œuvre des grands peintres de l'Antiquité, mais la noblesse des attitudes et la largeur de l'exécution s'y distinguent toujours. De nombreux panneaux représentent des paysages, des fruits et des fleurs, ainsi que des ornements d'architecture. Une charmante série montre des petits génies sculptant, peignant, modelant ou se livrant à diverses occupations industrielles. Toutes ces peintures sont traitées avec une connaissance profonde des lois de la décoration qui exigent la soumission du détail à l'effet d'ensemble. Plusieurs peintures antiques d'un goût délicat ont été retrouvées aussi à Rome ; mais ce que la ville éternelle offre de plus remarquable en ce genre, ce sont les bas-reliefs en stuc peint qui ornent les voûtes des thermes de Titus et de plusieurs sépulcres.

—Merci, Romuald Rousseau ! Christian Otava, on vous écoute !

—Les antéfixes et les métopes de terre cuite que le temps nous a conservées en grand nombre sont aussi des modèles de style décoratif. Les édifices romains ne sont que des monuments grecs amplifiés pour répondre à la puissance de ce vaste empire. Les dimensions restreintes des temples qui suffisaient aux républiques multiples de la Grèce n'auraient pas répondu à l'étendue de la nouvelle capitale du monde dont le nombre d'habitants égalait celui de nos grandes agglomérations modernes. Ce développement imprévu entraîna un déclin de l'art. On remplaça la pureté des lignes et la délicatesse des ornements par la richesse des matières employées et par la profusion des motifs.

La sonnerie du conservatoire retentit dans l'amphithéâtre, déjà une heure de cours avec le professeur Alain Lenchanteur. Christian Otava :

—Je continue ?

—Je vous remercie, Christian Otava ! Je vais continuer. Il faut reconnaître cependant que les architectes romains avaient le sentiment du grandiose et qu'ils ont laissé des temples, des cirques, des thermes, des amphithéâtres et des ponts dont on admire les belles proportions. Leurs ornemanistes entaillaient dans le marbre des frises et des chapiteaux du style corinthien le plus efflorescent. Sous son régime des empereurs Flavius, époque la plus brillante de l'histoire de son art, Rome présentait un caractère de magnificence qui ne sera jamais surpassé.

—Reprenez, s'il vous plaît, Christian Otava !

—Les basiliques étaient peuplées de statues enlevées à la Grèce ; des colonnes triomphales et des obélisques en granit d'Égypte figuraient au milieu des places et des arènes de la cité impériale. Les carrières de l'Orient et du monde entier avaient été mises à contribution pour former sur les bords du Tibre un mobilier public qui constituait une sorte de musée en plein air. Ce goût pour la décoration s'étendit de la capitale à toutes les provinces de l'empire ; il ne s'arrêta que devant les invasions germaniques qui vinrent tarir toutes les sources de prospérité publique. L'Italie et Rome furent vouées à la solitude. Les artistes émigrèrent à Constantinople ou les empereurs d'Orient leur offraient un refuge ; d'autres se retirèrent à Ravenne où survécut longtemps la domination byzantine.

—Je vous remercie, Christian Otava ! Julie Pommier !

—Le Moyen-Âge. L'art décoratif revêtit par suite de cette translation un caractère oriental témoignant, cependant, par quelques points d'attache, qu'il n'avait pas oublié son origine première. On retrouve en effet dans les monuments exécutés à cette époque un souvenir éloigné des peintures et des ornements de la Grèce, transformés par une civilisation nouvelle. La plupart des productions artistiques de Byzance furent anéanties lors de la conquête faite par les musulmans, mais ce qui en a été conservé est suffisant pour la conception et c'est dans l'exécution que l'on voit les grandes dualités de style qui distinguent toutes les œuvres artistiques du Moyen-Age, soit qu'il s'agisse de la sculpture d'un portail, de la disposition d'un tombeau, de la peinture d'une voûte et d'une verrière, de la ciselure d'un reliquaire ou de la menuiserie d'une rangée de sièges choraux. Comme au temps de Phidias, il s'établissait, par suite d'un accord commun, deux parts dans l'exécution de l'ouvrage ; celle qui était du métier et celle qui était création personnelle et originale. À côté de l'ouvrier artiste, maître de l'œuvre conduisant l'entreprise, travaillaient des maîtres ouvriers, acceptant, malgré leur habileté, une tâche leur assurant le gagne-pain journalier en concourant ainsi au mérite collectif de l'œuvre.

Le caractère de l'art au 13e et 14e siècle est presque exclusivement religieux ; sous le règne de Charles V, le pouvoir royal étant mieux assis, on commença à entreprendre les vastes hôtels et les élégants châteaux destinés à remplacer les sombres forteresses des seigneurs féodaux. L'architecture devint civile et le luxe, qui faisait chaque jour des progrès, se répandit sur tous les objets de la vie intérieure. Les monarques et les princes de leur famille, ayant à leur disposition de nombreux trésors métalliques qui n'avaient pas alors l'opportunité dans la circulation fiduciaire, s'en servaient pour la fabrication de pièces d'orfèvrerie destinées à retourner fréquemment au creuset d'où elles étaient sorties. Nulle part, cette activité ne fut aussi grande qu'à la cour des ducs de Bourgogne, princes français établis dans les Pays-Bas qui disposaient d'immenses richesses et encourageaient puissamment les arts.

—Merci, Julie Pommier ! Henri Joyeux !

—Bien que les règlements qui régissaient les corporations fussent toujours observés fidèlement dans les rapports des maîtres et des ouvriers, on vit apparaître dès cette époque les premiers germes d'une scission entre l'art et l'industrie. Séduits par les talents de quelques hommes, les rois et les seigneurs les attachèrent à leur service, en leur donnant des emplois qui faisaient d'eux des personnages à part et les mettaient en dehors des travailleurs ordinaires de leur corporation. Mais si l'on voit parmi ces familiers des peintres, des imagiers et des maîtres des œuvres, on y retrouve aussi des noms d'orfèvres, de brodeurs, de tapissiers, d'armuriers et de gens de métiers. Le même titre de valet de chambre octroyé à tous ceux que le souverain employait aux travaux de l'ordre le plus élevé, de même qu'au plus inférieur, depuis la décoration des palais jusqu'à la confection des vêtements et des ustensiles les plus vulgaires de la vie privée, fait comprendre qu'il n'y avait dans cette innovation qu'une simple mesure de convenance personnelle sans aucune intention d'affaiblir les maîtrises. Il n'entrait pas dans les idées alors, non plus d'ailleurs que dans celles de l'Antiquité, de considérer le travail manuel comme une occupation d'ordre inférieur et de distinguer un art élevé, anoblissant l'humain, d'une industrie vulgaire et susceptible de le dégrader. Ces fausses conceptions, inconnues au Moyen-Âge, ne devaient se produire que plus tard, sous l'influence prépondérante d'artistes privilégiés. L'Allemagne n'était pas restée en arrière de ce mouvement artistique dont les premiers germes lui avaient été inoculés par les ouvriers grecs que l'empereur Charlemagne avait appelés de Byzance pour les établir à Aix-la-Chapelle et dans la Lotharingie. L'école rhénane a produit un nombre considérable d'objets d'orfèvrerie, des ivoires sculptés et des émaux champlevés qui rivalisent avec ceux fabriqués à Limoges. Jusqu'au 13e siècle, la production des deux rives du Rhin resta sans différence notable, mais l'esprit allemand recula devant les grandes conceptions gothiques créées par les artistes français, les trouvant trop hardies. À ce moment s'établit une séparation caractéristique entre le faire artistique des deux contrées. La Germanie s'attacha principalement à accuser la solidité de l'ensemble et à atteindre l'extrême fini dans le détail, tandis que la France recherchait avant tout l'aspect seyant et gracieux. Cette réserve faite, il est juste d'ajouter que la Germanie a compté une longue série d'artistes qui se sont signalés dans toutes les branches de l'art décoratif. Les ateliers de Nuremberg et d'Augsbourg, villes dans lesquelles le commerce avait concentré de nombreuses richesses, jouissaient d'une célébrité qu'ils ne perdirent qu'à la suite de la guerre de Trente Ans.

—Merci, Henri Joyeux ! Angéline Lecap !

CHAPITRE 34

Arthur voudrait se faire cloner

—La Renaissance. La renaissance italienne était accomplie depuis longtemps dans les villes de la péninsule quand elle fut importée en France, à la suite des expéditions de Charles VIII et de Louis XII. Son berceau primitif avait été la Toscane, ou Pise, Sienne et Florence s'en disputaient la paternité. Il n'est pas douteux qu'au 13ᵉ siècle les monuments français aient servi de modèle aux architectes primitifs de la Toscane, mais leur principal maître fut l'étude des sculptures et des édifices antiques.

L'Italie. Pendant que l'art gothique s'immobilisait après avoir jeté une lueur incomparable, la sculpture et la peinture italiennes arrivaient à la perfection sous la direction de Brunelleschi, de Donatello, de Michel-Ange, de Léonard de Vinci et de Raphaël. Le mouvement créé en Toscane s'étendit bientôt dans toute l'Italie et principalement dans les villes de la Lombardie et de l'État vénitien. L'art italien du 15ᵉ siècle s'appuie sur l'étude de la nature et…

Le professeur Lenchanteur regarde Arthur Verbo.

—Qu'est-ce que tu fais, Arthur ?

—Je lis le livre, Professeur !

—Angéline Lecap, on vous écoute !

—Il montre sur ce point la même préoccupation que l'art de la Flandre ; mais pendant que celui-ci insiste parfois lourdement sur le détail extérieur, le premier sait sacrifier tout ce qui pourrait diminuer le style noble de la composition. Les monuments et les églises de l'Italie ont conservé, grâce à son merveilleux climat, une série de fresques qui sont à la fois des chefs-d'œuvre de peinture et des pages exquises de décoration.

—Merci, Angéline Lecap ! Arthur Verbo !

Arthur repose discrètement son stylo sur sa copie.

—J'ai déjà lu, Professeur !

—Oui, eh bien, c'est encore à vous ! On vous écoute, Verbo !

—On les appelle Groteschi par suite de l'obscurité des monuments sur les murailles desquels ils sont placés. Raphael Sanzio et ses élèves, Polidore de Caravaggio et Pierino del Vaga, ont été les dessiner pour s'en inspirer dans la peinture des chambres et des galeries du Vatican. À leur exemple, les compositeurs d'ornement les ont reproduits à l'infini, en appropriant leur caractère suivant le goût particulier de chaque époque. C'est encore à moi ?

—Toujours !

—Les sculpteurs toscans et milanais, praticiens inimitables grâce à l'abondance des marbres existant dans le pays, ont élevé des tombeaux et des monuments dont on ne se lasse pas d'admirer la pureté des lignes et le fini de l'exécution. La sculpture tendit même à empiéter sur le domaine de l'architecture qui ne la suivait que de loin et à prendre le rôle prédominant. Sur la façade de nombreux monuments, on voit des frises de marbre, de longs bas-reliefs de terre cuite peinte et émaillée, ainsi que des portes et des groupes de bronze qui viennent recouvrir la nudité des murailles, en leur donnant un caractère tout nouveau de magnificence. Parfois, l'accessoire décoratif constitue la partie principale et il existe d'immenses édifices du nord de l'Italie construits en terre cuite, dont les détails d'architecture et les ornements ont été modelés et exécutés par les meilleurs artistes.

—Merci, Arthur ! Angéline Lecap !

Arthur reprend sa liste de verbes irréguliers, sa copie double et son stylo. Le professeur Lenchanteur voit juste ses cheveux dépasser du livre posé debout sur la table devant Arthur.

—Le 15ᵉ siècle a été une époque très prospère pour l'Italie qui servait alors d'entrepôt au commerce entre l'Orient et le reste de l'Europe. C'est à cette cause que l'on peut attribuer l'importance qu'avaient alors certaines villes aujourd'hui éloignées des routes commerciales et déchues de leur prospérité. À ce moment-là, l'art était partout et était appliqué à tout. Florence se maintenait à la tête de ce mouvement et rien ne prouve mieux l'intensité de sa production industrielle qu'en voyant les membres nombreux de la corporation de ses orfèvres, devenir peintres, sculpteurs, graveurs, brodeurs, architectes et être appelés à Rome, à l'étranger et partout où il y a des œuvres d'art à exécuter. Les peintres les plus habiles enrichissaient les pièces de mobilier ou les vases de faïence de compositions allégoriques ; d'autres fournissaient de modèles les brodeurs et les armuriers ou ne dédaignaient pas d'esquisser des maquettes pour l'industrie ou d'entailler les boiseries des palais et des chœurs des églises. Pendant ce temps, une légion de moines travaillait obscurément à enluminer les feuillets de manuscrits ou à juxtaposer patiemment les cubes des mosaïques et les lamelles imperceptibles de la tarsia sur bois.

—Merci, Angéline Lecap ! Marie-Jeanne Hergé !

Annabelle Herman regarde Arthur Verbo copier ses verbes irréguliers anglais, elle penche sa tête vers lui et lui dit doucement.

—Ça va, tu t'en sors ?

—Oui, Annabelle, mais c'est très long à écrire !

—Ce grand mouvement, parvenu à son point culminant, arriva bientôt à son déclin et, fait particulier, à mesure que l'art décroissait, la population sociale des artistes augmentait. Rome et Florence établirent des académies, avec l'espoir de maintenir leur supériorité générale en réunissant dans un corps privilégié les artistes renommés. Chaque jour, la recherche du nouveau et du colossal faisait de nouveaux progrès et bientôt l'art italien, engagé dans cette voie, aboutit à la banalité et à la bizarrerie.

La France. La France avait adopté avec empressement les modèles de la renaissance italienne et elle les suivit tout d'abord sans modification. Il est parfois difficile de reconnaître si tel panneau de bois ou tel bas-relief de marbre entaillé à l'antique provient d'Italie ou s'il a été exécuté en France, soit par des ouvriers italiens, soit par des ouvriers du pays travaillant avec eux. La mode nouvelle se portait vers les beautés de l'art antique que la France ignorait. L'école française, avec son esprit d'assimilation, comprit bien vite dans quelle mesure il convenait de s'approprier ce style et elle combina très habilement des dispositions originales du style gothique avec l'élégance des ornements ultramontains. Les artistes français franchirent à leur tour la frontière des Alpes pour étudier directement les monuments antiques de Rome et recueillir sur place les traditions de Vitruve. Les grands architectes Jean Ballant, Pierre Lescot et Philibert Delorme suivirent ce chemin et ils en rapportèrent un style noble et élégant auquel nous devions les édifices classiques de la renaissance française.

Les sculpteurs Jean Goujon et Germain Pilon, leurs collaborateurs ordinaires, s'inspirèrent des mêmes principes pour créer une manière nouvelle, pleine de goût et de grâce. Aux pilastres revêtus d'arabesques toujours fines, mais trop uniformes, succédèrent des colonnettes élancées supportant des frontons légers, tandis que les panneaux des boiseries étaient ornés de bas-reliefs dont la faible saillie laissait transparaître la délicate afféterie. Les compositions de Jacques 1ᵉʳ Androuet du Cerceau, d'Etienne Delaune et de Jacques Boyvin, les termes d'Hugues Sambin et les illustrations dessinées par les librairies, mirent à la disposition de l'industrie une suite de modèles qu'elle s'empressa de reproduire. En peu de temps, l'art français égala l'art italien, si même il ne le surpassa à certains égards. Plus longtemps que celui-ci, il sut résister à l'invasion du mauvais goût en s'appuyant sur l'originalité protectrice de ses architectures et de son école de sculpture. Plus longtemps aussi la France conserva les fraternelles traditions du travail des anciennes corporations qui entretenaient chez les artistes et chez les artisans une émulation mutuelle et féconde.

—Merci, Marie-Jeanne Hergé ! Julie Pommier !

—Les autres pays. L'histoire artistique des Pays-Bas se

confondit dans une certaine mesure avec celle de l'Allemagne lorsqu'ils tombèrent dans la possession des empereurs ; mais, malgré ces rapports politiques, cette contrée avait conservé un souvenir de l'ancienne domination des princes français et de plus, elle était trop voisine de la frontière française pour être complètement absorbée par l'esprit germanique. Même au moment où son originalité disparaît sous la lourdeur septentrionale, on y perçoit encore une tendance vers la simplicité qui n'a pas la force nécessaire pour se manifester ouvertement. La Flandre qui avait remporté des triomphes de si bon aloi, alors que son école, dès la fin du Moyen-Âge, était placée sous la direction de Jan Van Eyck, de Rogier Van der Weyden et de ses admirables maîtres réalistes, obtint un regain de succès en suivant les modèles de Rubens, qui un grand peintre, mais aussi un admirable décorateur.

Pendant près d'un siècle, l'Europe entière rechercha les meubles et les cabinets d'ébène ou de bois exotiques revêtus de pierres dures ou d'incrustations en os et en ivoire que la ville d'Anvers travaillait avec un fini que les ateliers de Nuremberg et d'Espagne ne pouvaient égaler. L'Allemagne et la Flandre ont possédé, au reste, un nombre considérable de dessinateurs et de graveurs d'ornement qui ont composé des modèles destinés à l'industrie. Le plus célèbre de tous est Holbein qui, après avoir peint ses admirables portraits, exerçait son talent à tracer des projets d'édifices, de verrières, de pièces d'armures et d'ameublement.

—Merci Julie Pommier ! François Sage !

—Les temps modernes. Les troubles religieux de la seconde moitié du 16e siècle entraînèrent un temps d'arrêt dans la production artistique de la France. Les grands artistes étaient morts sans laisser de remplaçants pour continuer les leçons de style indispensables au maintien de l'industrie. La mode se désintéressa des œuvres de l'art pur et des belles sculptures qui décoraient les meubles de la Renaissance pour s'adresser aux fabriques étrangères qui lui envoyaient des pièces plus rares et plus précieuses, mais d'un ordre inférieur. Les ouvriers français se virent réduits à aller dans les Flandres, y apprendre des procédés qui leur étaient inconnus et qu'ils imitèrent à leur retour. Les ministres Richelieu et Mazarin, héritiers des desseins d'Henri IV, essayèrent de ranimer notre industrie décorative en appelant des ouvriers de l'Italie et du Nord. Mieux inspiré, le surintendant Fouquet eut le mérite de distinguer le talent du peintre Lebrun, le plus grand décorateur que la France ait produit. Louis XIV résolut de mettre à profit les établissements artistiques de son ministre tombé en disgrâce et de les faire concourir à l'éclat de son règne. Sur les conseils de Colbert, il acheta à Paris l'hôtel des frères Gobelin et il y établit une manufacture royale (Manufacture des Gobelins) ou furent centralisés les ateliers de tapisserie qui travaillaient sur divers points de Paris, en même temps qu'on y exécutait toutes les pièces de l'ameublement des palais qu'il faisait construire. L'établissement fut placé sous la direction de Lebrun; des logements y furent accordés à l'ébéniste Domenico Cucci, au sculpteur sur bois Philippe Caffieri, aux mosaïstes florentins Migliarini, Branchi et Giacetti, aux brodeurs Balland et Fayette, aux peintres d'ornements Bailly et Bonnemer, aux orfèvres qui ciselaient les grandes pièces d'orfèvrerie fondues à l'époque de la guerre d'Espagne et enfin au peintre Van der Meulen. Un seul des artistes royaux manquait à cette réunion, c'était André-Charles Boulle qui travaillait aux galeries du Louvre où il était installé depuis longtemps. La double présence de Lebrun à la présidence de l'Académie royale de peinture et de sculpture créée par le roi et à la tête de la maison des Gobelins où il se trouvait en contact journalier avec des artistes spécialement appliqués à reproduire ses dessins et ses modèles, montre dans quelle estime, on tenait alors l'art décoratif et tous ceux qui concouraient à sa perfection. La direction de Lebrun, parfois exigeante, mais toujours féconde, valut à l'industrie française une supériorité qu'elle conserva pendant de longues années. Ce fut l'époque héroïque des arts décoratifs et nul artiste ne sut mieux trouver la forme noble et gracieuse qui répondait à l'éclat pompeux de la cour de Versailles. Les compositions de Lebrun et les œuvres exécutées sous son influence doivent servir de modèles à tous ceux qui recherchent l'élévation du style uni à la variété inépuisable de l'ornementation. Cette impulsion vigoureuse survécut à Lebrun et au règne de Louis XIV, mais, la direction en étant devenue moins autoritaire, le caractère général de la décoration s'inspira davantage de la grâce et de la légèreté. Le principal auteur de cette évolution fut l'architecte Robert de Cotte, intendant général des bâtiments et l'un des plus féconds dessinateurs de l'école française. Toutes ses compositions portent la trace d'un style charmant qui n'a déjà plus l'emphase un peu lourde du style de Louis XIV, sans avoir encore la capricieuse bizarrerie de l'époque de Louis XV. Auprès de lui travaillait l'architecte Boffrand, connu surtout par les délicieux motifs d'ornementation qu'il fournissait aux décorateurs des palais et des hôtels. Les lambris, les meubles et les panneaux exécutés d'après ses dessins égalent par leur perfection les chefs-d'œuvre des anciens menuisiers de la Renaissance ; ils prouvent que l'art du bois sera florissant en France, chaque fois qu'il se rencontrera une personnalité assez vigoureuse pour le guider dans la voie de l'élégance. En même temps, les peintres Claude Gillot et Antoine Watteau créaient une suite d'arabesques délicieuses au milieu desquelles ils plaçaient des scènes galantes, tracées avec un crayon français et coloriées avec un pinceau flamand. La décoration des appartements sous le règne de Louis XV prit un aspect d'élégance et de grâce inconnu jusqu'alors. C'est un art radiné ne visant qu'à la coquetterie et que l'on ne saurait imiter sans tomber dans le chimérique ou dans le fantasque. Les lignes pures des formes, les règles classiques de la composition furent remplacées par des ornements chantournés et des enroulements de rocaille dont l'exécution spirituelle pouvait seule faire pardonner la conception baroque. Mais les artistes sauvaient par le brio de l'exécution le dessin superficiel de leurs ouvrages. L'école française ne compte pas de plus charmant décorateur que François Bouclier, qui a laissé dans ses toiles et dans ses cartons de tapisserie toutes les grâces maniérées du XVIIIe siècle ; en même temps travaillaient le sculpteur Edmé Bouchardon, le sculpteur Jean-Jacques Caffieri, les vernisseurs Martin et les peintres sur pâte tendre de la manufacture de porcelaine de Sèvres.

—Merci, François Sage ! Paul Human !

—Vers la fin du long règne de Louis XV, on se fatigua du style rococo ; à son tour, le bon goût se réveilla et l'on recommença à étudier les monuments antiques auxquels il fallait toujours revenir comme à la source inépuisable du beau absolu. Les ouvrages de Johann Joachim Winckelmann et de l'abbé Jean-Jacques Barthélemy avaient mis à la mode l'art romain que l'on appelait alors l'art grec, et avaient formé un monde nouveau d'amateurs. Il en résulta la création d'une manière différente qui se constitua sans repousser absolument des qualités d'originalité et de fantaisie des maîtres de la période antérieure. Une heureuse fusion s'opéra entre les œuvres antiques et celles des sculpteurs Pigalle, Jean-Antoine Houdon, Etienne Maurice Falconet, Augustin Pajou qui, plus que leurs devanciers, s'attachèrent à traduire la perfection des formes. Dans la peinture, Joseph-Marie Vien, Jean-Baptiste Greuze, Louis Jean François Lagrenée et Jacques-Louis David s'efforçaient de ramener l'art à un sentiment plus vrai de la nature. Les artistes ornemanistes entrèrent dans cette voie nouvelle et les terres cuites de Clodion, de même que les ciselures-dorures de Pierre Gouthière semblent inspirées de l'art grec. Les dessinateurs qui ont puissamment favorisé cette rénovation sont les architectes Claude-Nicolas Ledoux et Hippolyte Bellangé, Jean-Démosthène Dugourc et Jacques Gondouin, dessinateurs du Garde-meuble de la Couronne et du cabinet de monsieur, Cauvet, Prieur, Delalonde, Salembier, Delafosse et Forty. Leurs compositions étaient admirablement traduites par les ébénistes Jean-Henri Riesener, Guillaume Beneman, par les ciseleurs Hervieux et Duplessis et par cette foule de sculpteurs et de modeleurs qui portèrent si haut, à cette époque, la perfection de l'ornementation française.

—Merci, Paul Human !

La sonnerie retentit une nouvelle fois dans l'amphithéâtre du conservatoire, et tous les élèves rangent leurs affaires. Arthur Verbo termine de copier ses verbes irréguliers anglais. Annabelle Herman le regarde.

—Tu l'as copiée combien de fois, ta liste ?

—trois fois, je crois.

Les élèves sortent de l'amphithéâtre pour aller dans la cour de récréation du conservatoire. Dans le couloir, Annabelle et Camille Herman restent avec Arthur Verbo.

—J'ai une idée pour que tu copies plus vite tes verbes irréguliers anglais.

—Ah bon ? lui demande-t-il.

—Oui. Maxime, notre animateur périscolaire nous a parlé du cloneur d'êtres humains dans la salle au sous-sol du conservatoire, il l'a utilisé une fois pour se faire cloner pour vivre sa deuxième vie.

—Comment est-il possible qu'il ait deux vies ?

—En fait, il est responsable du café Marius à Arras toute la semaine, sauf quand il est avec nous en activité périscolaire. Il nous avait dit l'autre jour que c'était le professeur Legagneur qui l'avait invité à se faire cloner dans la salle du cloneur d'êtres humains, au sous-sol du conservatoire.

Camille, à Annabelle et Arthur :

—Il faut qu'on le retrouve, c'est le seul qui pourrait t'aider à finir ta punition dans les temps ! Il doit être à l'auditorium, au premier étage.

Camille sort son emploi du temps et le regarde.

—On a cours de français à seize heures quinze dans l'amphithéâtre !

Camille regarde sa montre.

—Il est seize heures cinq, vite, on se dépêche !

Les trois jeunes musiciens se rendent à l'auditorium en courant. Ils rentrent à l'intérieur. Le professeur n'est pas là. Cinq minutes plus tard, il arrive.

—Bonjour, Camille Annabelle et Arthur, qu'est-ce que vous faites là ?

—Bonjour, Professeur ! Nous avons besoin de vous !

Le professeur Legagneur regarde Arthur.

—Je t'écoute, Arthur !

—Je dois copier dix fois ma liste de verbes irréguliers anglais pour mon prochain cours avec la professeure Solange, et il n'y a que vous qui puissiez m'aider ! Sans vous, je n'y arriverai pas !

—Oui, il faut l'aider, Professeur. Il a commencé à la copier pendant le cours d'histoire de l'art : deux fois sa liste de verbes irréguliers.

—Eh bien… euh…

Le professeur Legagneur s'interroge.

—On a dit à Arthur que vous vous étiez servi du cloneur d'êtres humains pour cloner Maxime pour qu'il vive sa deuxième vie en dehors du conservatoire.

—Oui, c'est bien vrai, Camille ! Mais je ne vois pas en quoi je pourrais être utile à Arthur Verbo.

Le professeur Legagneur, Camille, Annabelle Herman et Arthur Verbo réfléchissent.

—Vous avez cours de quoi, après, Camille ?

—Nous avons cours de français de seize heures quinze à dix-sept heures quinze, Professeur !

Le professeur Legagneur regarde son agenda posé sur son bureau. Il le prend et le feuillette devant ses élèves.

—Je donne un cours de musique à mes élèves de troisième année de seize heures quinze à dix-sept heures quinze, je n'ai rien après… Sortez de l'auditorium, les sœurs jumelles. J'aimerais être seul avec Arthur Verbo.

Les sœurs jumelles sortent de l'auditorium et restent dans le couloir. Camille et Annabelle Herman écoutent ce qu'ils se disent. Le professeur Legagneur regarde sa montre et regarde Arthur Verbo.

—Je te propose de me retrouver à vingt-deux heures à l'accueil du conservatoire. Tu veux combien de clones de toi, Arthur ?

—Je veux cinq clones de moi, comme ça nous serons six à copier mes verbes irréguliers anglais.

—D'accord, dans ce cas, il faut que je programme le cloneur d'êtres humains. Tu, enfin, vous vous installerez sur les tables de la salle de permanence pendant que je vous surveillerai.

—Je pourrais regarder mes clones copier mes verbes irréguliers anglais ?

—Oui, mais il faudra leur fournir des copies doubles et un stylo chacun. Tu as ta liste de verbes irréguliers anglais sur toi ? demande le professeur.

Arthur sort sa liste de verbes irréguliers anglais de son sac à dos.

—Oui, tenez, Professeur !

—Je vais aller te la photocopier cinq fois. Je te la rendrai ce soir ! lui dit-il en lui faisant un clin d'œil.

CHAPITRE 35

Le cours de français

La sonnerie du conservatoire retentit à nouveau. Les élèves de première année du conservatoire de musique, de danse et de théâtre rejoignent l'amphithéâtre une nouvelle fois. Ils sont accompagnés de leur professeure de français, Clémence Latouche.

—Bonjour, tout le monde !

—Bonjour, Professeur Latouche ! lui disent-ils d'une même voix.

—Pour votre premier cours de français, je vais vous demander de sortir une copie simple. Je vais vous faire une dictée afin d'évaluer le niveau d'orthographe de chacun d'entre vous. Celui ou celle qui obtiendra la meilleure des notes des trois classes, celui ou celle qui fera le moins de fautes d'orthographe à cette dictée fera gagner dix points à sa classe.

Les sœurs jumelles Camille et Annabelle Herman s'installent au premier rang, juste devant le bureau de la professeure Latouche.

—Je crois que je suis amoureuse d'Arthur Verbo. Tu as vu comme il me regarde, Annabelle ?

Arthur Verbo est lui aussi assis au premier rang.

—C'est vrai qu'il est mignon, avec ses yeux bleus !

Les sœurs jumelles sourient.

La professeure de français sort un livre de son sac.

—Je vais dessiner un cœur sur un papier pour le lui donner, Camille.

Camille pense à faire pareil.

—Oui, moi aussi, je vais lui dessiner un cœur ; sur le mur du préau !

Les sœurs jumelles Herman rigolent.

Leur professeure de français Clémence Latouche les observe.

—Silence, s'il vous plaît, les jumelles !

La professeure Latouche ouvre son livre et commence à lire une page au hasard, avant de tourner la page et d'en choisir une autre.

—Tout le monde est prêt ? Écrivez votre nom et votre prénom en haut à gauche de la copie, s'il vous plaît !

Le professeur de français Clémence Latouche dicte à voix haute le texte qu'elle a choisi de lire à ses élèves.

—*En deux heures, il avait atteint les crêtes et à ses pieds s'étendait une vaste cuvette de plusieurs lieues de diamètre, une sorte de gigantesque bassin naturel, bordé tout autour de collines en pentes douces et de montagnes abruptes, le vaste creux étant recouvert de champs fraîchement cultivés, de jardins et de bois d'oliviers.* (Tous les élèves écrivent.) *Il régnait sur ce bassin un climat à part et très intime. Bien que la mer fût si proche qu'on la voyait depuis ces crêtes, on sentait ici une réclusion tranquille, tout comme si la côte avait été à bien des journées de voyage. Et quoiqu'il y eût au nord ces grandes montagnes encore couvertes de neige et pour longtemps, il n'y avait ici rien de rude ou de maigre, ni aucun vent froid. Le printemps était plus en avance qu'à Montpellier. Une brume douce recouvrait les champs comme une cloche de verre. Les abricotiers et les amandiers étaient en fleurs et l'air chaud était tout plein d'effluves de narcisses.*

C'est fini ! Relisez-vous, dans cinq minutes, Arthur Verbo ramasse les copies.

Il les pose sur le bureau de sa professeure de français.

—Maintenant, nous allons faire de la conjugaison. Je vais vous distribuer des feuilles avec la conjugaison des verbes ; jouer, partir, envoyer, attendre et apercevoir, conjugués à tous les temps. Vous me les apprendrez par cœur pour la prochaine heure de cours !

La professeure Clémence Latouche distribue les feuilles de

conjugaison à ses élèves dans les rangs de l'amphithéâtre : à Camille Herman, à Annabelle Herman, à Arthur Verbo et aux autres élèves des trois classes de musique, de danse et de théâtre.

—Tout le monde a ses verbes ?

—Oui, Professeure Latouche !

Tout le monde a ses verbes.

—Bien ! Maintenant, je vais vous distribuer la liste de livres que vous devrez lire chez vous pendant les vacances scolaires. Les sœurs jumelles Camille et Annabelle Herman, vous voulez bien distribuer la liste des livres à lire à vos camarades, s'il vous plaît ?

Les sœurs jumelles se lèvent et commencent à distribuer les listes de livres à tous leurs camarades dans l'amphithéâtre. Puis elles retournent s'asseoir à leurs places respectives.

—Annabelle ?

—Oui, qu'est-ce qu'il y a, Camille ?

—Il faudra qu'on appelle Maxime pour que l'on aille acheter les livres à la librairie avec lui, c'est lui qui a les chèques pour les fournitures scolaires.

—Envoie-lui un SMS directement.

Annabelle Herman sort son téléphone mobile de la poche de son jean quand soudain la sonnerie retentit dans l'amphithéâtre. Elle range son téléphone portable dans sa poche et range ses affaires en même temps que ses petits camarades de classe de musique, de danse et de théâtre. Elles sortent ensemble avec Arthur Verbo.

—Nous sommes en activité périscolaire avec Maxime, les amis. Allons le rejoindre dans la cour du conservatoire !

Tous les élèves de première année se dirigent vers l'accueil du conservatoire. Siham, Romain et Maxime les y attendent déjà.

—Bonjour, tout le monde ! Tout le monde est là ?

Camille et Annabelle Herman regardent Maxime.

—Bonjour, Maxime ! Oui, tout le monde est là !

—Très bien ! Le directeur, Jérôme Capucin, a décidé que nous irions tous ensemble à la médiathèque municipale jusqu'à dix-huit heures quarante-cinq. Vous avez vos autorisations de sortie sur vous ?

Maxime regarde les sœurs jumelles Camille et Annabelle.

—Oui, Maxime, tu peux nous la signer, s'il te plaît ? C'est toi notre parrain !

Maxime signe l'autorisation de sortie de Camille et d'Annabelle Herman. Les trois animateurs périscolaires donnent les autorisations de sortie à Isabelle Bonnelle à l'accueil et tous les élèves sortent par la porte d'entrée du conservatoire, suivis par Maxime, Siham et Romain, leurs trois animateurs.

—Mettez-vous en rang deux par deux, les première année !

Tout le monde sort par le porche du conservatoire. Ils contournent l'église Saint-Géry et traversent tous ensemble les deux places, avant d'arriver dans la cour, devant l'entrée de la médiathèque municipale d'Arras.

—Nous avons quelque chose à te dire, Maxime !

—Je t'écoute, Annabelle !

Elles s'approchent.

—Nous devons aller acheter des livres à lire pendant les vacances scolaires à la librairie dans la rue Gambetta. On peut y aller avec toi maintenant ?

—C'est urgent ?

—Oui, très urgent ! Nous sommes pressées de les lire avant tout le monde !

—Très bien ! Allons-y !

Maxime et les sœurs jumelles Herman sortent de la cour de la médiathèque municipale. Ils prennent ma citadine à la station « Médiathèque ». Ils descendent à la station « Théâtre » et marchent ensuite jusqu'à la librairie. Devant la porte d'entrée :

—Donne-moi ta liste, Camille !

—Tiens, regarde ! Il y a tout ça.

—C'est pareil pour toi, Annabelle ?

Maxime prend et regarde la liste des livres que les sœurs jumelles Camille et Annabelle Herman devront lire pendant les vacances scolaires : Perrault (les Contes), Théophile Gautier (Le Capitaine Fracasse), Gustave Flaubert (Madame Bovary), Georges Orwell (La ferme des animaux), Victor Hugo (Ruy Blas) et Maupassant (Bel-Ami).

—Très bien ! Allons-y !

Maxime et les sœurs jumelles Camille et Annabelle Herman entrent dans la librairie. Il y a des livres partout posés sur des tables, et debout alignés sur des étagères. Maxime et les sœurs jumelles Herman se dirigent alors vers le libraire. Il a des cheveux châtains foncés longs et bouclés, de petites lunettes rondes noires posées sur son nez. Ses yeux sont bleu clair. Il est vêtu d'un tee-shirt blanc à rayures noires et d'un jean slim vert décontracté, bien que nous soyons à la fin du mois de septembre. Pour le plus grand bonheur de notre petite famille, l'été indien semble s'être installé dans les Hauts-de-France. Maxime montre la liste des livres de ses jumelles de onze ans au jeune libraire de vingt-six ans.

—Bonjour, Monsieur ! Nous aimerions acheter ces livres, s'il vous plaît !

—Bonjour, messieurs-dames ! Je vais regarder sur mon ordinateur si je les ai encore en librairie.

Il entre le titre et le nom de l'auteur de chaque livre dans la barre de recherche de son site Internet.

—C'est bon, j'ai tous les livres, je vais les chercher !

Le jeune libraire aux magnifiques cheveux longs et ondulés s'en va chercher les livres de nos sœurs jumelles Herman préférées. Il revient les mains chargées de livres.

—Je vous mets tout dans un sac plastique recyclable ?

—Oui, s'il vous plaît ! Je vais vous payer les livres avec le chéquier pour les fournitures scolaires de mes jumelles !

—Parfait ! Ça fera soixante euros, s'il vous plaît !

Maxine donne six chèques de dix euros au libraire.

—Tenez, Monsieur !

Il encaisse les chèques.

—Merci beaucoup !

Camille porte le sac avec les livres à l'intérieur, Annabelle prend les siens.

—Vous êtes contentes, les filles ? demande Maxime.

—Oui, très contentes ! Merci, Maxime !

Elles l'embrassent en même temps. Camille embrasse la joue

gauche, et Annabelle la joue droite de Maxime.

—Vous voulez un petit pain au chocolat, les filles ? Après, on retournera à la médiathèque municipale.

—Oui ! Et après, on retournera à la médiathèque municipale !

—Je vous donne dix euros, achetez ce que vous voulez à la boulangerie juste en face ! Je vous attends ici.

Maxime sort un billet de dix euros de son portefeuille, il le donne à Camille et Annabelle tire dessus.

—Tiens, Annabelle, va me chercher un petit pain au chocolat. Tu veux quoi, Maxime ?

—J'ai pas faim. Vas-y, Annabelle, on t'attend ici devant la librairie !

Ils rigolent. Annabelle traverse la route.

—Fais attention aux voitures en traversant, Annabelle !

Annabelle court jusqu'à la boulangerie et elle entre.

—Mmm, ça sent bon le pain chaud !

La boulangère encaisse un client. Il sort de la boulangerie.

—Bonjour, Madame la boulangère !

—Bonjour, ma chérie ! Qu'est-ce que je te mets ?

Annabelle regarde la vitrine des pâtisseries où elle voit une rangée de croissants alignés à côté des petits pains au chocolat. Elle repère ensuite une série d'éclairs au café à côté d'une série d'éclairs aux framboises.

—Je vais prendre un petit pain au chocolat pour ma sœur jumelle, Camille !

—C'est la demoiselle qui me fait signe sur le trottoir d'en face, de l'autre côté de la route ?

—Oui, c'est elle, Camille. Et je vais prendre un éclair aux framboises pour moi, s'il vous plaît !

—Et un éclair aux framboises pour la jolie demoiselle !

—Oh oui !

—Et avec ça, qu'est-ce que je te mets, ma princesse ?

Annabelle voit une grosse sucette en forme de cœur rouge. Elle pense au cœur rouge qu'elle a tagué sur le mur du préau du conservatoire de musique, de danse et de théâtre.

—Je vais prendre la sucette rouge en forme de cœur, s'il vous plaît, Madame ! C'est pour ma sœur jumelle, Camille. Je vais en prendre une aussi pour moi et une pour Arthur !

—Arthur ?

—Oui, pour Arthur Verbo, c'est notre amoureux à Annabelle et moi, mais il ne le sait pas encore ! En plus, c'est son anniversaire demain !

Camille met son doigt devant sa bouche pour garder avec la boulangère le secret de sa liaison amoureuse – et donc aussi celui de sa sœur jumelle – avec Arthur Verbo. Mais elle se réjouit quand même de la surprise qu'elle va faire à Arthur Verbo.

—Ah d'accord. Tu vas lui faire une surprise, ma belle ? J'ai une idée ! Regarde ce que je vais faire !

La boulangère emballe la sucette d'Arthur dans du papier cadeau bleu ciel brillant, avant de tout mettre dans un sac qu'elle donne à Annabelle.

—Garde ton billet, c'est cadeau, c'est pour moi, ma princesse ! Ce sera notre petit secret à nous deux ! Fais un gros bisou à ta sœur jumelle Camille de ma part, et embrassez votre chéri Arthur Verbo pour moi !

—Oh merci, Madame, vous êtes très gentille ! Vous êtes un ange ! Nous lui ferons un bisou de votre part en pensant à vous !

Annabelle sort de la boulangerie magique avec le sourire aux lèvres, elle traverse la route à cloche-pied pour rejoindre Camille et Maxime.

—Elle est adorable, la boulangère, c'est un ange ! Tiens, Maxime, reprends ton billet !

Maxime n'en revient pas.

—Comment t'as fait ça, Annabelle ?

—Je te l'ai dit que c'était un ange !

—Donne-moi mon petit-pain au chocolat, Annabelle !

Annabelle ouvre le sac.

—Tiens, prends-le, Camille, c'est pour toi !

—C'est quoi ce qui est emballé là, Annabelle ?

—Ah ça, c'est un secret ! Je plaisante, c'est le cadeau d'anniversaire d'Arthur Verbo !

Maxime regarde l'heure sur sa montre.

— Vite, les filles, il faut retourner à la médiathèque ! On va reprendre ma citadine au théâtre !

Ma citadine arrive au théâtre et tout le monde descend à la médiathèque municipale. Maxime et les sœurs jumelles Herman entrent dans la médiathèque municipale avec leurs livres et le cadeau d'Arthur Verbo dans le sac. Ils montent les escaliers et arrivent au premier étage où tous les élèves sont occupés à faire leurs devoirs. Arthur Verbo continue de copier ses verbes irréguliers anglais en attendant de se faire cloner dans la salle du cloneur d'êtres humains au sous-sol du conservatoire, pour pouvoir aller plus vite. Maxime le regarde travailler. Siham et Romain surveillent tout le monde.

—On va y aller, le temps de faire la route à pied, il sera dix-huit heures quarante-cinq, se disent-ils.

—Oui, je pense.

—Tous les élèves, rangez vos affaires, nous allons retourner au conservatoire !

Les élèves de première année obéissent à Siham et rangent leurs affaires. Tous sortent de la médiathèque municipale.

—Siham ?

—Oui, François ?

—Il y a le Musée des Beaux-Arts d'Arras, juste à côté de la médiathèque municipale… Nous pourrons y aller, un autre jour ?

—Nous verrons bien… si vous êtes sages !

CHAPITRE 36

Les six Arthur

La nuit vient de tomber. Les élèves de première année d'études du conservatoire de musique, de danse et de théâtre mangent à la cantine avec leurs animateurs périscolaires Maxime, Siham et Romain. Il est dix-neuf heures quarante-cinq et tous les élèves retournent dans les dortoirs... des filles pour les filles, des garçons pour les garçons... À vingt-et-une heures quinze, tous les garçons de première année sont couchés, sauf Arthur Verbo qui va en salle de permanence pour copier ses verbes irréguliers anglais. Son professeur principal, Joël Legagneur, est assis derrière son bureau. Il lit le livre qu'il a écrit. Jacob, le perroquet du directeur du conservatoire Jérôme Capucin le surveille. Il s'agite dans sa cage. Trois quarts d'heure plus tard, Arthur Verbo et son professeur principal Joël Legagneur sortent de la salle de permanence pour aller à l'accueil.

—Tu es prêt à te faire cloner, Arthur ?

—Je suis prêt, Professeur !

—Suis-moi, nous allons au sous-sol du conservatoire.

Arthur Verbo suit son professeur principal. Ils arrivent au sous-sol, devant la porte de la salle du cloneur d'êtres humains où Maxime s'est fait cloner en secret pour vivre sa deuxième vie au café Marius. Le professeur Joël Legagneur pose les doigts de sa main gauche sur une empreinte de main électronique à reconnaissance digitale incrustée dans le mur, à gauche de la porte. Le professeur Joël Legagneur explique le mécanisme d'ouverture automatique à son élève.

—Ce mécanisme magique est doté de milliards de capteurs de reconnaissance digitale. Il est intelligent, car il est capable de reconnaître les empreintes digitales de chacun des professeurs principaux du conservatoire.

Arthur reste songeur…

—Si je comprends bien, pour l'ouvrir, je devrais être comme vous ? Professeur principal au conservatoire de musique ?

—Oui, t'as tout compris, Arthur !

Un laser vert balaie les doigts de la main du professeur Joël Legagneur, de haut en bas et de bas en haut. La voix du mécanisme de reconnaissance digitale intelligent :

—*Ouverture automatique de la porte de la salle du cloneur d'êtres humains.*

La porte s'ouvre et le professeur Legagneur entre, suivi par Arthur Verbo. Ils se retrouvent dans une salle, face au fameux cloneur d'êtres humains avant-gardiste. Le professeur Legagneur explique la fonctionnalité du cloneur d'êtres humains.

—Cette machine est dotée de plusieurs centaines de milliards de capteurs intelligents pouvant reproduire un nombre infini d'êtres humains se ressemblant à 100 %. Elle est capable de reproduire tous tes vêtements, tous tes organes vitaux, tout ton cerveau, tous tes cheveux, toute ta boîte crânienne, tous tes os, tous tes muscles, ta peau, toutes les cellules présentes dans ton corps humain, jusqu'à ton ADN.

Arthur Verbo écarquille les yeux devant cette machine à cloner des êtres humains d'un nouveau genre.

—Vous voulez dire que je pourrai avoir plein de vrais jumeaux, comme Camille et Annabelle Herman, partout dans le monde ? Mais c'est génial !

—Oui, comme tu le dis.

—Est-ce que ce cloneur peut cloner des animaux, Professeur Legagneur ?

—Je ne pense pas, les chiens ne font pas des chats, Arthur !

—Professeur, vous l'avez déjà utilisé pour vous cloner vous ?

—Oui. C'est très utile lorsque l'un tombe malade, l'autre peut le remplacer et donner cours à ses élèves au conservatoire !

Le professeur Joël Legagneur se penche vers Arthur Verbo.

—J'ai un de mes clones qui donnera un cours de musique à mes quatrième année demain matin à l'auditorium. Au même moment, le second de mes clones fera mes courses au supermarché de mon village, le troisième de mes clones tondra la pelouse de mon jardin parce que je sais qu'elle est à tondre, et le quatrième clone du professeur Joël Legagneur ira nager à la piscine pour se détendre. Tout cela sans déranger personne.

—J'ai tout compris, Professeur !

—Maintenant, regarde-moi, Arthur !

Le professeur Legagneur appose ses doigts sur l'empreinte de main incrustée dans l'écran, sur le côté gauche du cloneur d'êtres humains situé au niveau de sa taille. Un laser vert balaie les doigts de la main gauche du professeur Legagneur, de haut en bas et de bas en haut. La voix du mécanisme de reconnaissance digitale intelligent :

—*Ouverture automatique de la porte du cloneur d'êtres humains.*

La porte automatique s'ouvre, Arthur Verbo se met debout à l'intérieur du cloneur d'êtres humains.

—*Fermeture automatique de la porte du cloneur d'êtres humains,* lui dit-elle.

La porte se referme devant Arthur, et son hologramme apparaît sur l'écran. Le professeur Legagneur appuie sur le bouton 5 du cloneur d'êtres humains. Six petits hologrammes d'Arthur Verbo apparaissent sur l'écran, comme par magie. La voix :

—*Clonage d'être humain en cours, clonage d'être humain en court… Clonage réussi ! Ouverture automatique de la porte du cloneur d'êtres humains.*

La porte automatique du cloneur d'êtres humains s'ouvre et six Arthur Verbo se tiennent debout, en chair et en os, dans le cloneur d'êtres humains. Ils s'approchent du professeur Legagneur qui donne une liste de verbes irréguliers anglais à chaque Arthur Verbo.

—Suivez-moi, les garçons !

Les six Arthur Verbo suivent le professeur Legagneur jusqu'à l'accueil du conservatoire de musique, de danse et de théâtre.

—Bon courage, Arthur Verbo !

—Merci, Professeur ! Vous nous accompagnez en salle de permanence ?

—Allez-y, je vous fais confiance !

Tous les clones d'Arthur Verbo se rendent en salle de permanence, une liste de verbes irréguliers anglais dans chaque main droite. Jacob, le perroquet du directeur Jérôme Capucin est posé sur le bureau de la salle de permanence. Il voit six Arthur Verbo arriver. Le vrai Arthur Verbo se met debout derrière le bureau de la salle de permanence, les cinq autres Arthur s'installent à la première rangée de tables alignées. Arthur approche sa main de la cage du perroquet.

—Tu vas bien, toi ?

Il distribue ensuite des copies doubles et un stylo à chacun de ses clones et ces derniers commencent à copier chacun leur liste de verbes irréguliers anglais. Le vrai Arthur Verbo retourne s'asseoir derrière le bureau. Tous ses clones le regardent.

—Voilà ce que l'on va faire... Vu que nous sommes six et que je dois rendre dix listes de verbes irréguliers anglais à la professeure Solange pour le prochain cours, vous allez chacun copier deux fois la liste de verbes irréguliers anglais.

C'est parti ! Tous les clones écrivent. Arthur Verbo passe dans la première rangée pour voir si ses clones travaillent bien. Il caresse les cheveux de son clone assis au milieu. Sa main passe au travers. Il la regarde. *Ils sont très bien faits !* se dit-il.

Soudain, il entend du bruit venir du couloir. Arthur Verbo va discrètement éteindre les lumières de la salle de permanence. Il appuie sur l'interrupteur. C'est Joseph, le surveillant général qui passe dans le couloir, la porte de la salle est fermée. Plus tard, il appuie sur l'interrupteur, les lumières s'allument. Arthur regarde ses clones copier ses verbes irréguliers sur leurs copies doubles.

—Vous arrivez à voir même dans le noir ?

—Chut ! Fais moins de bruit, il va nous entendre ! lui dit Arthur

C.

Arthur Verbo retourne s'asseoir derrière son bureau, il reprend sa copie et son stylo. Le professeur Joël Legagneur arrive. Il frappe à la porte de la salle de permanence.

—C'est le professeur Legagneur, Arthur. Je peux entrer ?

—Oui !

Il entre et regarde tous les Arthur Verbo.

—J'ai oublié de te dire, Arthur : quand toi et tes clones aurez fini de copier tes verbes irréguliers anglais, dis-leur : « Partez, faites ce que vous voulez ! » et tes clones partiront ! Et surtout, n'oublie pas que tu peux leur faire faire tout ce que tu veux à ta place ! Bon courage à tous !

—Merci, Professeur !

Le professeur Legagneur quitte la salle de permanence.

—Vous avez entendu ce que le professeur Legagneur a dit ? Je peux vous faire faire tout ce que je veux ! À présent, je serai votre professeur, le professeur Arthur Verbo ! Et vous, Arthur A, Arthur B, Arthur C, Arthur D et Arthur E. Vous me copiez les verbes irréguliers anglais dix fois !

—Et après, tu nous emmèneras où ?

—Après, vous irez tous dans la cour de la médiathèque municipale. Vous vous scindez en deux groupes : Arthur A et Arthur B, vous irez acheter mes livres de français à la librairie, et Arthur C, D et E, irez m'acheter des bonbons à la boulangerie ! La salle de permanence sera notre salle de réunion, la nuit, à partir de vingt-deux heures. Vous me donnerez tout ce que vous m'aurez acheté. Il ne faut pas que les autres élèves du conservatoire sachent que j'ai cinq clones qui se promènent dans les couloirs.

—Ah bon ? Pourquoi ? lui demandent-ils.

—Parce que tous les élèves me connaissent, ici, crétin !

—Tu t'es insulté, Arthur !

Arthur le reprend.

—Bon, ça va, copie tes verbes irréguliers anglais, Arthur B !

—Et pour les professeurs ?

—C'est pareil, Arthur C !

CHAPITRE 37

Joyeux anniversaire, Arthur !

Camille et Annabelle Herman sortent en silence du dortoir des filles. Annabelle allume la lampe de poche de son téléphone portable. Camille tient le sac avec le cadeau d'anniversaire d'Arthur Verbo dans sa main gauche. Les sœurs jumelles avancent jusqu'à l'auditorium dont la porte est fermée à clé. Elles continuent d'avancer jusqu'à l'amphithéâtre : c'est pareil. Elles avancent jusqu'à la salle de permanence. Arthur Verbo voit de la lumière sous la porte de la salle de permanence. Il regarde Arthur E.

—Arthur E, va éteindre les lumières !

Celui-ci appuie sur l'interrupteur.

Annabelle pousse la porte de la salle de permanence. Elle voit six Arthur Verbo avec la lumière de sa lampe de poche.

—Camille, pince-moi, je rêve !

—Qu'est-ce qu'il y a, Annabelle ?

—Six Arthur Verbo ! Regarde !

Camille allume les lumières de la salle de permanence.

—Surprise ! Joyeux anniversaire, Arthur !

—Je suppose que le vrai Arthur Verbo est derrière son bureau !

—Oui, Annabelle ! Appelez-moi professeur Verbo !

Arthur Verbo prend une craie blanche et écrit Arthur Verbo en grand sur le tableau. Camille et Annabelle Herman avancent vers les clones.

—On dirait des vrais sextuplés !

Arthur passe dans la première rangée.

—C'est vrai qu'ils sont très réussis. Ils voient dans le noir comme en plein jour ! Regardez, je vais vous montrer.

Arthur va éteindre les lumières de la salle de permanence. Annabelle se trouve debout à côté d'Arthur A. Trente secondes plus tard, il rallume les lumières. Annabelle constate qu'ils ont écrit plus de verbes irréguliers anglais.

—C'est magique ! Ils voient vraiment dans le noir !

—Oui, j'ai donné un prénom spécifique à chacun de mes clones, regardez, les jumelles !

Arthur se replace derrière son bureau.

—Arthur B, fais un bisou sur la bouche à Camille !

Le clone B d'Arthur se lève, il s'approche de Camille qui le repousse de la main droite. Sa main passe à travers son épaule. Elle s'étonne.

—Vous avez vu ? Ma main est passée à travers lui ! Je préfère que ce soit le vrai Arthur qui m'embrasse ! Tiens Arthur, c'est ton cadeau d'anniversaire, j'espère que ça va te plaire !

Arthur Verbo prend son cadeau avec sa main.

—Merci, Camille et Annabelle, vous êtes adorables ! Je l'ouvrirai après. Dans la salle du cloneur d'êtres humains, le professeur Legagneur m'a dit qu'il s'était fait cloner et que ses quatre clones vivaient ses quatre vies en dehors du conservatoire, pour l'aider dans sa vie quotidienne. Cela ne dérange personne puisqu'ils sont à des endroits différents, à faire des choses différentes pour l'aider lui. Par exemple, quand l'un va faire ses courses au supermarché de son village, l'autre tond la pelouse de son jardin. Vous voyez, les filles ?

—Oui, mais c'est bien avec le vrai professeur Legagneur que nous avons cours de musique ? Rassure-nous, Arthur !

—Oui, je vous rassure, les jumelles ! C'est bien avec le vrai professeur Legagneur que nous avons cours, enfin, je crois. Toujours est-il qu'ils savent voir dans le noir comme en plein jour. Et ça, c'est génial ! Je ne sais pas s'ils ont d'autres capacités surnaturelles supplémentaires. Toujours est-il que je les adore, mes clones ! Comme vous, les jumelles ! Venez dans mes bras, faisons un câlin collectif ! Mes clones, vous restez assis ! Je vous remercie de copier mes verbes irréguliers anglais !

Les sœurs jumelles Herman et Arthur Verbo s'étreignent.

Annabelle regarde Arthur C.

—Avant de repartir nous coucher, dis-nous ce que vous savez faire de plus que nous, Arthur C !

—Nous vivons toujours, nous sommes toujours en bonne santé, nos cellules ne vieillissent pas.

—C'est génial, ça, ils sont encore mieux que nous !

Arthur Verbo regarde les sœurs jumelles.

—Retournez vous coucher, les filles, moi je surveille mes clones jusqu'à la fin ! Et surtout, tout ce qui se passe la nuit ici en salle de réunion reste entre nous !

Arthur Verbo fait un clin d'œil aux sœurs jumelles Herman qui retournent se coucher dans le dortoir des filles. Plus tard dans la nuit, Arthur Verbo regarde ses clones qui ont fini de lui copier ses verbes irréguliers anglais. Il répète la phrase que le professeur Legagneur lui a demandé de dire à ses clones.

—Partez, faites ce que vous voulez !

Tous les clones d'Arthur Verbo s'en vont. Sans bruit, ils traversent les murs comme des esprits, mais pourtant bien humains, en chair et en os… Arthur Verbo les regarde, il récupère les copies doubles de chacun de ses cinq clones sur leur table respective.

—Ils sont partis en ville en pleine nuit… pourvu qu'il ne leur arrive rien de mal, mais je sais qu'ils sont forts et puissants. Que Dieu les protège !

CHAPITRE 38

L'escapade des Arthur

Les élèves de première année se retrouvent avec leurs professeurs d'EPS respectifs. Les élèves de la classe de musique du professeur Joël Legagneur font de l'endurance dans le parc à côté du conservatoire, avec le professeur Rémy Duroy, tandis que les élèves de la classe de danse de la professeure Huguette Viennois font de l'endurance dans le parc des grandes prairies, au sud de la ville d'Arras, avec le professeur Léo Forestier. Les élèves de la classe de théâtre de la professeure Christelle Saguaro sont, quant à eux, dans la salle de sports du conservatoire en train de faire de la lutte avec leur professeur Jean Mêlé. Les cinq clones d'Arthur Verbo se retrouvent, quant à eux, dans la cour de la médiathèque municipale. Ils se scindent en deux groupes de clones : Arthur A et Arthur B forment des frères jumeaux aux yeux des êtres humains, tandis que les clones Arthur C, Arthur D et Arthur E seront – aux yeux des êtres humains qu'ils rencontreront en ville – les triplés de leur jeune « professeur » Arthur Verbo. Les jumeaux Arthur A et Arthur B savent qu'ils doivent se rendre à la librairie pour acheter les livres que la professeure de français d'Arthur Verbo lui a demandé de lire pendant les vacances scolaires. Ils prennent ma citadine à la station « Médiathèque », et ils pénètrent à l'intérieur. Les gens les regardent avec insistance, c'est normal puisqu'ils sont beaux. Ils s'installent face à face. Les clones triplés Verbo s'en vont dans le supermarché le plus proche de la médiathèque pour acheter des tablettes de chocolat noir à Arthur Verbo pendant qu'il court.

Les triplés courent. Ils arrivent au supermarché quand les frères jumeaux arrivent devant la librairie ; Arthur B regarde Arthur A dans les yeux.

—Toi, tu restes là ! Arthur doit être le seul à acheter ses livres ! Va faire un tour à la boulangerie en face.

Arthur A va à la boulangerie en face de la libraire. Arthur B entre dans la librairie. Il y a des livres partout, et des cartes postales sur un tourniquet. Arthur B regarde les cartes et en prend une avec des chatons dans un panier en osier. Il va au centre de la librairie avec, dans sa main droite, la liste des livres qu'Arthur Verbo doit lire. Il s'approche du libraire aux yeux bleus et aux cheveux ondulés.

—Bonjour, Monsieur ! J'aimerais acheter ces livres.

—Bonjour, jeune homme !

Il lui donne la liste des livres d'Arthur Verbo ; le libraire entre le titre et l'auteur de chaque livre dans la barre de recherche de son site.

—J'ai Maupassant (Bel-Ami), Victor Hugo (Ruy Blas), Gustave Flaubert (Madame Bovary) et Georges Orwell (La ferme des animaux). Il me manque juste Théophile Gautier (Le Capitaine Fracasse) et Perrault (les Contes). Tu veux que je te les commande ?

—Oui, merci !

—Nous devrions les recevoir dans deux semaines.

—D'accord.

—Ça fera vingt euros, s'il te plaît !

Arthur B sort son chéquier pour les fournitures scolaires de la poche droite de son blouson. Il l'avait sur lui lorsqu'il s'est fait cloner. Il donne deux chèques de dix euros au libraire.

—Merci, mon grand ! Je te mets un sac avec ?

—Non merci, ça ira, nous sommes plusieurs !

—Ah d'accord !

Le libraire donne les livres au clone d'Arthur Verbo.

—Et la carte postale ?

—Elle est offerte aux gentils petits garçons comme toi !

Le libraire sourit à Arthur, Arthur lui rend son sourire.

—À bientôt, mon grand !

—À bientôt, Monsieur !

Le clone A d'Arthur sort de la boulangerie et rejoint Arthur B devant la librairie. Les frères jumeaux se rendent à pied dans la cour de la médiathèque municipale. Les clones triplés d'Arthur les y attendent déjà. La journée de cours au conservatoire se termine. Tous les élèves de première année rejoignent leurs dortoirs. Il est vingt-deux heures et tous les clones d'Arthur Verbo rejoignent leur professeur en salle de permanence. Arthur Verbo est assis derrière son bureau et ses clones s'installent à leur place, au premier rang.

Arthur Verbo récupère ses livres posés sur la table d'Arthur B. Il voit la carte postale qu'il lui a rapportée.

—Merci pour la carte postale ! Tu vas inviter mes parents à venir au concert des quatrième année le 26 mai au conservatoire ! Tu iras la poster pour moi après l'avoir écrite ! Je te remercie !

Le clone A d'Arthur Verbo met un grand sachet rempli de chaussons aux pommes sur sa table. Le clone C d'Arthur met des sachets de bonbons sur sa table, tandis que le clone D met quatre tablettes de chocolat noir et le clone E, quatre bouteilles de jus d'orange. Arthur Verbo est toujours debout, derrière son bureau.

—Je vous remercie beaucoup mes clones, vous êtes formidables !

Les sœurs jumelles Camille et Annabelle Herman arrivent dans la salle de permanence des clones d'Arthur Verbo rebaptisée « salle de réunions des clones du professeur Arthur Verbo »... Elles voient tout ce qu'ils lui ont apporté. Camille et Annabelle se réjouissent.

—C'est pour nous, tout ça ? On vous adore, les clones ! Merci beaucoup ! Vous êtes géniaux !

Arthur prend la parole.

—Mes chers clones ! Pour la prochaine fois, je voudrais que vous alliez m'essayer et m'acheter des vêtements dans le magasin de vêtements de votre choix, au centre-ville.

Arthur A lui parle en anglais.

—What else ?

Camille s'étonne.

—Ils sont bilingues tes clones, Arthur !

—Je sais, Camille, c'est grâce à moi qu'ils parlent anglais ! Je voudrais que vous alliez m'acheter pour Noël une Nintendo 3DS avec mon jeu vidéo préféré !

Arthur regarde son clone B lui écrire sa carte postale.

—Demande à mes parents de m'envoyer cinq cents euros en liquide par La Poste. Qu'ils mettent l'argent dans une enveloppe à l'attention d'Arthur Verbo, à l'adresse du conservatoire de musique, de danse et de théâtre. 2-4 rue de la Douizième, 62000 Arras. C'est pour mon Noël ! Merci, Arthur B !

Les sœurs jumelles Camille et Annabelle prennent chacune un paquet de sucettes colorées avant de repartir se coucher dans le dortoir des filles. Elles embrassent le clone d'Arthur, aux sucettes colorées, sur la joue.

—Merci, mes clones adorés !

—Vous voulez dire *mes* clones ! Car ce sont *mes* clones ! Vous n'en avez pas, vous, les sœurs jumelles !

Les sœurs jumelles quittent la salle de réunion des clones, en laissant Arthur Verbo et ses clones derrière elles. Arthur prononce la phrase magique.

—Partez, faites ce que vous voulez ! La réunion est terminée !

Arthur Verbo quitte la salle de permanence en laissant plein de bonnes choses à manger et à boire sur les tables ; il récupère juste ses tablettes de chocolat au lait. Ensuite, il éteint les lumières de la salle de permanence derrière lui. Il laisse la porte grande ouverte et retourne se coucher dans le dortoir des garçons.

Le lendemain matin, Jean-Marc arrive dans la salle de permanence ouverte, il découvre plein de nourritures et de bouteilles de jus d'orange sur les tables. Il se réjouit.

—C'est sympa d'avoir amené le petit déjeuner !

Il mange un chausson aux pommes et le partage avec le perroquet posé sur le bureau.

—Tiens, régale-toi, mon beau perroquet !

Il est sympa, mon directeur ! se dit-il la bouche pleine.

CHAPITRE 39

Les cours s'enchaînent

C'est la veille des vacances de Noël, un épais manteau neigeux recouvre le toit du conservatoire de musique, de danse et de théâtre, la cour du conservatoire et les arbres présents dans cette cour. Les parents d'élèves arrivent à l'entrée du conservatoire pour s'inscrire au concert des élèves de quatrième année du 26 mai. Isabelle Bonnelle prend en charge les inscriptions des parents d'élèves. Arthur Verbo a reçu une jolie carte postale de ses parents avec les cinq cents euros qu'il a donnés à ses clones pour qu'ils lui fassent plaisir pour Noël. Les sœurs jumelles Herman et tous les élèves de première année s'installent dans l'amphithéâtre du conservatoire. La professeure d'anglais Violette Solange arrive dans l'amphithéâtre. Elle tient sa pile de copies avec sa main droite posée sur sa poitrine généreuse. Elle a mis un gilet long en laine et tricot blanc, et une paire de bottes fourrées. Elle s'installe derrière son bureau et pose ses copies dessus. Violette regarde ses élèves attablés.

—Hello, everybody !

—Hello, Professor Solange ! lui répondent-ils d'une même voix.

La professeure Violette Solange regarde Camille et Annabelle Herman.

—How are you ? leur demande-t-elle.

—Fine, thank you, Professor Solange !

—Vous avez corrigé nos interrogations écrites surprise, Professeure ?

—Yes, j'ai tout corrigé, Annabelle !

—Vous pouvez nous dire qui a eu la meilleure note des trois classes, s'il vous plaît ?

—Je vous le dirai après, Camille ! lui répond-elle en souriant. Il fait trop chaud dans cet amphi ! estime-t-elle.

Arthur Verbo lève sa main.

—Yes, Arthur !

—Vous allez m'enlever mon zéro, vu que je vous ai rendu toutes mes copies de verbes irréguliers anglais ?

—Oui, Arthur ! Et à ce propos, j'ai recompté toutes tes copies chez moi, j'en ai compté 14 ! Comment tu as fait cela ?

—Vous voulez dire, pour en copier plus de 10 ?

—Oui. J'aimerais savoir, Arthur !

—C'est facile, Professeure Solange ! Mais ce serait trop long à tout vous expliquer.

La professeure Violette Solange pense avoir l'explication.

—Vous vous y êtes mis à plusieurs, c'est ça ? Dis-moi toute la vérité, Arthur !

—Oui. En fait, c'est mon frère jumeau qui m'a aidé à les copier. Il adore les verbes irréguliers anglais plus que tout au monde !

—Ah, je vois cela ! Il sera très bon en anglais, comme ça !

Camille se penche vers Arthur.

—Pourvu qu'elle ne sache pas la vérité sur ce que tu sais, lui dit-elle.

—Oui.

Annabelle rassure sa sœur jumelle.

—T'inquiète pas, ma Cam', il n'y a que le professeur Legagneur qui est au courant.

La professeure Violette Solange regarde les sœurs jumelles.

—Hé oh ! Qu'est-ce que vous vous dites, les filles, là ? Camille !

—Oh rien, Professeure, on parlait juste des vacances de Noël qui commencent demain !

—Vous voulez que je vous mette moins deux à toutes les deux ?

La professeure Violette Solange met moins deux points aux sœurs jumelles Camille et Annabelle Herman.

—Mais c'est la vérité, Professeure Solange ! Nous parlions des vacances de Noël !

La professeure Solange prend la pile de copies dans ses mains.

—Bon, je vous rends vos copies !

La professeure Solange rend les copies à chaque élève des trois classes de première année. Elle passe dans les rangs de l'amphithéâtre et elle termine par les sœurs jumelles. Camille a eu quatorze et Annabelle quinze. Elles pleurent toutes les deux.

— 14, mais je connaissais tout par cœur ! estime Camille.

—15, mais je connaissais tout par cœur ! prétend Annabelle.

—Faites pas cette tête-là, les filles ! Vous ferez mieux la prochaine fois !

La professeure Violette Solange retourne s'asseoir derrière son bureau. Elle regarde ses élèves et porte le micro à ses lèvres.

—Pour la prochaine heure de cours, après les vacances de Noël, je vous demanderai d'apprendre toute la liste des verbes irréguliers anglais. Je vous interrogerai une nouvelle fois dessus. J'espère que vous aurez de meilleurs résultats ! Prenez exemple sur les sœurs jumelles Camille et Annabelle Herman, elles ont obtenu les meilleures notes à l'interrogation écrite surprise !

—La pute, elle nous a quand même enlevé deux points à chacune !

—La pute, elle vous a entendu, les sœurs jumelles !

La sonnerie retentit dans le conservatoire jusque dans l'amphithéâtre. Tous les élèves de première année rangent leurs affaires et sortent de l'amphithéâtre.

Il est neuf heures. Les élèves de la classe de musique du professeur Joël Legagneur, Camille et Annabelle Herman, Arthur Verbo – dont les clones sont partis vivre leur vie pour lui en ville –, Angéline Lecap, Christian Otava et les autres élèves de leur classe rejoignent l'auditorium au premier étage du conservatoire pour démarrer leur nouvelle heure de cours de musique.

Dans le même temps, les élèves de la classe de théâtre de la professeure Christelle Saguaro, Henri Joyeux, François Sage, Mathilde Lejeune, Marie-Jeanne Hergé, Guillaume Carte, Marcel Bande ainsi que les autres élèves se retrouvent au théâtre, au deuxième étage du conservatoire, pour démarrer leur nouvelle heure de cours de théâtre. Toujours dans le même temps, au rez-de-chaussée, les élèves de la classe de danse de la professeure Huguette Viennois, Paul Human, Romuald Rousseau, Léonard Semic, Julie Pommier, Claire Mesureur et les autres élèves de leur classe se changent au vestiaire juste avant d'aller dans la salle de danse. Dans cette salle de danse, il y a de grands miroirs fixés aux murs de chaque côté ; entre les deux, de longues barres de danse en bois sont fixées aux murs à l'horizontale, au niveau de la taille, et devant, en face de la professeure de danse classique Huguette Viennois. Il y a de la tapisserie blanche sur les murs. La professeure de danse Huguette Viennois attend déjà ses élèves dans la salle de danse. Elle a un poste de radio, lecteur CD MP4 portable Bluetooth avec port USB noir posé sur une petite table basse à côté d'elle. Elle écoute du Mozart. Paul Human est le premier à entrer dans la salle de danse. Claire Mesureur le suit, suivie par Romuald Rousseau et Julie Pommier. Léonard Semic est le dernier à entrer dans la salle de danse. Tous les élèves ont leur tenue de danse. Les garçons ont mis un tee-shirt en lycra blanc, un collant en lycra noir, des chaussons de danse noirs, indispensables pour les répétitions de leur spectacle de danse classique, c'est la règle à respecter. Les filles ont un tutu complet avec camisole juste au corps bleu ciel, parfait pour les répétitions de leur spectacle de danse classique. Le professeur de danse Huguette Viennois regarde sa liste d'élèves.

—Bonjour, tout le monde !

—Bonjour, Professeure Viennois !

Leur professeur de danse commence à faire l'appel des élèves et l'échauffement s'ensuit. Dans la classe de musique du professeur Joël Legagneur, les sœurs jumelles Camille et Annabelle Herman sont déjà en train de chanter au côté de leur professeur de musique adoré.

> *Nous sommes deux sœurs jumelles, nées sous le signe des gémeaux. Mi fa sol la mi ré, ré mi fa sol sol sol ré do…*

Elles continuent de chanter la chanson des demoiselles de Rochefort, jusqu'à la fin. Tous les élèves applaudissent la prestation des sœurs jumelles Camille et Annabelle. Avant de chanter une autre chanson de Florent Pagny, *Savoir aimer,* le professeur Joël Legagneur distribue les paroles de la chanson dans les rangs de l'auditorium, et ce à chacun de ses élèves, avant de retourner sur l'estrade. Il s'installe derrière son piano à queue pour accompagner ses élèves quand ils vont chanter. Les sœurs jumelles restent debout à côté de leur professeur principal ; elles ont chacune un micro à la main.

—Je vais commencer à jouer les premières notes de la musique au piano. Les sœurs jumelles Camille et Annabelle Herman, vous commencerez à chanter le premier couplet, jusqu'à : « L'espoir d'être aimé ». Tous les autres, vous reprendrez à partir de : « Mais savoir donner », jusqu'à : « Et s'en aller ».

—Et pour la suite, on fait comment, Professeur Legagneur ?

—Et après, tout le monde chante ensemble jusqu'à la fin, Angéline Lecap ! Tout le monde est prêt ? Parfait !

Le professeur Joël Legagneur place ses doigts sur les touches de son piano à queue et commence à jouer les premières notes de la musique. Une poignée de secondes plus tard, les sœurs jumelles commencent à chanter le premier couplet de la chanson, le micro à la main.

(Camille et Annabelle)

> *Savoir sourire,*
> *À une inconnue qui passe,*
> *N'en garder aucune trace,*
> *Sinon celle du plaisir.*
> *Savoir aimer*
> *Sans rien attendre en retour,*
> *Ni égard ni grand amour,*
> *Pas même l'espoir d'être aimé,*

(Les autres élèves)

> *Mais savoir donner,*
> *Donner sans reprendre,*
> *Ne rien faire qu'apprendre*

Apprendre à aimer,
Aimer sans attendre,
Aimer à tout prendre,
Apprendre à sourire,
Rien que pour le geste,
Sans vouloir le reste
Et apprendre à vivre
Et s'en aller.

Tous les élèves dans l'auditorium chantent la chanson jusqu'à la fin. Le professeur Legagneur félicite ses élèves.

—C'est très bien pour tout le monde, sauf pour Christian Otava ; mais dans l'ensemble, vous chantez bien, dit-il. Les sœurs jumelles, Camille et Annabelle Herman, vous pouvez retourner vous asseoir à votre place. Je vous remercie !

Les sœurs jumelles retournent s'asseoir à leur place.

Au même instant, au théâtre du conservatoire, les élèves de la professeure Saguaro ; Henri Joyeux, François Sage, Mathilde Lejeune, Marie-Jeanne Hergé et les autres récitent à tour de rôle la pièce de théâtre d'Hamlet (*être ou ne pas être : telle est la question*) qu'ils ont eue à apprendre, sur la scène, devant leur professeure de théâtre Christelle Saguaro. Cela fait déjà plusieurs fois que les élèves la récitent à tour de rôle devant leur professeur principal. Ils connaissent déjà tous leur texte par cœur.

À dix heures, les élèves des trois classes de première année se retrouvent dans l'amphithéâtre du conservatoire pour deux heures de français avec la professeure Clémence Latouche. Elle s'assoit derrière son bureau. Elle croise ses jambes face à ses élèves. Elle tient son livre de français dans ses mains. Camille et Annabelle Herman discutent avec Arthur Verbo.

—Tu as des nouvelles de tes frères ? lui demande Camille.

—Ils vivent leur vie, pendant que moi je suis en cours de français. Ils doivent m'acheter des vêtements et d'autres choses pour Noël, en ville.

Annabelle réagit.

—Ah d'accord ! C'est vrai que tes parents t'ont donné de l'argent pour que tes clones achètent des choses en centre-ville, l'autre jour.

Arthur regarde Annabelle et l'embrasse plusieurs fois dans le vide, avant de mettre son index devant sa bouche.

La professeure de français entend ses élèves discuter entre eux dans l'amphithéâtre et elle claque son livre sur son bureau.

—Silence !

Les élèves continuent de discuter entre eux, alors elle reprend son livre de français dans ses mains et le claque à nouveau, plus fort, sur son bureau.

—Silence ! Mais vous allez vous taire ! On ne s'entend plus parler, dans cet amphithéâtre. On dirait des bêtes de foire !

Elle se lève d'un bond, tous les élèves la regardent et se taisent.

—Bon, c'est parce que les vacances de Noël commencent demain que vous êtes aussi excités ?

—C'est parce que l'on a chanté avec le professeur Joël Legagneur juste avant, c'était trop bien, Professeure Latouche !

—Oui, sûrement Camille, mais là vous êtes en cours de français avec moi ! Donc, silence ! J'irai vous écouter chanter au spectacle des quatrième année l'année prochaine, les sœurs jumelles Herman !

Camille et ses camarades de classe ne disent plus rien. La professeure Clémence Latouche se rassoit et reprend son livre en soufflant.

—Ah, ça fait du bien, du calme ! Ouvrez vos livres à la page 214 ! Je vais vous faire faire un commentaire de texte, sortez une copie double et un stylo !

—Chouette ! Encore une interro ! se réjouit Camille en regardant sa professeure de français.

—Eh oui, c'est bien ça !

—Juste avant les vacances de Noël, Professeure Latouche ?

—Eh oui, t'as tout compris, ma belle Annabelle ! Maintenant, lisez le texte et répondez aux questions juste en dessous ! Concentrez-vous sur votre copie ! Je ramasse les copies dans trente minutes. Top chrono, c'est parti !

Tous les élèves écrivent sur leur copie. Derrière son bureau, la professeure Latouche sort son téléphone portable et commence à envoyer un SMS au professeur Joël Legagneur. Elle surprend François en train de regarder la copie de son voisin.

—Hé oh, regarde ta copie, François !

« Bonjour Joël ! Je t'invite à boire un café au café Marius ce soir à dix-huit heures gros bisous ! »

Cinq minutes plus tard.

« Avec plaisir Clémence ! Le clone de Maxime sera là ! »

La professeure Clémence Latouche lit le message qu'elle a reçu sur son téléphone portable et le range vite fait dans son sac. Elle ignorait jusqu'à présent l'existence de cet individu au café Marius.

Au café Marius, alors que Maxim, le clone de Maxime apporte un pataud sur lequel sont disposés trois verres de bière blonde de 50 cl à la table d'un groupe de trois jeunes hommes d'une vingtaine d'années, c'est parfait !

Gérald, le patron du café Marius, âgé de quarante-cinq ans, est un homme un peu rondouillard, brun aux yeux noisette. Cela fait vingt-et-un ans cette année qu'il a repris cette affaire. Le café Marius est une institution à Arras, tout le monde y est déjà allé pour boire un café ou acheter des jeux à gratter ou des magazines. Il y en a pour tous les goûts. Le présentoir des magazines se trouve du côté droit. Il couvre une largeur de trois mètres cinquante sur un peu plus de deux mètres de hauteur. Les magazines d'actualités, les magazines économiques, les magazines santé et bien-être, les magazines stars et mode en passant par les magazines auto-moto et les magazine voyage et environnement, sans oublier le présentoir des journaux de *La Voix du Nord* se trouvant à proximité du comptoir de caisse dans lequel, nous pouvons retrouver des dizaines de jeux à gratter. Il y a même des paquets de cigarettes qui sont vendues aux clients. Ces paquets de cigarette sont disposés sur un présentoir juste derrière les deux comptoirs caisse.

Alors qu'Alexis, le jeune stagiaire de seize ans, regarde Gérald encaisser un client âgé de trente ans, beau et grand brun ténébreux qui lui a acheté un paquet de Malboro, tout va très bien.

En vitrine, nous pouvons retrouver toutes sortes d'objets comme par exemple une chicha ou encore les premières pièces d'une voiture à construire pas à pas. Cette vitrine est auréolée de bandes lumineuses led intelligentes capables de changer de couleur.

La réserve du café Marius se trouve dans le prolongement du présentoir des magazines. On y trouve des cartons plus ou moins remplis de toutes sortes d'objets destinés à la vente.

CHAPITRE 40

Les tagueurs professionnels

Il est seize heures trente et tous les élèves se retrouvent dans la cour du conservatoire pour leur ultime activité périscolaire avant les vacances de Noël. La neige n'a pas encore fondu. Maxime, Siham et Romain attendent leurs élèves respectifs sous le préau. Des tagueurs professionnels sont venus taguer de nouveaux tags sur les murs, tout autour de ceux que les élèves de première année ont faits lors de leur première activité périscolaire.

—C'est magnifique, toutes ces couleurs ! se réjouit le directeur Jérôme Capucin en regardant par la fenêtre.

Siham regarde Henri Joyeux et François Sage venir vers elle en courant.

—Bonjour, Henri et François ! Vous allez bien ?

—Bonjour, Siham ! Oui. On peut faire un foot à la salle de sports ?

—Bonne idée ! On va faire deux équipes, l'équipe de la professeure Saguaro va affronter l'équipe de la professeure Viennois !

Les élèves de la classe de la professeure Saguaro et les élèves de la classe de la professeure Viennois courent vers la salle de sports. Siham et Romain les suivent. Romain ouvre la porte de la salle de sports avec sa clé magique.

—Et nous, on fait quoi avec toi, Maxime ?

—Faites ce que vous voulez, les jumelles !

—On peut faire d'autres tags à côté de ceux qu'on a déjà faits sur le mur du préau ?

—Vous voulez faire d'autres cœurs, c'est ça, les jumelles ? Je vous connais comme si je vous avais faites !

—Oui ! C'est normal, tu es notre tonton ! lui disent-elles.

—Allez chercher un carton dans le local de la salle de sports, les filles, on vous attend !

Le local est déjà ouvert, les sœurs jumelles Camille et Annabelle Herman partent en courant vers la salle de sports. Elles reviennent avec un gros carton rempli de nouvelles bombes de tags. Les élèves de la classe des sœurs jumelles se servent dans le carton. Camille et Annabelle se rapprochent de Maxime.

—Maxime ?

—Oui, Camille !

—J'aimerais te parler de quelque chose.

—Dis-moi, Camille.

—On aimerait parler à ton clone, au café Marius.

—Mais il est devant vous, l'autre Maxime ! C'est moi ! plaisante Maxime avant de reprendre son sérieux.

—Nous verrons cela pendant les vacances de Noël, à la maison, si vous le voulez bien, les jumelles !

—Vous vous êtes déjà rencontrés ?

—Tais-toi, Camille, et fais un tag sur le mur !

Arthur Verbo s'approche de Maxime, le sourire aux lèvres.

—Maxime, regarde ce que j'ai tagué !

Maxime regarde ce qui semble ressembler au cloneur d'êtres humains présent dans la salle secrète, au sous-sol du conservatoire de musique, de danse et de théâtre, et tagué sur le mur du préau par Arthur Verbo. Il fait de gros yeux, de peur de comprendre. En effet, Maxime ne sait pas encore qu'Arthur Verbo s'est fait cloner, comme lui, par le professeur Joël Legagneur, son professeur principal, dans la salle secrète du cloneur d'êtres humains. Maxime décide alors de détourner le sujet devant les élèves de la classe du professeur Legagneur (qui ne connaissent pas l'existence du fameux cloneur d'êtres humains au sous-sol du conservatoire…)

—Oh ! On dirait le photomaton à la gare d'Arras !

—Oui, vous avez vu comme il est beau, mon photomaton ?

Christian Otava remarque dessus cinq photos taguées.

—Tu as fait cinq photos de toi dessus, en plus !

Maxime pense comprendre ce qui a bien pu se produire derrière son dos durant son absence, et il continue de détourner le sujet principal pour ne pas révéler à ses élèves l'existence du cloneur d'êtres humains.

—Il est très beau ton photomaton, Arthur !

—Regarde ce que j'ai fait, Maxime !

Christian lui montre son ballon de foot sur le mur du préau.

Dans la salle de sports, les élèves de la classe de la professeure Viennois affrontent au football les élèves de la classe de la professeure Saguaro. L'afficheur de scores électronique fixé au mur de la salle de sports affiche 1 partout à la mi-temps du match. Celui-ci continue jusqu'à la fin... Score final : 3 partout.

CHAPITRE 41

Le réveillon de Noël et
la nouvelle année

Nous sommes le 24 décembre, la veille de Noël et les sœurs jumelles Camille et Annabelle Herman décorent le sapin que Maxime a mis dans son salon. Camille met une guirlande bleue et Maxime soulève Annabelle pour l'aider à mettre l'étoile dorée, tout en haut. Il est dix-huit heures, Maxime aide les sœurs jumelles à mettre la table du réveillon de Noël. Dans la cuisine, Maxime prépare le repas. Tout le monde mange de la dinde aux marrons et des pommes de terre duchesse. Camille et Annabelle reprennent des haricots verts. Dans la nuit, le clone de Maxime revient du travail. Il va se coucher dans son lit, avec Maxime. Le lendemain matin, les sœurs jumelles Camille et Annabelle Herman se lèvent et découvrent dans le salon des cadeaux aux pieds du sapin de Noël. Elles vont réveiller Maxime dans son lit et découvrent son clone à côté de lui.

—Alors, c'est toi qui as fait ça ?

—Qu'est-ce que j'ai fait ?

—Ton clone, c'est lui qui a apporté les cadeaux au pied du sapin !

—Quel clone ? Les cadeaux ?

Maxime tourne la tête et voit son clone allongé sous sa couette, à côté de lui.

Le clone de Maxime le regarde.

—Bonjour, c'est moi ! Qu'est-ce qu'on fait maintenant ? se demandent-ils.

Les filles redescendent dans le salon pour ouvrir leurs cadeaux.

Camille en déballe un et Annabelle aussi. Elles découvrent en même temps.

—Un dictionnaire ! Tu nous as acheté un dictionnaire !

Le clone de Maxime, Maxim, a suivi les filles.

—Oui, dit-il.

—Merci, Maxime !

Les sœurs jumelles serrent le clone Maxim dans leurs bras. Elles passent à travers et finissent par se faire un câlin. Maxime se lève pour aller prendre une douche dans la salle de bain. Pendant ce temps-là, le clone Maxim va dans la cuisine pour préparer le petit déjeuner des sœurs jumelles Camille et Annabelle Herman, ainsi que celui de Maxime. Les sœurs jumelles prennent leur petit déjeuner à la table de la cuisine ; le clone Maxim apporte à ce dernier son petit déjeuner au lit. Les sœurs jumelles montent les escaliers pour aller dans la chambre de Maxime. Il sort de la salle de bain tout habillé et retourne dans sa chambre. Il voit les sœurs jumelles assises sur son lit.

—Merci, les jumelles ! C'est très gentil à vous d'avoir pensé à m'apporter le petit déjeuner au lit !

L'ange gardien de Maxime sourit aux sœurs jumelles. Elles retournent dans le salon chercher leurs cadeaux de Noël avant de remonter dans leur chambre. Camille lit *Les Contes de Perrault* allongée dans son lit, tandis qu'Annabelle révise pour la rentrée sa liste de verbes irréguliers anglais, assise sur une chaise devant son bureau.

Dans l'amphithéâtre du conservatoire, les cours ont repris ; les élèves de première année sont attablés devant leur professeur de français, Madame Latouche, qui sort de son cartable en cuir noir les copies des commentaires de textes de ses élèves. Elle les pose sur son bureau.

—Bonjour, tout le monde ! Bonne année et bonne santé à vous !

—Bonjour, Professeure Latouche ! Bonne année et bonne santé à vous !

—Dans un premier temps, je vais vous rendre vos commentaires de texte que j'ai corrigés pendant les vacances. Les notes vont de 5 à 18,5/20. La moyenne générale de ce contrôle est de 13,45/20. C'est une assez bonne moyenne, je suis contente.

La professeure Latouche passe dans les rangs pour rendre les copies de ses élèves.

—Camille, c'est très bien ! Je t'ai mis 18/20 !

Camille regarde Annabelle.

—Ce n'est pas moi qui ai eu la meilleure note de la classe !

—Annabelle : 17,5/20, c'est très bien aussi !

Les sœurs jumelles se relisent et comparent leur copie.

—Guillaume Carte, c'est très mauvais ! Je t'ai mis 5/20.

—Arthur Verbo, c'est excellent ! 18,5/20 !

—C'est Arthur qui a eu la meilleure note !

—Eh oui, Camille ! lui dit-elle, les copies de ses élèves à la main.

La professeure Clémence Latouche continue de rendre à ses élèves leurs copies avant de retourner s'asseoir derrière son bureau. Elle les regarde.

—Nous allons corriger ensemble le commentaire de texte. Qui veut lire le texte à voix haute ?

Les sœurs jumelles Camille et Annabelle Herman lèvent la main en même temps. La professeure Latouche porte le micro à ses lèvres.

—Camille. On t'écoute !

—Je veux lire, Madame ! lui dit Annabelle.

Camille regarde sa sœur jumelle Annabelle.

—Trop tard, c'est moi qui lis !

Camille lit le texte à voix haute devant ses camarades, jusqu'à la fin. La professeure de français donne toutes les bonnes réponses à ses élèves avant de passer à autre chose.

—Je vous avais demandé de lire Les Contes de Charles Perrault, pendant les vacances de Noël. Sortez une copie double, je vais vous interroger dessus ! dit-elle à ses élèves.

Arthur Verbo la regarde.

—Encore un contrôle, Madame ?

—Eh oui ! Vous êtes gâtés, pour la nouvelle année !

Tous les élèves sortent une copie double et commencent à noter leur nom et leur prénom en haut à gauche de leur copie, puis : « Contrôle de lecture – Perrault - Les Contes » au centre. La professeure Latouche distribue les feuilles avec les questions posées sur le livre. Tous les élèves répondent aux questions sur leur copie. Elle regarde ses élèves.

—Vous avez trente minutes !

Annabelle et Camille sont assises au premier rang, l'une sourit à l'autre et elles écrivent sur leur copie respective. Après trente minutes, la professeure Latouche récupère les copies dans les rangs et elle retourne s'asseoir derrière son bureau.

—Pour la prochaine heure de cours, vous m'apprendrez les cinq prochains verbes.

Camille la regarde.

—Vous allez nous interroger dessus ?

La professeure range ses copies dans son cartable.

—On verra !

Annabelle regarde Camille.

—On verra, ça veut dire qu'il y aura une interrogation écrite, Camille, lui dit-elle.

La sonnerie retentit dans l'amphithéâtre. Le professeur de français regarde ses élèves.

—Vous avez cours avec qui, après ? leur demande-t-elle.

—Merlin l'Enchanteur !

Dans l'amphithéâtre, tous les élèves se fendent la poire en deux devant leur professeure de français Clémence Latouche.

—C'est très drôle, Marcel Bande ! Belle journée à vous !

—Belle journée, Professeure Latouche ! lui disent-ils.

La professeure Clémence Latouche croise le professeur Alain Lenchanteur (alias Merlin) devant l'entrée de l'amphithéâtre. Il tient à la main la cage de sa chouette blanche aux grands yeux rouges. Guillaume Carte met son pied sur le passage du professeur Lenchanteur qui tombe à la renverse dans les escaliers. La cage de la chouette s'ouvre au contact au sol et la chouette Ulule s'envole dans l'amphithéâtre.

—Aah !

Tout le monde crie.

Le directeur Jérôme Capucin arrive en courant dans

l'amphithéâtre. Il voit le professeur Lenchanteur gisant au sol.

—Qu'est-ce que c'est que ce bordel ? Qui l'a fait tomber ?

Dans l'amphithéâtre, il cherche le coupable des yeux, mais personne ne se dénonce. Le directeur Jérôme Capucin regarde Camille Herman.

—Camille, va vite chercher l'infirmière !

Les sœurs jumelles Herman vont chercher l'infirmière. Pendant ce temps-là, le directeur Jérôme Capucin porte assistance au professeur Alain Lenchanteur qui se relève.

—Vous allez bien, Professeur Lenchanteur ?

Le professeur se tient le cuir chevelu avec sa main.

—Oui, ça peut aller, je me suis cogné la tête sur le coin de la table en trébuchant sur le sac d'un élève.

L'infirmière arrive dans l'amphithéâtre, accompagnée des sœurs jumelles Herman. Elle voit la chouette du professeur Alain Lenchanteur posée sur son bureau. La cage est couchée à terre.

—Bonjour ! Qu'est-ce qui s'est passé, ici ?

Le professeur Alain Lenchanteur regarde dans les yeux l'infirmière, Lauren Jolie, trente-cinq ans. Elle est brune aux yeux marrons, mesure un mètre soixante-quinze, et porte une blouse blanche. Elle lui sourit. Il lui rend son sourire.

—Bonjour, Madame l'infirmière ! Tout va bien, ne vous inquiétez pas !

—Vous êtes sûr que tout va bien, Professeur Lenchanteur ? Vous vous touchez la tête, Professeur. Montrez-moi.

L'infirmière touche le crâne du professeur Alain Lenchanteur avec sa main.

—Je sens une bosse, là. Je vais vous mettre une poche de glace dessus. Vous venez avec moi à l'infirmerie, Professeur Lenchanteur.

Camille veut les accompagner, ainsi qu'Annabelle.

—On peut venir avec vous ?

Le directeur Jérôme Capucin regarde les sœurs jumelles.

—Vous allez surveiller les trois classes, les sœurs jumelles, et essayez de remettre la chouette de votre professeur dans sa cage !

Je vais accompagner votre professeur à l'infirmerie.

Lauren Jolie part avec le professeur Alain Lenchanteur et le directeur Jérôme Capucin à l'infirmerie. Arthur Verbo essaie d'attraper la chouette posée sur le bureau, mais elle s'envole dans l'amphithéâtre pour aller se poser sur un globe terrestre. Elle s'envole de nouveau lorsque Paul Human tente de l'attraper.

—Attrapez-la ! crie-t-il. Attrapez-la !

Camille, debout derrière son bureau, porte le micro à ses lèvres.

—Arrêtez, les amis ! Vous voyez bien que vous lui faites peur !

La chouette s'envole pour se poser sur le rebord d'une fenêtre entrouverte. Annabelle l'observe.

—Ne bougez plus !

Sans faire de bruit, Annabelle Herman s'approche doucement de la chouette et finit par l'attraper dans ses mains. Camille Herman prend la cage dans ses mains pour qu'Annabelle puisse mettre la chouette du professeur Lenchanteur à l'intérieur. Camille referme la cage et la pose sur le bureau du professeur Alain Lenchanteur qui revient. Tous les élèves l'applaudissent parce qu'ils sont contents de le revoir. Camille et Annabelle regardent leur professeur.

—Nous avons réussi à capturer votre chouette, Professeur Lenchanteur !

—Merci, les jumelles, c'est très gentil de votre part de l'avoir mise sur mon bureau ! Dix points pour la classe du professeur Legagneur !

Les élèves de la classe du professeur Joël Legagneur se réjouissent. La classe de la professeure Christelle Saguaro fait la tête, tout comme la classe de la professeure Huguette Viennois. Le professeur Lenchanteur retourne s'asseoir derrière son bureau.

Guillaume Carte regarde son professeur d'histoire de l'art.

—Bonjour, Professeur Lenchanteur ! Bonne année et bonne santé ! Excusez-moi de vous avoir fait tomber, je n'ai pas fait exprès, je ne voulais pas que vous vous fassiez mal.

—Bonjour à tous ! Ça va très bien, ne t'inquiète pas pour moi. Comment tu t'appelles, déjà ?

—Je m'appelle Guillaume Carte, Professeur Lenchanteur.

—Je vais t'interroger à l'oral.

—Vous allez m'interroger sur quoi ?

—Je vais t'interroger sur ce que nous avons vu en cours avant les vacances de Noël.

—Mais je n'ai pas appris ma leçon, Professeur !

—Je te mets un zéro alors, et tu me copieras tout le cours pour la prochaine fois, Guillaume !

—Vous allez me réinterroger dessus, Professeur Lenchanteur ?

—Oui.

Le professeur sort son livre d'histoire de l'art.

—Bon. Nous allons continuer le cours d'histoire de l'art décoratif !

Il est dix heures. La sonnerie retentit dans l'amphithéâtre du conservatoire. Tous les élèves rangent leurs affaires dans leur sac et quittent l'amphithéâtre. Les sœurs jumelles Camille et Annabelle Herman, Arthur Verbo, Angéline Lecap, Christian Otava et les autres élèves de la classe du professeur Legagneur se rendent à l'auditorium pour deux heures de musique. Henri Joyeux, François Sage, Mathilde Lejeune, Marie-Jeanne Hergé, Guillaume Carte, Marcel Bande et les autres élèves de la classe de la professeure Saguaro se retrouvent au théâtre du conservatoire pour deux heures de théâtre. Pendant ce temps-là, Paul Human, Romuald Rousseau, Léonard Sémic, Julie Pommier, Claire Mesureur et leurs petits camarades de la classe de la professeure Viennois se rendent à la salle de danse pour leur cours de danse classique. Arthur Verbo, Camille et Annabelle Herman s'installent dans l'auditorium, au premier rang. Le professeur Joël Legagneur se tient debout derrière son bureau, à côté de son piano à queue.

—Bonjour, tout le monde ! Je souhaite à toutes et à tous une bonne année et une bonne santé !

—Bonne année et bonne santé, Professeur Legagneur !

—Merci à vous toutes et tous ! Sortez vos flûtes à bec. Je vous interroge sur les notes de musique.

Arthur Verbo, Camille et Annabelle Herman et tous les autres élèves de la classe de musique du professeur Legagneur sortent leur flûte à bec de l'étui. Le professeur Legagneur regarde sa liste d'élèves pour en interroger un au hasard.

—Arthur Verbo, on vous écoute !

Arthur pose ses lèvres sur le bec de sa flûte et place ses doigts sur chacun des trous qui la composent. Il souffle. L'air pénètre à l'intérieur. (Do, ré, mi, fa, sol, la, si, do, do, si, la, sol, fa, mi, ré, do).

—C'est parfait, Arthur ! Cinq points !

Le professeur Legagneur regarde sa liste d'élèves. Il regarde Annabelle.

—Annabelle !

(Do, ré, mi, fa, sol, la, si, do, do, si, la, sol, fa, mi, ré, do).

—Parfait, Annabelle ! Cinq points !

—Camille, on vous écoute !

Camille tient bien sa flûte avec ses deux mains. Elle joue à son tour.

(Do, ré, mi, fa, sol, la, si, do, do, si, la, sol, fa, mi, ré, do).

—C'est bien, Camille ! Quatre points !

Maintenant, les élèves danseurs de la professeure Viennois font des exercices à la barre. Ces exercices à la barre servent à placer le corps, développer la musculature, assouplir les articulations, améliorer l'équilibre des danseurs et danseuses. Ces exercices servent aussi à apprendre à placer sa respiration pendant l'effort, précision du rythme, à analyser et apprendre les bases, à acquérir les automatismes pour une bonne exécution des pas. Les danseurs et les danseuses se placent de profil avec la main située du côté de la barre placée légèrement vers l'avant et posée délicatement sur la barre et qui se situe à hauteur leur taille. Les exercices à la barre se divisent en quatre grandes catégories : les pliés, les battements, les ronds de jambe, les développés. Dans un premier temps, nous allons voir ensemble les pliés. La professeure Huguette Viennois montre l'exemple face à ses élèves.

Les pliés :

Cet exercice assouplit et échauffe les muscles.

Les demi-pliés : les pieds sont à plat, le talon et tous les orteils sont appuyés sur le sol. Lorsque le danseur fait son mouvement, il doit placer ses genoux dans l'alignement de l'ouverture de ses pieds et les talons sont fixés au sol. Le bras qui ne tient pas la barre fait des ports de bras.

Les grands pliés : les danseurs effectuent un demi-plié et continuent la descente en soulevant cette fois les talons. Le mouvement est continu et lorsque le danseur est à son plié maximal, il remonte aussitôt. Celui-ci doit rester fluide. Le but de cet exercice est d'assouplir les articulations, l'élongation musculaire des jambes et de placer l'en-dehors. Le bras qui ne tient pas la barre effectue un port de bras.

Les battements :

C'est un travail actif de la musculation des jambes et il aide à la stabilisation des jambes.

Les petits battements :

Les petits battements tendus simples : en 5e position, le pied se situant devant glisse vers l'avant et pointe sur le sol avec le talon tourné vers l'avant.

Les petits battements jetés : en 5e position, le pied se situant devant glisse sur le sol en avant et le pied se soulève un peu du sol avec le talon tourné vers l'avant.

Les petits battements fondus : en 5e position, le pied se situant en avant effectue un dégageé vers l'avant, ensuite plié sur la jambe de la terre qui est pliée légèrement. Dégager à nouveau la jambe libre.

Les petits battements soutenus : en 5e position, il faut lever la jambe libre tendue et la soutenir.

Les petits battements en cloche : en 4e position, départ comme les petits battements jetés, mais avec rapidité devant et derrière, alternativement.

Les petits battements frappés avant et arrière : en 5e position, le pied de la jambe libre placé au-dessus de la cheville s'emboîte dans la plante du pied. Et dégager à nouveau la jambe libre.

Les petits battements sur le coup de pied : en 4e position, il faut lever la jambe libre tendue à demi-hauteur, ensuite plier cette jambe en amenant le pied sur la cheville de la jambe de la terre.

Le pied tourné vers l'avant doit aller alternativement devant et derrière la cheville de la jambe de la terre. Cet exercice doit être effectué avec rapidité.

Les grands battements :

Les grands battements simples : en 5ᵉ position, il faut lancer la jambe libre tendue et en dehors sans basculer le bassin et redescendre la jambe.

Les grands battements pointés : en 5ᵉ position, il faut lancer la jambe libre tendue sans basculer le bassin ; redescendre la jambe et pointer les orteils sur le sol.

Les grands battements fondus : en 5ᵉ position, il faut dégager la jambe libre et dans le même temps plier sur la jambe de la terre et dégager.

Les grands battements soutenus : en 5ᵉ position, il faut lancer la jambe libre et la soutenir ; maintenir le talon de la jambe libre bien en-dehors et le genou de la jambe de la terre en-dehors aussi ; contrôler la descente de la jambe libre.

Les grands battements en cloche : en 4ᵉ position, départ comme les grands battements simples, mais avec rapidité devant et derrière alternativement.

Les grands battements développés : en 5ᵉ position, le pied de la jambe libre est replié devant la jambe de la terre. La jambe libre est en dehors et on la lance toujours dans la même position.

Les ronds de la jambe :

Les ronds de la jambe font travailler la jambe en circumduction.

Les ronds de la jambe à terre : dans les ronds de la jambe à terre, le pied de la jambe libre doit toujours rester en appui sur le sol. Les passages des ronds de la jambe sont « glissés ».

Les ronds de la jambe à terre en-dehors : en 1ʳᵉ position, le pied de la jambe libre est glissé en dégagé tendu sur le sol en avant et dessine un demi-cercle en passant en 2ᵉ position, puis en 4ᵉ position ; tout cela en gardant la pointe du pied posée au sol. Le bassin doit être bien droit et de face, mais il ne doit pas être mobilisé.

Les ronds de la jambe à terre en dedans : en 1ʳᵉ position, le pied de la jambe libre est glissé en dégagé tendu sur le sol en arrière et dessine un demi-cercle en passant par la 2e position, puis par la 4e position ; tout cela en gardant la pointe du pied posée au sol. Le bassin doit rester bien droit.

Les ronds de la jambe en l'air : les ronds de jambes en l'air sont les mêmes que les ronds de jambe à terre, sauf que la jambe libre s'élève.

Les ronds de la jambe en l'air en dehors : en 5e position, vous devez dégager le pied de la jambe libre en 4e position devant, passer en 2e position, puis en 4e position arrière. Vous veillerez à garder le bassin bien droit.

Les ronds de la jambe en l'air en dedans : c'est le même exercice que les ronds de la jambe en l'air en dehors, mais vous devez exécuter le mouvement dans le sens inverse, d'arrière en avant.

Les petits ronds de la jambe en l'air :

Les petits ronds de la jambe en l'air en dehors : en 5e position, vous dégagez votre jambe libre en 2e position, vous pliez le genou et vous dessinez un cercle dans l'air.

Les petits ronds de la jambe en l'air en dedans : c'est le mouvement inverse des petits ronds de la jambe en l'air en dehors, donc celui-ci est à exécuter dans le sens inverse.

Les petits ronds de la jambe en l'air doubles : vous faites deux petits ronds de la jambe en l'air successifs.

Les développés :

Le mouvement part d'un retiré de la jambe libre sur le genou de la jambe de la terre avec le talon bien en dehors, et qui se tend en l'air dans la direction donnée par les pieds.

Les relevés :

Les relevés peuvent être effectués sur deux pieds ou bien sur un seul pied. C'est l'action de monter sur pointe en répartissant correctement le poids du corps.

La professeure Huguette Viennois regarde l'heure sur l'horloge de la salle de danse, et puis ses élèves danseuses et danseurs.

— Ça va être juste pour voir la suite. Nous verrons les entrechats à la prochaine heure de cours.

—Je sais les faire les entrechats ! estime Paul Human.

—Montre-nous, Paul ! L'entrechat quatre !

Paul Human exécute le pas demandé à la perfection.

—Très bien !

Julie Pommier essaye de faire la même chose et y arrive. Tout comme Léonard.

La sonnerie retentit dans la salle de danse du conservatoire.

—Vous pouvez retourner vous changer dans les vestiaires. Je vous souhaite un très bon appétit à toutes et à tous et à très bientôt ! leur dit la professeure Huguette Viennois avec le sourire.

—Merci, Professeur Viennois ! Bon appétit ! lui répondent-ils.

CHAPITRE 42

Une rencontre surnaturelle

Tous les élèves musiciens, danseurs et comédiens sortent dans la cour du conservatoire pour rejoindre Maxime, Siham et Romain qui les attendent sous le préau pour aller manger à la cantine. Les élèves de la classe du professeur Legagneur, les sœurs jumelles Camille et Annabelle Herman, Angéline Lecap, Arthur Verbo, Christian Otava et les autres pénètrent dans la cantine avec Maxime. Les sœurs jumelles s'installent à la table de Thomas Youri et Charlie Gaudri, les quatrième année avec lesquelles elles avaient déjà discuté. Camille et Annabelle Herman regardent Thomas et Charlie.

—Bonsoir, bonne année et bonne santé, les garçons !

Thomas et Charlie ont la bouche pleine, ils ne peuvent pas parler.

Camille regarde Thomas et Charlie.

—C'est bon, les garçons ?

—Oui, c'est très bon, merci ! lui répondent-ils après avoir avalé leur repas.

Annabelle regarde les garçons manger devant elle.

—Vous avez cours avec qui, après, les garçons ?

—On a cours de musique avec le professeur Legagneur à l'auditorium. Et vous, les filles ?

—On est en activité périscolaire pendant deux heures.

Thomas regarde les sœurs jumelles.

—Vous allez faire quoi, les filles ?

Camille regarde Thomas.

—On ne sait pas encore, il faut que l'on aille avec Maxime, c'est notre animateur périscolaire, lui répond-elle. C'est notre parrain qui décide de l'activité que l'on va faire avec les autres animateurs périscolaires, Siham et Romain, ajoute-t-elle.

—Votre parrain ? Vous ne nous l'aviez pas dit que c'était votre parrain, Maxime, ajoute Charlie.

—C'est vrai qu'on ne vous l'avait pas dit, à vous. Comme le fait qu'il ait mis notre professeure d'anglais enceinte.

—Enceinte ? Vous êtes sérieuses, les filles ?

Thomas voit que Charlie s'étouffe avec de la nourriture. Il tousse sans arrêt. Il tombe de sa chaise et s'écroule par terre devant les autres élèves qui ne savent pas comment réagir face à cette situation. Thomas, Camille et Annabelle le regardent sans comprendre ce qu'il se passe. Camille regarde Maxime, affolée.

—Appelle l'infirmière, vite ! lui crie-t-elle. Charlie est en train de s'étouffer !

Charlie gît au sol, mais il se relève vite.

—Je peux mourir, personne ne réagit, ici ! crie-t-il dans la cantine. Vous êtes vraiment que des légumes, dans cette cantine !

Personne ne comprend ce qu'il se passe. Thomas éclate de rire. Camille et Annabelle ont bien compris qu'il jouait la comédie devant elles.

—Ça va, tu te sens bien ? lui demandent-elles.

—Oui. Je vous ai bien eus ! Je vous ai bien eus ! leur répond-il en rigolant de sa blague.

Thomas regarde Camille.

—Il l'a déjà faite l'année dernière cette blague-là, ne vous inquiétez pas.

—Ah bon ? lui dit-elle, étonnée.

—Oui, c'est un jeu qu'on fait entre nous aux nouveaux élèves de première année pour voir qui va être le premier à réagir et à s'inquiéter, lui dit-il. Mais la plupart du temps, les gens ne comprennent pas ce qu'il se passe. Ils restent assis à leur table et finissent leurs assiettes.

—Ah, vous êtes deux sacrés farceurs, en fait !

—Oui ! (Charlie est le seul à rire de sa blague.)

—Et au fait, c'est vous qui avez fait les nouveaux cœurs sur le mur du préau ?

—Oui, c'était juste avant les vacances de Noël. On a fait ça avec Maxime, notre parrain.

Les élèves de la classe de la professeure Saguaro arrivent dans la cantine avec Siham et s'installent aux tables. Ils sont suivis par les élèves de la classe de la professeure Viennois qui s'installent aux tables pour manger avec Romain qui les surveille. Tous les élèves sortent de la cantine du conservatoire et se regroupent autour de Maxime, Romain et Siham, leurs animateurs périscolaires. Maxime regarde les élèves.

—Nous allons aller au musée des Beaux-Arts d'Arras tous ensemble, jusqu'à quatorze heures. Donnez-nous vos autorisations de sortie, s'il vous plaît ! Tous les élèves donnent leur autorisation de sortie du conservatoire à Maxime, Siham et Romain. Tout le monde quitte le conservatoire pour se rendre jusque dans la cour du Musée des Beaux-Arts d'Arras. Arrivés sur place, tous les élèves, ainsi que leurs animateurs périscolaires sont surpris de voir cinq autres Arthur Verbo debout sur le tapis rouge de la cour du Musée des Beaux-Arts d'Arras. Interdits, ils restent debout devant eux.

—Partez, faites ce que vous voulez !

Arthur Verbo reprend les sœurs jumelles.

—Partez, faites ce que vous voulez ! lance-t-il à ses clones. Ils ne vous comprennent pas, vous ! ajoute-t-il.

—Bien sûr que si ! Regardez !

En effet, tous les clones d'Arthur Verbo quittent la cour du Musée des Beaux-Arts d'Arras. Tous les élèves, Maxime, Siham et Romain les regardent s'en aller.

—Où sont-ils partis ? se demandent-ils en se regardant.

—Dans le centre-ville d'Arras, répond Arthur.

Arthur Verbo se demande alors si le secret des clones qu'il partage avec les sœurs jumelles Camille et Annabelle Herman va être découvert par les autres élèves de première année d'étude du conservatoire de musique, de danse et de théâtre. Mais aussi par leurs animateurs périscolaires Maxime, Siham et Romain, car dans sa tête, Arthur Verbo pense être le seul – avec les sœurs jumelles Camille et Annabelle Herman – à connaître l'existence de ses clones. Or, Maxime connaît lui aussi l'existence du cloneur d'êtres humains, contrairement à Siham et Romain qui ne se sont pas fait cloner. Tous vont tout faire pour garder ce secret le plus longtemps possible, tout comme le professeur Joël Legagneur qui est à l'origine de tout (vu que c'est lui qui a parlé de l'existence d'un cloneur d'êtres humains à l'oreille de Maxime le jour de la rentrée dans la salle des concerts du conservatoire de musique, de théâtre et de danse). Mais là, nous sommes au Musée des Beaux-Arts d'Arras, donc pas de cloneur d'êtres humains en vue.

CHAPITRE 43

Violette Solange est enceinte

La visite du musée se poursuit. Et évidemment, tous les élèves ont en tête l'image des cinq Arthur Verbo qu'ils ont vus devant eux dans la cour du Musée des Beaux-Arts, avant de pénétrer à l'intérieur. Pour l'instant, aucun d'entre eux ne connaît l'origine de leur existence, mais certains s'interrogent. Henri Joyeux et François Sage se regardent bien en face.

—Tu as entendu ce que les sœurs jumelles leur ont dit ? lui demande l'un.

—Partez, faites ce que vous voulez ! lui répond l'autre.

—Mais tu crois qu'elles savent qui sont ces gens qu'on a vus ?

—Je ne sais pas, moi, tu n'as qu'à leur demander, aux sœurs jumelles ! Ou mieux encore, tu as qu'à demander à Arthur Verbo puisque c'est de lui qu'on parle !

—Il ne va pas te le dire, François.

—Ah bon ? C'est ce qu'on va voir, Henri !

François Sage se dirige vers Arthur Verbo d'un pas décidé.

—Arthur, qui sont ces gens qu'on a vus et qui te ressemblent ? lui demande-t-il.

—Ce sont mes…

Maxime, voyant son secret sur le point d'être révélé décide d'intervenir entre Arthur, François et Henri.

—Tais-toi, Arthur ! Ce n'est rien du tout. Vous avez dû rêver, les garçons ! leur dit-il. Regardez les statues dans le musée.

François Sage n'a pas encore dit son dernier mot.

—Un jour, nous saurons la vérité. Viens, Henri, on continue la visite du musée !

Eh oui, seuls les professeurs principaux des classes de première année peuvent parler à leurs élèves respectifs de ce fameux cloneur d'êtres humains au sous-sol du conservatoire de musique, de danse et de théâtre. Vu qu'ils sont les seuls à pouvoir activer le mécanisme intelligent d'ouverture de la porte de la salle dite du « Cloneur d'êtres humains »… Tous les élèves continuent donc de visiter le Musée des Beaux-Arts d'Arras, comme si de rien n'était, jusqu'à la fin de la visite. Il est quatorze heures, tous les élèves de première année du conservatoire se retrouvent assis à une table dans l'amphithéâtre. La professeure d'anglais Violette Solange arrive en faisant résonner ses hauts talons sur les marches en bois de l'amphithéâtre. Elle s'assoit à son bureau. Tous les élèves discutent entre eux des Arthur Verbo qu'ils ont vus juste avant. La professeure Violette Solange porte le micro à ses lèvres.

—Hello, everybody ! Shut up, please ! leur dit-elle. Je ne veux pas entendre un mot sortir de vos bouches !

Tous les élèves se taisent.

—Hello, everybody ! I wish you a Happy New Year ! Vous avez appris vos verbes irréguliers anglais pendant les vacances ? On va vérifier ça tout de suite. Sortez une copie double !

Violette Solange regarde Arthur Verbo en lui faisant un sourire complice.

—J'espère que je te mettrai un vingt sur vingt, cette fois-ci, Arthur. Cela pourrait remonter ta moyenne ! lui dit-elle en lui faisant un clin d'œil.

En effet, Arthur Verbo a toujours zéro de moyenne en anglais. François Sage lève la main.

—Professeure Solange ?

—Oui, François !

—On a vu plein d'Arthur Verbo tout à l'heure !

—Qu'est-ce que c'est que cette histoire, François ?

La professeure d'anglais Violette Solange fronce ses sourcils, elle ne comprend pas François.

—Oui, c'est vrai, au Musée des Beaux-Arts d'Arras.

—Ne les écoutez pas, Professeure Solange ! Ils mentent ! se défend Arthur. Vous pouvez pas savoir, vous n'étiez pas avec nous au Musée des Beaux-Arts d'Arras ! ajoute-t-il.

C'est normal qu'Arthur Verbo veuille protéger son secret aux yeux des autres.

—Notez votre nom et votre prénom sur votre copie, en haut à gauche ! La date en anglais, s'il vous plaît. *English test* au centre. Il faut arrêter de manger des champignons hallucinogènes à la cantine, les garçons !

—Elle n'a encore rien vu, celle-là, chuchote Arthur en regardant les sœurs jumelles. Ils se sourient.

François Sage continue de tenir tête à sa professeure d'anglais.

—Mais c'est vrai, Professeure Solange !

—François, moins deux ! La prochaine fois, c'est zéro et tu seras collé, comme Mister Verbo !

—Mais ce n'est pas juste ! lui souffle-t-il.

La professeure d'anglais Violette Solange fait les gros yeux à François. Avant de commencer à dicter les verbes irréguliers anglais à ses élèves…

—Everybody is ready ?

—Yes !

—So… first verb : mettre… payer… rencontrer… faire… allumer… éclairer… prêter… apprendre… sauter… conduire, mener… poser… savoir… connaître… tenir… cacher… entendre… avoir… aller… donner… prédire… prévoir… oublier… And the last… pardonner. Relisez bien vos copies, je ramasse dans cinq minutes !

Tous les élèves relisent leur copie. Camille lève sa main gauche et interpelle sa professeure d'anglais.

—Professeur Violette Solange ?

—Yes, Camille ?

—Vous allez nous interroger sur la chanson que vous nous aviez dit d'apprendre avant les vacances ?

—Oui, après, Camille !

La professeure Violette Solange regarde tous ses élèves dans l'amphithéâtre.

—Vous avez fini de vous relire ?

—Yes, Professor Solange !

—Je ramasse les copies !

La professeure Violette Solange passe dans les rangs de l'amphithéâtre pour ramasser les copies de ses élèves et elle retourne s'asseoir derrière son bureau.

—Je vous avais dit d'apprendre la chanson d'Ed Sheeran, *Perfect,* en début d'année, vous vous souvenez ? Est-ce que quelqu'un aimerait la chanter dans l'amphithéâtre ?

Camille Herman lève sa main la première.

—Yes, Camille ! We're listening to you !

—Je peux la chanter avec elle ? lui demande Annabelle la main en l'air.

—Of course ! We're listening to you, twin sisters !

—Toi, tu fais Beyoncé, moi Ed Sheeran. Je commence.

(Camille commence à chanter)

I found a love for me ;
Darling just dive right in, and follow my lead ;
Well, I found a girl, beautiful and sweet ;
I never knew you were the someone waiting for me ;
Cause we were just kids when we fell in love ;
Not knowing what it was, I will not give you up this time ;
Darling just kiss me slow, your heart is all I own ;
And in your eyes you're holding mine.

(Camille continue)

Baby, I'm dancing in the dark, with you between my arms ;
Barefoot on the grass, listening to our favorite song ;
When you said you looked a mess, I whispered
underneath my breath ;
But you heard it, darling you look perfect tonight.

(Annabelle)

Well, I found a man, stronger than anyone I know ;
He shares my dreams, I hope that someday we'll share our home ;
I found a love, to carry more than just my secrets ;
To carry love, to carry children of our own ;

We are still kids, but we're so in love, fighting against odds ;
I know that we'll be alright this time ;
Darling just hold my hand, be my girl, I'll be your man ;
I see my future in your eyes.
(Camille et Annabelle)
Baby, I'm dancing in the dark, with you between my arms ;
Barefoot on the grass, listening to our favourite song ;
When I saw you in the dress, looking so beautiful ;
I don't deserve this, darling you look perfect tonight.

Les sœurs jumelles Camille et Annabelle Herman s'arrêtent de chanter, elles se regardent et regardent leur professeur d'anglais.

—Vous êtes enceinte, Professeure Solange ?

—Continuez !

—Parce que ça se voit !

—Sing !

Les sœurs jumelles Herman reprennent la chanson ensemble.

Baby, I'm dancing in the dark, with you between my arms ;
Barefoot on the grass, listening to our favorite song ;
I have faith in what I see ;
Now I know I have met an angel in person ;
And she looks perfect, no I don't deserve this ;
You look perfect tonight.

—Thank you, twin sisters ! Pour répondre à votre question, oui, je suis enceinte !

Tous les élèves de première année sont contents d'apprendre la nouvelle, ainsi que les sœurs jumelles.

—On sait qui est le père, Professeure Solange ! C'est Maxime, notre parrain !

—Played well, girls!

—Or his clone...

Les sœurs jumelles chuchotent entre elles et rient.

—Ça se voyait tout de suite, vous vous dévoriez des yeux, dans ma citadine !

—C'est cela, oui !

—Vous savez si c'est une fille ou un garçon ?

—Non, pas encore, Camille ! lui répond-elle. Ce sera la surprise ! ajoute-t-elle en souriant.

—Vous êtes enceinte de combien de mois ?

—Je suis à trois mois de grossesse, Camille !

—Ah, c'est chouette !

—Et c'est pour quand, le bébé ?

—Pour le mois de juillet, Annabelle !

—Vous allez vivre avec Maxime et avec nous à la maison ?

—Oui. Maintenant, taisez-vous, les sœurs jumelles ! Nous sommes en cours ! Nous aurons l'occasion d'en rediscuter plus tard.

La professeure d'anglais fait un clin d'œil confidentiel aux sœurs jumelles. Elles se taisent.

—Pourrions-nous chanter la chanson de Rita Ora, *Your song*, pendant la prochaine heure de cours avec vous, Professeure Solange ? lui demande Camille.

La professeure Violette Solange réfléchit quelques instants.

—Vous verrez avec votre professeur de musique, Joël Legagneur, Camille !

—D'accord.

La sonnerie retentit dans l'amphithéâtre du conservatoire.

—Pour notre prochaine heure de cours, vous m'apprendrez par cœur les paroles de la chanson d'Era, *Mother* ! Je vous ai imprimé les paroles.

Avant de s'en aller, la professeure Violette Solange distribue les paroles de la chanson d'Era aux élèves dans les rangs de l'amphithéâtre,

—Goodbye, everybody !

—Goodbye, Miss Violette Solange !

CHAPITRE 44

Les résultats du contrôle de lecture

Les élèves de première année attendent l'arrivée de leur professeure de français Clémence Latouche qui doit leur rendre leurs contrôles de lecture sur *Les Contes* de Perrault. Elle arrive dans l'amphithéâtre, tout de rose vêtue et s'installe derrière son bureau. Tous ses élèves la regardent. Elle sort une pile de copies de son cartable en cuir noir. Elle la pose sur son bureau.

—Bonjour, les première année ! Vous allez bien ?

—Bonjour, Professeure Latouche ! Oui, très bien, merci ! lui répondent-ils d'une même voix.

La professeure Latouche prend la pile de copies devant elle.

—Je vais vous rendre vos contrôles de lecture *Les Contes de Perrault*, dit-elle en regardant ses élèves.

—Vous pouvez nous dire qui a eu la meilleure note de la classe, s'il vous plaît, Professeure Latouche ? lui demande Annabelle.

—Je vous le dirai après vous les avoir rendues.

—Bon, d'accord.

Annabelle regarde sa sœur jumelle Camille en souriant. La professeure Latouche rend les contrôles de lecture à ses élèves de première année sans leur dire leur note. Elle retourne s'asseoir derrière son bureau et elle regarde ses élèves.

—La moyenne de la classe de ce contrôle est de 12, 75/20. J'espère que vous ferez mieux la prochaine fois !

Camille regarde la copie de sa sœur jumelle. Annabelle a eu 17,5/20.

—Tu as eu combien, toi ? lui demande-t-elle.

—J'ai eu la même note que toi, Camille !

Elles se sourient. La professeur Clémence Latouche regarde ses élèves.

—Nous allons corriger ensemble votre contrôle de lecture.

Elle pose toutes les questions posées sur le livre et donne toutes les bonnes réponses à ses élèves qui corrigent au stylo rouge sur leur copie. Puis elle reprend la parole.

—Bien, maintenant, rangez vos copies, nous allons parler des écrivains français. Sortez vos cahiers de français, nous allons écrire du cours !

Camille interrompt sa professeure.

—Vous nous interrogez sur les verbes ? lui demande-t-elle.

—Nous verrons cela la prochaine fois, Camille !

—Camille, peux-tu nous citer des écrivains français que tu connais ?

Camille réfléchit.

—Charles Baudelaire.

—Très bien ! Qui d'autre ?

—Victor Hugo.

—Oui.

—Émile Zola, Marcel Proust.

—Et des écrivains du Moyen-Âge, est-ce que tu peux m'en citer, Camille ?

—Je ne sais pas, Professeure Latouche !

La professeure Latouche passe en revue toute la liste des écrivains français du Moyen-Âge et tous les élèves écrivent sur leur cahier… Charles d'Orléans (1394-1465). Avant de passer en revue tous les écrivains du XVe siècle. Tous les écrivains des XVIe et XVIIe siècles. Tous les écrivains des XVIIIe et XIXe siècles. Et enfin les écrivains du XXe siècle encore vivants. Une demi-heure plus tard, la sonnerie retentit dans l'amphithéâtre du conservatoire. Tous les élèves rangent leurs affaires dans leur sac à dos. Ils se rendent dans la salle de sports du conservatoire pour se changer dans les vestiaires. Après s'être mis en tenue de sport, tous les élèves de première année partent faire de l'endurance avec leurs professeurs de sport respectifs. Les élèves de la classe du professeur Joël Legagneur, Camille et Annabelle Herman, Angéline Lecap, Arthur Verbo, Christian Otava et les autres partent maintenant avec le professeur Rémy Duroy dans le parc, juste à côté du conservatoire. Tandis que les élèves de la classe de la professeure Christelle Saguaro, Henri Joyeux, François Sage, Mathilde Lejeune, Marie-Jeanne Hergé, Guillaume Carte, Marcel Bande et les autres restent avec le professeur Léo Forestier. Ils s'en vont tous ensemble faire de l'endurance dans le parc des grandes prairies. En même temps qu'eux, les élèves de la classe de la professeure Huguette Viennois, Paul Human, Romuald Rousseau, Léonard Semic, Julie Pommier, Claire Mesureur et les autres vont faire de la lutte avec le professeur Jean Mêlé au dojo de la salle de sports du conservatoire.

Les quinze élèves de la classe de la professeure Huguette Viennois commencent déjà par s'échauffer. Il se déplacent dans un premier temps, sous le regard attentif de leur professeur - autour de l'aire de jeu - sans contact, et en se suivant. Ils se déplacent ensuite dans toute l'aire de jeu. Enfin, ils se croisent dans l'aire de jeu par deux. Ils font cela debout, à quatre pattes, en canard et en rampant, suivant les instructions de leur professeur Jean Mêlé. Viennent ensuite les déplacements avec contact. Romuald Rousseau, Paul Human et leurs camarades de classe se déplacent bras croisés et au signal du professeur Mêlé, ils se tamponnent.

—Au signal, vous passez entre les jambes de votre camarade. Maintenant, vous ceinturez votre camarade sans le faire chuter. Viennent ensuite les chutes. Laissez-vous tomber sur les fesses, puis roulez sur le dos sans à-coups. Ensuite, faites pareil par frappé des bras (chute arrière au judo). Au signal, tombez sur le tapis en variant les chutes. La chute peut être provoquée par votre partenaire désigné.

De face, Romuald Rousseau pousse les épaules de Paul Human qui lui fait la même prise pour se défendre. Romuald se met derrière Paul, Romuald tire les épaules de Paul qui tombe et fait une roulade arrière.

—C'est bien, les garçons ! leur dit leur professeur de sport.

Maintenant, vous allez faire comme Paul. Vous allez faire des roulades avant et des roulades arrière, comme à la gym. Ensuite, vous ferez des roulades latérales avant et arrière, comme au judo.

Le professeur Mêlé montre l'exemple à ses élèves, qui font des roulades.

—Maintenant, vous allez faire un exercice de musculation. Dans un premier temps, tirez sur votre camarade qui se laisse glisser sur le tapis... par les bras, les aisselles, les chevilles. Dans un deuxième temps, faites des pompes genoux au sol. Variez l'écartement des mains et des genoux... Flexions, extensions sur les jambes, bras tendus en avant. Variez la fréquence et l'écartement des pieds. Dans un troisième temps, ceinturez, soulevez et déplacez votre partenaire de poids équivalent, en souplesse et sans à-coups.

Tous les élèves de la classe de la professeure Huguette Viennois font les exercices que leur professeur de sport Jean Mêlé leur a ordonné de faire.

—Alors, maintenant, je vais vous montrer des exemples d'exercices de retour au calme. Dans un premier temps, nous allons faire un exercice d'étirement des jambes.

Le professeur Jean Mêlé se met assis, jambes tendues, il touche ses genoux avec ses mains, puis ses tibias, puis il redescend lentement vers ses orteils. Ses élèves font pareil.

—Debout, jambes tendues, je touche mes genoux avec mes mains, puis mes tibias, puis je descends lentement jusqu'à mes orteils. Mettez-vous deux par deux, aidez le relâchement de votre camarade en le poussant tout doucement dans le dos. Maintenant, nous allons étirer notre colonne vertébrale.

Le professeur Mêlé montre à ses élèves comment il fait.

—Allongé sur le dos, je replie mes jambes sur ma poitrine, je serre mes jambes avec mes bras ; je serre puis je relâche et je recommence, en gardant l'équilibre. Dans la même position qu'avant, je roule sur le dos, en avant et en arrière. Par deux, vous aidez votre camarade à rouler. Maintenant, relâchement. Tirez très lentement par les jambes votre partenaire allongé sur le dos, en le saisissant au niveau des chevilles. Faites onduler votre camarade par des mouvements répétés de droite à gauche tout en le tirant.

Par ailleurs et dans le même temps, les élèves de la classe de la professeure Christelle Saguaro courent dans le parc des grandes prairies. Leur professeur Léo Forestier tient dans sa main droite le chronomètre attaché autour de son cou. Tout comme Henri Joyeux, François Sage, Mathilde Lejeune, Marie-Jeanne Hergé, Guillaume Carte, Marcel bande et leurs autres petits camarades de leur classe. Le professeur Léo Forestier annonce le temps à chacun de ses élèves à chaque fois que l'un d'entre eux passe devant lui. Ceci afin d'évaluer leur vitesse de course. Cela fait déjà dix minutes qu'ils font le tour du parc en courant. Mathilde passe devant le professeur Léo Forestier.

—J'ai un point de côté, Professeur, ça fait trop mal ! lui dit-elle à bout de souffle.

—Allez, Mathilde, on continue !

Mathilde continue de courir…

—Vous êtes un sadique, Professeur ! Je vous déteste ! lui dit-elle.

—Encore cinq minutes de course ! Allez, allez, allez !

Tous les élèves continuent de courir dans le parc des Grandes Prairies.

Dans le centre-ville d'Arras, les frères jumeaux Verbo Arthur A et Arthur B essaient des vêtements pour Arthur Verbo. Dans la cabine d'essayage, Arthur A tire le rideau. Arthur B le regarde et il fait « non » de la tête. Arthur A tire le rideau pour le refermer, le rouvre, Arthur B fait encore « non » de la tête. Il ouvre une troisième fois le rideau, Arthur B fait une troisième fois « non » de la tête. Dans le même temps, les triplés Verbo essaient chacun une console de jeux vidéo dans un magasin. Les frères jumeaux Verbo sortent du magasin de vêtements en tenant dans les mains des sacs remplis. Les triplés Verbo hésitent entre trois consoles de jeux vidéo différentes dans le magasin. Le vendeur regarde les triplés. Il ne sait pas lequel il va conseiller en premier. Les jumeaux Verbo retournent dans la cour intérieure de la médiathèque municipale d'Arras. Ils attendent les triplés qui sortent du magasin de jeux vidéo les mains vides.

Au conservatoire, les élèves des classes de musique, de danse et de théâtre rejoignent Maxime, Siham et Romain dans la cour, devant la cantine, juste après leur cours de sport. Les élèves de la classe de musique du professeur Joël Legagneur pénètrent en premier dans la cantine.

Les sœurs jumelles s'attablent en face de deux filles de troisième année.

—Bonjour ! Je m'appelle Camille et elle, c'est ma sœur jumelle, Annabelle.

Elles commencent les présentations.

—Bonjour, Camille ! Moi, c'est Maud !

—Et moi, c'est Émilie !

Annabelle regarde Émilie et Maud.

—Vous faites quoi, vous ? leur demande-t-elle. De la musique, de la danse ou du théâtre ? ajoute-t-elle.

—On fait de la danse classique et du modern jazz, lui répond Émilie.

—Ah bon ? interroge Annabelle.

—C'est qui, votre professeur ? leur demande Camille.

—Maxence Daunat, lui répond Émilie en souriant.

—C'est le professeur noir qu'on avait critiqué le jour de la rentrée. Tu te souviens, Annabelle ?

—Ah oui, je me souviens, c'était avant que le directeur Jérôme Capucin nous dise de monter sur la scène de la salle de concerts pour lire la charte de la laïcité à l'école devant toutes les classes.

Les sœurs jumelles sourient.

Les élèves de la classe de la professeure Christelle Saguaro arrivent dans la cantine avec leur animatrice périscolaire Siham. François Sage, Henri Joyeux, Marcel Bande, Guillaume Carte, Marie-Jeanne Hergé s'installent aux tables. Ils sont suivis par les élèves de la classe de la professeure Huguette Viennois, Julie Pommier, Claire Mesureur, Leonard Semic, Romuald Rousseau, Paul Human. Tous s'installent à la même rangée de tables. Camille et Annabelle Herman finissent leur repas. Elles sortent de la cantine avec Maud et Émilie. Maxime les suit. Arthur Verbo fait un bisou sur la bouche à Annabelle, devant Camille.

—Et moi ? Moi aussi, je veux mon bisou, Arthur !

Arthur s'approche de Camille et lui fait un bisou sur la bouche.

Maxime regarde ses sœurs jumelles.

—Vous allez faire un ménage à trois avec Arthur ! leur dit-il en plaisantant.

—Et toi, tu as mis notre professeure d'anglais enceinte ! balance Camille.

Dans la cour, tous les élèves les regardent.

—Tu aurais pu le crier moins fort ! Maintenant, tout le monde le sait ! dit Annabelle à sa sœur jumelle.

Camille s'approche de Maxime. Elle le regarde.

—Maintenant que tu as mis la professeure d'anglais Violette Solange enceinte, elle va venir s'installer avec nous à la maison ?

—Oui, lui chuchote-t-il à l'oreille.

Camille saute de joie et les élèves dans la cour du conservatoire ne comprennent pas pourquoi elle saute de joie.

—Tu sais si c'est une fille ou un garçon ? lui demande-t-elle.

Maxime regarde Camille.

—Je ne sais pas encore, lui répond-il.

CHAPITRE 45

L'inventaire

Il est vingt heures, tous les élèves de première année se rendent dans les dortoirs des filles, pour les filles, des garçons, pour les garçons. Le surveillant Joseph surveille les filles.

—Bonne nuit, les filles !

Il va ensuite surveiller les garçons dans le dortoir des garçons.

—Bonne nuit, les garçons !

Arthur Verbo est allongé dans son lit… À vingt-deux heures, tous les garçons dans le dortoir des garçons sont endormis. Tous, sauf Arthur qui est allongé dans le lit. Il regarde l'heure sur son radio réveil qui sonne. Il l'éteint en vitesse. Il se lève discrètement pour aller retrouver ses clones dans la salle de réunion. Il éclaire les couloirs qui mènent jusqu'à la salle de permanence grâce à la lampe de poche de son téléphone portable. Ses clones arrivent dans la salle de permanence en même temps que lui. Ils s'installent tous sur la première rangée de tables. Arthur Verbo se place debout derrière son bureau.

—Bonsoir, mes clones ! La réunion peut commencer !

Arthur fait l'inventaire de ce que ces clones lui ont acheté. Il voit que les jumeaux Verbo sont allés lui acheter des vêtements. Il sort un jean d'un sac plastique, puis un tee-shirt vert pomme.

—C'est magnifique, Arthur A ! Merci. J'adore ce tee-shirt !

Le professeur Joël Legagneur arrive devant la porte de la salle de permanence.

—C'est le professeur Legagneur, Arthur, je peux entrer ?

—Oui, entrez !

Le professeur Legagneur entre dans la salle de permanence. Il voit les clones d'Arthur Verbo.

—Bonjour ! Je suis ravi de vous revoir ! leur dit-il en souriant.

Le professeur Legagneur s'approche d'Arthur Verbo.

—Cependant, j'ai deux élèves de la classe de la professeure Saguaro qui sont venus me dire qu'ils avaient vu plusieurs Arthur Verbo lorsque vous êtes allés visiter le Musée des Beaux-Arts d'Arras.

—Ah bon ?

—Oui.

—Je pense savoir qui c'est, Professeur Legagneur !

—Dis-moi tout, Arthur !

—C'est François Sage et Henri Joyeux !

Le professeur Legagneur regarde Arthur dans les yeux.

—Oui, ce sont eux.

—Je pense que je dois dire la vérité à tes camarades de classe. Il ne faut pas qu'ils voient tes clones une nouvelle fois. Cela risque de créer des jalousies et des tensions entre vous. Tu m'as bien compris, Arthur ?

Arthur Verbo regarde son professeur principal et ses clones.

—Oui, j'ai bien compris, Professeur. Qu'est-ce que je vais faire d'eux, maintenant ?

Le professeur Legagneur s'assoit sur une table de la deuxième rangée, il regarde les clones avant de regarder Arthur.

—Il faut qu'ils se rejoignent ailleurs que dans la cour intérieure de la médiathèque municipale.

—Vous avez une idée, Professeur ?

Professeur Legagneur regarde Arthur Verbo.

—Tu pourrais leur dire de se rejoindre devant la librairie ou vous êtes allés acheter vos livres de français, lui dit-il.

Arthur sourit en repensant au cadeau d'anniversaire que lui ont offert les sœurs jumelles Camille et Annabelle Herman.

—J'ai trouvé ! crie-t-il. Je vais les emmener à la boulangerie de la sucette en forme de cœur rouge ! ajoute-t-il.

Le professeur Legagneur le regarde.

—Oui, c'est une excellente idée, Arthur ! Je vois de quelle

boulangerie tu veux parler. La boulangère est un ange !

Arthur rayonne de bonheur.

—Ah oui ? C'est vrai ? Vous la connaissez ?

—Oui, Arthur. Pense fort à ce que tu veux et tu l'auras grâce à tes clones. Ce sont tes anges gardiens !

Le professeur Legagneur fait un clin d'œil à Arthur Verbo avant de partir faire ce qu'il veut.

—À bientôt, Arthur ! lui dit-il.

Il traverse le mur de la salle de permanence et Arthur le regarde partir.

—Mais c'est un passe-muraille ! Professeur Legagneur ? s'étonne-t-il. Vous, partez, et faites ce que vous voulez !

Tous les clones d'Arthur Verbo s'en vont en laissant les sacs remplis de vêtements sur les tables de la première rangée.

Les sœurs jumelles Camille et Annabelle Herman arrivent devant la porte d'entrée de la salle de permanence. Camille pose son oreille sur la porte. Elle n'entend rien. Elle frappe à la porte.

—Qui c'est ?

—C'est Camille et Annabelle, Arthur. On peut entrer ?

—Oui, entrez !

Les sœurs jumelles entrent dans la salle de permanence. Elle voit Arthur tenant un tee-shirt bleu. Il le repose sur la table.

—Venez, les filles, approchez ! J'ai quelque chose à vous dire !

Les sœurs jumelles s'approchent d'Arthur.

—J'ai discuté avec le clone passe-muraille du professeur Legagneur, juste avant que vous arriviez.

—Ah bon ? s'étonnent-elles.

—Et qu'est-ce qu'il t'a dit ? lui demandent-elles.

Arthur Verbo frissonne.

—Il m'a dit que François Sage et Henri Joyeux sont venus lui parler pour lui dire qu'ils m'ont vu, qu'ils ont vu mes cinq Arthur Verbo, sans savoir que ce sont mes clones.

Camille regarde Arthur.

—Tu veux dire qu'ils ont parlé avec le clone du professeur Legagneur sans savoir que c'était un de ses clones ?

Arthur repense au jour où il s'était fait cloner dans la salle du cloneur d'êtres humains.

—Mais il m'avait juré que c'était le vrai professeur Legagneur que nous avions en cours de musique. À tous les coups, c'est son clone qui nous a donné cours l'autre jour, sans qu'on le sache.

—Qu'est-ce qu'il a fait qui te paraissait étrange ?

—Eh bien, je l'ai vu passer à travers le mur de la salle de permanence, leur dit-il en frissonnant.

—Un professeur normal n'aurait jamais pu faire ça, ajoute Annabelle.

—Quoi d'autre ? lui demande Camille.

Arthur se souvient.

—Je me souviens qu'il m'a parlé d'une boulangère comme si c'était un ange.

Annabelle frissonne devant sa sœur jumelle Camille.

—Tu... tu crois que le clone du professeur Legagneur aurait pu cloner la boulangère avec laquelle j'ai parlé l'autre jour ?

—Qu'est-ce qui te fait dire ça, Annabelle ? lui demande Camille.

—Je ne sais pas, déjà juste le fait qu'elle m'ait dit de garder mon billet de dix euros lorsque j'ai voulu lui payer tout ce que j'ai acheté. Comme si elle n'avait pas besoin d'argent. J'ai trouvé ça bizarre. Et puis, elle était trop gentille, elle me complimentait tout le temps. En me disant « Ma chérie », « Ma princesse »... C'était trop beau pour être vrai, dit-elle en regardant Arthur Verbo.

Camille regarde sa sœur jumelle.

—Elle adore peut-être les enfants ? Regarde Maxime, il est très gentil avec nous ! lui dit-elle en souriant.

—Oui, mais Maxime, c'est notre tonton, ce n'est pas pareil ! La boulangère, c'est la première fois que je la voyais.

—Écoute, je ne sais plus quoi penser ! Tu n'as qu'à y retourner pendant les vacances scolaires, à la boulangerie, pour lui demander si c'est un clone, la boulangère. Encore mieux, il faudrait que tu essaies de la toucher pour voir si ta main passe à travers elle, lui dit-elle en plaisantant.

Arthur Verbo interrompt les sœurs jumelles.

—Euh... comment vous dire, les sœurs jumelles ? La

boulangerie La Mie Câlineuse, c'est le nouveau point de rencontre de mes clones. On en a discuté avec le professeur Legagneur enfin, avec le clone passe muraille du professeur Legagneur, juste avant que vous arriviez.

—Et alors ? disent-elles.

—On fera comme si de rien n'était si on les croise en ville avec Annabelle, ajoute Camille.

—On leur dira juste bonjour.

—Vous faites comme si vous vous connaissiez. Et puis c'est tout ! leur dit-il.

Ils rigolent.

Annabelle voit de la lumière sous la porte.

—Faites moins de bruit ! Il y a quelqu'un qui arrive !

Les sœurs jumelles et Arthur Verbo se taisent… La porte s'ouvre doucement…

Le directeur Jérôme Capucin entre dans la salle de permanence. Il regarde les sœurs jumelles et Arthur Verbo au milieu d'une pile de vêtements.

—Qu'est-ce que vous faites en salle de permanence à cette heure tardive ?

—On essaie des vêtements avec Arthur Verbo, Monsieur le Directeur !

Le directeur Jérôme Capucin regarde Arthur.

—D'où sortent tous ces vêtements, Arthur ?

—Du magasin, Monsieur le Directeur !

—Allez vous coucher dans vos dortoirs et rangez-moi tout ça !

Arthur Verbo range ses vêtements dans les sacs plastiques, et il retourne se coucher dans le dortoir des garçons. Les sœurs jumelles, quant à elles, retournent se coucher dans le dortoir des filles. Le directeur Jérôme Capucin les escorte.

—Bonne nuit, les jeunes ! leur dit-il.

CHAPITRE 46

Empathie

Le lendemain après-midi, nous sommes à la veille des vacances d'hiver. Tous les élèves de première année viennent de sortir de la cantine du conservatoire. Il est quatorze heures, la sonnerie retentit dans la cour du conservatoire et les élèves de la classe du professeur Legagneur se rendent à l'auditorium, au premier étage. Les sœurs jumelles suivent Arthur Verbo jusque dans l'auditorium où il pense voir le clone passe-muraille du professeur Legagneur assis derrière son piano à queue. Les sœurs jumelles s'installent au premier rang, tout comme Arthur Verbo qui observe le clone passe-muraille de son professeur principal. Il l'observe de la tête aux pieds. Le professeur joue quelques notes de musique au piano avant de se mettre debout devant ses élèves. Il les observe.

—Bonjour, tout le monde ! leur dit-il tout sourire.

—Bonjour, Professeur Legagneur !

Tous ses élèves le saluent. Sauf Arthur Verbo.

—Bonjour, Professeur Passe-muraille ! lui balance-t-il.

Le professeur regarde Arthur et lui répond.

—Bonjour Arthur ! Passe-muraille, ce sont mes autres, pas moi ! Fais moins de bruit.

Arthur a compris que c'était son vrai professeur de musique. Il regarde les sœurs jumelles assises à côté de lui ; ils échangent un sourire complice. Soulagée, Camille regarde son professeur principal.

—Nous sommes contentes de vous revoir, Professeur Legagneur !

—C'est notre dernière heure de cours avec vous avant les vacances d'hiver, Professeur Legagneur, vous allez nous manquer ! ajoute Annabelle.

Le professeur Legagneur est surpris que les sœurs jumelles tiennent autant à lui. Il leur sourit.

—Comme c'est notre dernière heure de cours ensemble avant les vacances, les sœurs jumelles, vous allez nous chanter une chanson ! Vous allez nous chanter la chanson de Rita Ora, *Your song,* dont votre charmante professeure d'anglais Violette Solange m'a parlé dans la salle des professeurs. Vous connaissez les paroles par cœur, les filles ?

Les sœurs jumelles regardent leur professeur principal.

—Oui. On lui avait proposé de chanter cette chanson qu'on aime beaucoup en cours d'anglais, comme vous le savez.

Le professeur Legagneur sourit en regardant les sœurs jumelles.

—Vous allez nous accompagner au piano à queue, Professeur Legagneur ?

—Oui, avec grand plaisir, les jumelles !

Le professeur s'installe derrière son piano à queue. Il fait craquer tous ses doigts en même temps.

—Aïe ! crie Camille en même temps que sa sœur jumelle Annabelle.

—C'est important d'avoir de l'empathie, les sœurs jumelles. Mais si vous absorbez tout le mal des gens comme de vraies éponges émotionnelles, vous n'avez pas fini d'avoir mal à la tête et de prendre des Efferalgan ! Enfin…

Le professeur Legagneur respire.

—J'ai imprimé la partition piano de Rita Ora, *Your Song.* Je vais commencer à la jouer au piano. Les jumelles, on va la répéter ensemble, venez me rejoindre à côté du piano.

Les sœurs jumelles Camille et Annabelle se lèvent pour aller rejoindre leur professeur principal. Elles se placent juste à côté du professeur Legagneur, debout derrière un pied de micro. Elles ajustent le pied de micro au niveau de leur bouche. Camille parle dedans pour voir s'il fonctionne bien, sa sœur jumelle fait pareil. Le professeur Legagneur les regarde.

—Vous êtes prêtes, les filles ?

—Oui !

Le professeur Legagneur pose ses doigts sur les touches de son piano à queue. Il commence à jouer les premières notes de la musique en regardant sa partition. Camille commence à chanter.

—C'est quoi, le début ? Mince, j'ai un trou de mémoire !

Le professeur regarde sa partition.

—I woke up with… Camille, tu chantes jusqu'à « in our lungs », et ensuite Annabelle reprendra à « Last night » jusque « record on again ». Après, vous chanterez en même temps « I don't want to hear » jusqu'à « me feeling like I'm ». Et après, vous chanterez ensemble tout le reste de la chanson, jusqu'à la fin. Les autres élèves, si vous la connaissez, vous pouvez la chanter aussi, mais dans votre tête dans un premier temps, leur dit-il. On verra bien après, ajoute-t-il.

Camille regarde son professeur principal.

—Ah oui, c'est ça ! (Alléluia.)

Ils reprennent. Le professeur est au piano, et Camille au micro.

—I woke up with… chante-t-elle dans son micro.

Angéline Lecap va aux toilettes (comme à son habitude). Elle revient dix minutes plus tard, juste au moment où ses camarades chantent le refrain de la chanson de Rita Ora.

Au même instant, dans la classe de théâtre, les élèves de la professeure Christelle Saguaro récitent leur nouvelle pièce de théâtre debout sur la scène. Henri Joyeux et Mathilde Lejeune se bécotent dans le public. Leur professeur les regarde s'embrasser.

—Vous voulez que je vous aide, Henri Joyeux et Mathilde Lejeune ? leur lance-t-elle. Vous allez venir nous faire un vrai bisou de cinéma sur la scène, devant vos petits camarades. Allez, debout, Roméo et Juliette, on ne demande qu'à voir ça ! ajoute-t-elle.

Qu'est-ce qu'elle est lourde, celle-là ! se dit Henri en soufflant.

—Venez par ici, on va inverser les rôles ! Henri va jouer le rôle de Juliette et pour jouer le rôle de Roméo, je vais mettre… (La professeure Saguaro se gratte la tête.) Tiens, Marcel Bande, venez par ici ! lance-t-elle en le regardant.

—Ça ne va pas aller, Professeur Saguaro, je suis un garçon ! dit Henri.

—Eh bien, ça va aller quand même ! Nous avons pour vous, Henri et Marcel, de très beaux déguisements de Roméo et Juliette et des perruques dans la loge des garçons ! Allez-y, dépêchez-vous ! dit-elle à ses élèves.

Mathilde Lejeune farfouille dans son sac à main. Elle sort un tube de rouge à lèvres qu'elle montre à sa professeure de théâtre.

—Je pourrais mettre du rouge à lèvres à Juliette, Professeure Saguaro ?

—Ça ira comme ça, merci beaucoup, Mathilde ! Alors, Juliette, elle a fini de s'habiller ? demande-t-elle dans son micro.

Depuis la loge des garçons, Henri entend la voix de sa professeure de théâtre.

—Oui, attendez, je suis bientôt prêt(e), lui répond-il en enfilant son déguisement de Juliette.

J'ai l'air ridicule, se dit-il en se regardant dans le grand miroir de la loge des garçons. Et pour cause, Henri a de longs cheveux bouclés blonds et une robe rouge trop grande pour lui. Sa robe descend jusqu'au sol de la scène.

—Je vais quand même lui mettre du rouge à lèvres pour qu'il ressemble plus à Juliette, sourit Mathilde en s'approchant d'Henri.

—Fais-moi confiance, lui dit-elle d'une voix douce. Je vais te faire une très belle bouche, mon chéri !

La professeure de théâtre regarde son jeune couple d'élèves sur la scène.

—Mais ça ne va pas, Mathilde ? Regarde ce que tu lui as fait ! On n'est pas au cirque, ici ! lui dit-elle en enlevant avec un mouchoir le rouge à lèvres qu'a Henri autour de la bouche. Ça te plairait que je te fasse une bouche de clown avec du rouge à lèvres, Mathilde ? Nous sommes au théâtre ici, on ne fait pas n'importe quoi ! lui lâche-t-elle, agacée.

—Je ne comprends pas ce qu'il s'est passé, j'ai débordé. Excusez-moi, Professeure Saguaro, je suis maladroite.

—Ça va, Mathilde ! Achète-toi une paire de lunettes, ça t'évitera de déborder la prochaine fois que tu… enfin, bref. Regardez comme elle est belle, notre Juliette ! dit-elle à ses élèves.

Tous les élèves regardent Juliette et se marrent.

—Arrêtez de vous moquer, c'est ridicule, ce déguisement ! rage-t-il.

—Bon, très bien ! Mettez-vous en place, Roméo et Juliette. Vous êtes prêts à jouer votre pièce de théâtre devant vos petits camarades ? Alors, allez-y, on vous écoute !

Depuis le côté gauche de la scène, la professeure Saguaro regarde ses élèves jouer Roméo et Juliette. Leurs camarades de classe s'installent dans le public. Roméo embrasse Juliette qui le repousse aussitôt.

—Non, ne m'embrasse pas ! Je ne suis pas gay ! lui dit-il. Et de toute manière, je suis déjà en couple avec Mathilde Lejeune !

Roméo ne sait plus quoi penser.

—Mais ça fait partie de la pièce, le bisou !

—Même pas en rêve ! Tu ne m'embrasses pas, c'est mort. Embrasse qui tu veux, mais pas moi.

—Bon, d'accord.

—Très bien, les garçons !

La professeure de théâtre Christelle Saguaro les félicite.

—J'ai adoré la chute. Qu'en pensez-vous, les autres ?

—C'était génial, j'ai adoré quand Juliette a dit qu'elle aimait Mathilde Lejeune, dit Marie-Jeanne Hergé en rigolant.

—Sa robe est beaucoup trop grande pour lui, ajoute-t-elle. Je suis certaine qu'elle vous irait mieux, Professeure Saguaro.

—Merci, ma chérie, c'est très gentil ! lui dit-elle en souriant.

—Quoi d'autre ?

Les élèves ne disent plus un mot dans le théâtre du conservatoire.

—Vous pouvez aller vous changer, les garçons ! C'était très bien !

Henri Joyeux et Marcel Bande retournent se changer dans la loge des garçons.

Dans la salle de danse au rez-de-chaussée du conservatoire, devant l'immense miroir, les élèves danseurs et danseuses de la classe de la professeure Huguette Viennois exécutent tous ensemble une chorégraphie sur la musique d'*Edward aux mains d'argent*. La professeure de danse classique Huguette Viennois compte les temps.

—5, 6, 5, 6, 7, 8…

Elle regarde ses élèves danser sur la musique.

Dans l'auditorium, au premier étage, les élèves musiciens et musiciennes du professeur Joël Legagneur chantent la chanson de la Compagnie créole *Ça fait rire les oiseaux*. Le professeur Joël Legagneur les accompagne au piano à queue. Les sœurs jumelles Camille et Annabelle Herman sont toujours debout à côté de leur professeur de musique Joël Legagneur qui commence à jouer la partition de la chanson au piano.

Ça faire rire les oiseaux,
Ça fait chanter les abeilles.
Ça chasse les nuages
Et fait briller le soleil.
Ça fait rire les oiseaux
Et danser les écureuils.
Ça rajoute des couleurs
Aux couleurs de l'arc-en-ciel.
Ça fait rire les oiseaux,
Oh, oh, oh, rire les oiseaux
Ça fait rire les oiseaux,
Oh, oh, oh, rire les oiseaux.

Ils chantent tous ensemble jusqu'à la fin de la chanson. Le professeur Legagneur les écoute chanter.

Une chanson d'amour,
C'est comme un looping en avion :
Ça fait battre le cœur
Des filles et des garçons.
Une chanson d'amour,

C'est l'oxygène dans la maison.
Tes pieds… »

—J'ai été bonne, Professeur Legagneur ? s'inquiète Camille en souriant.

—Oui, c'était excellent, Camille !

—Et moi, Professeur Legagneur, j'ai été meilleure que Camille !

—Oui, c'était parfait. Comme toujours les jumelles ! On va la refaire une nouvelle fois tous ensemble, juste pour le plaisir.

Le professeur Legagneur recommence à jouer au piano la partition de la chanson de la Compagnie créole. Les élèves se mettent tous à chanter « Ça fait rire les oiseaux, etc. », jusqu'à la fin du dernier refrain.

—Je vous remercie d'avoir joué le jeu et d'avoir aussi bien interprété la chanson. La prochaine fois, ce sera après les vacances d'hiver.

La sonnerie retentit dans le conservatoire de musique, de danse et de théâtre jusque dans l'auditorium. Tous les élèves musiciens et musiciennes sortent de l'auditorium pour aller rejoindre Maxime, Siham et Romain à l'accueil du conservatoire. Camille Herman s'approche de Maxime.

—On va faire quoi maintenant, avec toi ? lui demande-t-elle.

—Le directeur, Jérôme Capucin a réussi à nous avoir des places pour aller voir le Ballet de danse classique *Le Lac des Cygnes*, de Tchaïkovsky, au Casino d'Arras, grâce à la mairie d'Arras. Le spectacle commence dans quarante-cinq minutes.

Le directeur Jérôme Capucin sort de son bureau.

—Bonjour à toutes et à tous les élèves de première année. Vous allez suivre Maxime, Siham et Romain, vos animateurs périscolaires. Vous allez voir au Casino d'Arras le ballet de danse classique *Le Lac des Cygnes*, mis en scène par la professeure et chorégraphe Huguette Viennois. Vous verrez ses élèves danseurs et danseuses de septième année sur la scène du Casino d'Arras.

Tous les élèves se réjouissent, surtout les élèves danseurs et danseuses Paul Human, Romuald Rousseau, Claire Mesureur, Julie Pommier, Léonard Sémic, etc. Les parents des élèves de première année ont été tenus au courant du spectacle par Isabelle Bonnelle qui les a appelés un par un.

Tous les élèves de première année sortent du conservatoire. Ils sont suivis par la professeure de danse Huguette Viennois, leurs animateurs et animatrice Maxime, Siham et Romain. Le directeur Jérôme Capucin ferme la porte d'entrée du conservatoire à clé. Ils traversent tous à pied la Grand' Place et la place des Héros d'Arras. Ils arrivent devant le Casino d'Arras. Tout le monde fait la queue pour entrer dans le Casino. Le directeur Jérôme Capucin passe devant tout le monde. Maxime, Siham et Romain se trouvent à proximité des élèves de leurs classes respectives. Tout le monde finit par pénétrer dans le Casino. Tous les gens du conservatoire s'installent au balcon au premier étage. Le spectacle commence. Toutes les lumières du Casino s'éteignent. La musique commence, le rideau se lève. Toutes les danseuses et les danseurs de septième année arrivent sur la scène. Ils exécutent des sauts, des pirouettes, toutes les chorégraphies qu'ils ont apprises durant sept ans. La professeure de danse Huguette Viennois est admirative du travail de ses élèves. Elle les observe depuis les coulisses du Casino. Elle danse aussi sur *Le Lac des Cygnes*, de Tchaïkovsky, avec ses élèves. Un danseur va même jusqu'à la porter au-dessus de sa tête. Les première année sont émerveillées de voir la professeure de danse Huguette Viennois danser au même niveau supérieur de ses élèves danseurs et danseuses de septième année. Les danseurs et danseuses sont en tournée dans toute la France. Ils passeront par Paris le vendredi 6 et le samedi 7 avril 2018. Le ballet de danse classique *Le Lac des Cygnes* se termine sous les applaudissements nourris du public qui se lève. Les sœurs jumelles Camille et Annabelle Herman se lèvent elles aussi pour applaudir les danseurs et danseuses sur la scène. Des élèves comédiens de septième année du conservatoire sifflent leurs camarades danseurs et danseuses dans le public du Casino. Les danseuses et danseurs saluent leur public. Les lumières s'éteignent au-dessus de la scène. Elles se rallument. Toutes les danseuses et danseurs, accompagnés de leur professeure de danse et chorégraphe

Huguette Viennois, saluent une nouvelle fois leur public qui les applaudit toujours. Les lumières s'éteignent de nouveau et se rallument pour la troisième fois. Toutes les danseuses et danseurs saluent une troisième fois leur public qui applaudit toujours autant. Le rideau se referme sur la scène du Casino. Les lumières de la salle se rallument. Tous les gens présents dans le public sortent du Casino. Les sœurs jumelles Camille et Annabelle Herman sortent avec Maxime à vingt-et-une heures trente, après deux heures et demie de spectacle. Ils reprennent tous les trois la route pour aller à la maison de Maxime. Les vacances d'hiver peuvent commencer !

CHAPITRE 47

Violette s'est installée
chez les Herman

De retour à la maison, Maxime et les sœurs jumelles Camille et Annabelle Herman pénètrent dans le couloir. Cela sent bon le couscous. Et pour cause, c'est la professeure d'anglais Violette Solange qui l'a cuisiné. Elle s'est installée chez Maxime depuis un mois déjà. Elle est assise à la table du salon, quand elle voit les sœurs jumelles Camille et Annabelle Herman venir vers elle. Elle caresse son ventre de femme enceinte. Maxime arrive dans le salon, s'approche de Violette Solange et l'embrasse sur la bouche devant les jumelles, ce qui les laisse sans voix. Camille voit une pile de copies posées sur la table, juste à côté de sa professeure d'anglais.

—Tu as corrigé nos copies, Violette ? lui demande-t-elle en souriant.

—Ah ça ? Ce sont les copies de mes élèves de quatrième année que je viens tout juste de finir de corriger. Les vôtres, je les corrigerai demain matin.

—Ah oui ? lui dit-elle.

Annabelle s'approche de Violette.

—Vu que tu vis avec nous, tu pourras nous rajouter deux points en plus à nos interrogations écrites sur les verbes irréguliers ? Je veux dire, celles que l'on a faites le premier jour.

—C'est beau, de rêver ! dit Violette en souriant.

—Alors, c'est d'accord ?

—C'est d'accord, à condition que vous laviez toute la maison demain. Et que vous repassiez le linge.

Annabelle regarde sa sœur jumelle Camille.

—Bon, c'est d'accord. Et après tu nous emmèneras au cinéma ?

—Oui, on verra. Et au fait, il était beau le spectacle de danse classique des danseurs et des danseuses de septième année du conservatoire, Maxime ?

—Oh oui, il était magnifique, mon amour ! lui dit-il en caressant son ventre. Ils s'embrassent à nouveau sur la bouche.

—Bon, vous allez vous embrasser tout le temps comme ça ? On n'a que onze ans, avec Camille !

Maxime regarde Annabelle.

—Vous pouvez parler, les jumelles, avec votre Arthur Verbo !

—Oui, et alors ?

—Et alors ? Allez vous laver les dents, les jumelles, il est tard.

—Il est tard, mais on est en vacances, nous !

Les sœurs jumelles Camille et Annabelle Herman montent les escaliers pour aller dans la salle de bain. Elles se bousculent.

—Mais laisse-moi passer en premier, Camille ! Tu te laveras les dents après moi !

—Dépêche-toi, alors !

Camille entre dans la salle de bain. Pendant ce temps-là, Annabelle va dans sa chambre. Elle va chercher son orgue électronique posé contre le mur. Elle le sort de son emballage et le pose sur le lit. Elle branche son orgue électronique posé sur son pied, appuie sur le bouton « Power » et sélectionne une musique. La musique commence. Maxime l'entend.

—Hé oh ! Les jumelles ! Pas de musique le soir ! Il est vingt-deux heures quinze, les voisins dorment !

Annabelle continue d'écouter sa musique et Camille la rejoint dans sa chambre. Elle prend le micro et commence à chanter du Céline Dion, *My heart will go on*.

Maxime, dans la cuisine, s'approche de Violette.

—Va leur dire d'arrêter de chanter, s'il te plaît, les voisins vont encore appeler la police pour se plaindre.

—D'accord, j'y vais, lui répond-elle.

Violette Solange monte les marches de l'escalier et arrive dans la chambre de Camille et Annabelle Herman qui continuent de chanter et de jouer les notes de musique au piano. Annabelle regarde sa professeure d'anglais, Violette Solange. Camille continue de chanter sa chanson jusqu'à la fin. Sa professeure d'anglais, Violette Solange l'écoute attentivement. Elle applaudit les sœurs jumelles.

—Bravo, les filles ! Je suis fière de vous ! Maintenant, il faut arrêter la musique parce qu'il est tard. Il faut aller vous coucher !

Les sœurs jumelles obéissent à Violette Solange. Annabelle éteint la musique en appuyant sur le bouton « Power ». Elle va ensuite se laver les dents dans la salle de bain. Violette Solange aide Camille à ranger l'orgue électronique, elle le remet dans son emballage plastique avant de le poser contre le mur de la chambre des sœurs jumelles. Ensuite, la professeure d'anglais va prendre sa douche dans la salle de bain. Elle croise Annabelle qui en sort.

—Tu es magnifique, Violette, la complimente-t-elle en souriant.

—Je te remercie, Annabelle. Va rejoindre ta sœur, je vais prendre ma douche.

Camille est assise dans son lit superposé. Elle lit son livre de français, *Bel-Ami,* de Guy de Maupassant. Annabelle va chercher son livre et puis elle va s'asseoir à côté de sa sœur jumelle Camille. Assis dans le canapé du salon, Maxime regarde un film à la télévision. Il a enlevé ses chaussures et il ronge ses ongles de pieds.

Dans la salle de bain, Violette Solange chante Top Gun, *Take my breath away*. Les sœurs jumelles Camille et Annabelle Herman l'entendent chanter depuis leur chambre. Elles rigolent. Cinq minutes plus tard, Violette Solange sort de la salle de bain en chemise de nuit. Elle observe les sœurs jumelles qui lisent leur livre pour la rentrée. Tout le monde part se coucher.

Le lendemain matin, le soleil se lève. Violette Solange, Maxime et les sœurs jumelles Camille et Annabelle Herman prennent leur petit déjeuner sur la table de la cuisine. Et pour cause, c'est Violette Solange qui est allée acheter les petits pains et les croissants à la boulangerie. Les sœurs jumelles Camille et Annabelle se régalent. Annabelle est assise à côté de Violette. Camille boit un bol de chocolat chaud.

—Tu es allée à la boulangerie La Mie Calineuse, en face de la librairie, Violette ?

—Non. Je suis allée à la boulangerie sur la place Varlet. Pourquoi, j'aurais dû y aller ?

—Oh oui ! Si tu savais, la boulangère est adorable. Elle est super gentille avec les jeunes filles comme moi.

Violette Solange sourit à Annabelle.

—Ah oui ! Je vois de quelle boulangerie tu veux parler, ma belle. Je suis allée à celle sur la place Varlet parce que c'est plus près, mais si tu veux, nous pourrons y aller un autre jour ensemble.

—Oh oui ! Ce serait vraiment chouette !

Violette regarde Maxime qui lui sourit.

Notre jolie petite famille sort de table. Violette Solange débarrasse la table du petit déjeuner.

—Et au fait, les jumelles, n'oubliez pas que vous devez faire du repassage et laver la maison aujourd'hui pour récupérer vos deux points de l'interrogation écrite sur les verbes irréguliers. Qui veut faire quoi ?

Camille s'approche de Violette.

—Moi, je veux bien laver la maison, lui répond-elle.

—Très bien, Camille.

—Donc, Annabelle va repasser le linge.

—D'accord, lui dit-elle.

—Pendant ce temps-là, je vais corriger vos interrogations écrites dans mon bureau.

Maxime est parti travailler au café Marius. Mais en réalité, c'est le clone Maxim. Maxime se rend sur son lieu de travail au café Marius. Il voit son clone travailler pour lui. Alexis le voit arriver. Il s'approche de lui.

—Hey ! Bonjour, Maxime ! Ton frère jumeau est là !

—Oui. Tu me fais un café noisette, s'il te plaît ? Dépêche-toi !

—D'accord.

Maxime observe son clone qui encaisse un client âgé de vingt-cinq ans. Il sourit.

—Merci beaucoup ! Très belle journée à vous, lui dit Maxim.

—Je suis super sympa, estime Maxime en l'observant.

Alexis, le serveur revient vers Maxime. Il lui pose son café sur la table.

—Je te remercie.

Alexis s'assoit à la table de Maxime.

—Qui est né en premier ?

—C'est moi, lui répond-il.

—Vous avez combien de minutes d'écart ? Ah, je sais ! Plus de dix minutes, je crois.

—Je t'en pose des questions, moi ? Regarde, il y a un client qui arrive.

Alexis, le serveur se lève pour aller accueillir l'homme âgé d'une quarantaine d'années au style bon chic bon genre. Maxime finit de boire son café et il reprend le bus jusqu'à chez lui. Il voit avec surprise que sa voiture accidentée a été réparée et il sourit. Il pousse la porte d'entrée de sa maison. Il arrive dans le couloir. Il va dans la cuisine. Il prend son courrier sur la table et il le trie. Avant d'aller dans la véranda, il va dans le garage. Il pousse la tondeuse électrique jusqu'à son jardin et il tond sa pelouse. Il s'arrête pour regarder sa voiture qui est comme neuve. Dans son bureau, la professeure d'anglais Violette Solange finit de corriger ses copies, car les cours reprennent dans une semaine.

Dans la cuisine, Camille s'approche de Violette.

—On va au cinéma, cet après-midi ? lui demande-t-elle.

—Oui, avec plaisir. Je vais regarder les horaires des films sur le site du cinéma. Tu sais quel film tu voudrais aller voir ?

—Oui. *Sherlock Gnomes*.

La professeure d'anglais sourit.

—Et moi, je vais aller voir le film *Everybody knows*, avec Penelope Cruz, Richard Darin et Javier Bardem. Il y a une scène à quatorze heures, et vous les jumelles, c'est à quatorze heures aussi.

Il est treize heures trente, les sœurs jumelles Camille et Annabelle montent dans l'Audi A3 de Violette Solange. Elles se garent sur la Grand'Place d'Arras, et pénètrent tous les trois dans le cinéma. Violette s'approche du guichet.

—Bonjour, Monsieur ! Je vais prendre une place pour le film *Everybody Knows* et deux places pour enfants, pour le film *Sherlock Gnomes*.

—Très bien. Ça vous fait vingt euros, s'il vous plaît !

La professeure d'anglais Violette Solange donne au monsieur bien habillé de quarante ans, un billet de vingt euros. Violette Solange donne les places de cinéma à Camille et Annabelle.

—Vous voulez des pop-corn, les jumelles ?

—Oui, lui répondent-elles, un grand sourire aux lèvres.

—Je vous donne dix euros chacune. Prenez ce que vous voulez, les jumelles.

—Merci, Violette ! Tu es très gentille !

Camille s'approche du vendeur de bonbons. L'étudiant âgé de dix-neuf ans porte des lunettes rectangulaires devant ses yeux verts. Il est grand aux cheveux châtain foncés, habillé en jean et t-shirt avec une chemise en jean par-dessus.

—Bonjour, Monsieur ! Je vais prendre un gros cornet de pop-corn, dix langues de chat, et un euro de framboises Tagada, s'il vous plaît, monsieur le vendeur !

Camille lui sourit.

—Voilà pour toi, ma grande ! Merci.

Camille prend le cornet de pop-corn dans ses mains. Violette Solange prend le reste.

Annabelle s'approche du vendeur de bonbons.

—Je vais prendre pareil que ma sœur jumelle, s'il vous plaît, Monsieur !

—Très bien. Merci.

La professeure d'anglais se retrouve les mains chargées de bonbons.

—C'est pour vous tout ça, les jumelles ? Toutes ces sucreries ! Moi, je fais attention à ma ligne !

Elle rigole.

Camille et Annabelle Herman s'en vont dans la salle C pour aller voir le film *Sherlock Gnomes*, tandis que Violette Solange va dans la salle B. Elle regarde le film *Everybody knows* sur grand écran.

Camille pénètre la première dans la salle de cinéma. Annabelle la suit de près.

—Regarde, Annabelle ! Il y a Arthur au premier rang ! Viens, on va le rejoindre !

Les sœurs jumelles s'approchent d'Arthur. Camille l'embrasse sur les lèvres.

—C'est le vrai ! dit-elle en souriant.

Annabelle embrasse à son tour Arthur sur les lèvres.

—Chouette ! Vous nous avez acheté des pop-corn et des bonbons.

—Oui, c'est Violette Solange qui nous a donné de l'argent.

—Ah bon ? Et elle est où ?

Arthur cherche sa professeur d'Anglais dans la salle.

Camille se penche sur Arthur.

—Elle est partie voir un autre film dans la salle B, à côté. Tu veux aller lui dire bonjour ?

Arthur hésite.

—Après le film.

Les lumières s'éteignent dans le cinéma et le film commence. Une heure vingt-six plus tard, les sœurs jumelles sortent de la salle de cinéma avec Arthur. Maxime les attend à l'entrée.

—Bonjour, Arthur ! lui dit-il. Je suis content de te revoir !

—Bonjour, Maxime ! Tu es venu chercher les jumelles ?

—Oui, voilà, t'as tout compris !

Les sœurs jumelles Camille et Annabelle Herman saluent Arthur Verbo. Maxime aussi. Il s'en va.

—Regarde, Maxime. Violette nous a acheté des bonbons !

—Vous en avez, de la chance, les jumelles ! Qu'est-ce qu'on fait, on l'attend ici ou à la maison ?

—À la maison, c'est mieux.

—D'accord.

Les sœurs jumelles suivent Maxime jusqu'à sa voiture. Lui aussi s'est garé sur la Grand'Place d'Arras. Les sœurs jumelles pénètrent à l'intérieur du véhicule et Maxime les conduit jusqu'à la maison. Les sœurs jumelles retournent dans leur chambre.

Camille va discrètement dans le bureau de la professeure d'anglais. Elle cherche les copies des élèves de première année. Elle ouvre un tiroir, le referme, elle en ouvre un deuxième, puis un troisième. Elle regarde de l'autre côté du bureau et elle voit le cartable en cuir noir de sa professeure posé juste à côté de la chaise. Elle entend un bruit de porte se refermer ; c'est Maxime qui est parti faire des courses en ville. Camille va sur le palier.

—C'est toi, Violette ?

Pas de réponse. Camille retourne alors dans sa chambre. Sa sœur jumelle continue de lire son livre.

—J'ai cherché les copies de l'interrogation écrite sur les verbes irréguliers anglais dans son bureau. Je ne les ai pas trouvées. J'ai cherché. Je pense qu'elles sont dans son cartable en cuir noir. Qu'est-ce que je fais ? J'y retourne ? lui demande-t-elle.

—Ah ! Fais ce que tu veux ! Laisse-moi tranquille, Camille !

Camille retourne alors dans le bureau. Elle fouille dans le cartable de Violette Solange quand soudain, la porte d'entrée se referme une nouvelle fois. Camille sursaute.

C'est elle, se dit-elle.

Camille sort vite du bureau de Violette Solange.

—C'est toi, Violette ?

—Yes ! It's me, twin sisters ! Je suis allée faire des courses au supermarché, vous m'aidez à décharger la voiture !

Les sœurs jumelles descendent les escaliers pour aller aider Violette Solange à sortir les courses du coffre de sa voiture.

—Je vous ai acheté des robes, les filles. Vous venez les essayer ?

Les filles posent les courses sur la table de la cuisine. Elles prennent leurs robes et vont les essayer dans la salle de bain. Elles en ont chacune deux. Cinq minutes plus tard, Camille et Annabelle Herman descendent les escaliers dans leurs magnifiques robes. La robe de Camille est verte, celle d'Annabelle est rose bonbon. Elles vont dans le salon.

—Tournez-vous, les jumelles.

Elles tournent sur elles-mêmes, Camille tombe par terre.

—J'ai glissé !

Annabelle se moque d'elle.

Camille tire sur sa robe, elle attrape sa jambe et la fait tomber à son tour.

—Ça t'apprendra à te moquer de moi !

—Debout, les filles ! Vous allez me ranger les courses dans les placards !

Maxime arrive avec sa Citroën C3. Il la gare dans l'allée de garage. Il ouvre la porte de la maison.

—J'ai fait les courses, les jumelles ! Allez décharger la voiture !

—Encore ? lui disent-elles en soufflant.

—Quoi, encore ?

—Te fatigue pas, je suis allée faire les courses au supermarché, Maxime ! Je leur ai acheté des robes pour le printemps.

—Ah, toi aussi ?

Ils rigolent.

—J'espère que ce ne sont pas les mêmes !

Maxime regarde ses sœurs jumelles arriver dans la cuisine les bras chargés de courses qu'elles posent sur la table de la cuisine.

Eh bien, si ! Je crois que j'ai acheté les mêmes robes, se dit-il en les regardant.

Violette Solange s'approche de Maxime.

—Elles en auront toujours une d'avance pour aller au conservatoire, lui dit-elle en souriant.

Camille s'approche de Violette Solange.

—On voudrait savoir quelle note on a eue à l'interrogation écrite sur les verbes irréguliers ?

—Eh bien, je vous la dirai après les vacances, au conservatoire. En même temps que les autres élèves de première année, Camille.

CHAPITRE 48

La mer

—D'accord.

Annabelle s'approche de Maxime.

—On pourrait aller à la mer avec Violette, demain matin ?

—Oui, demande-lui si elle a envie d'y aller.

Annabelle s'approche de Violette.

—Tu as envie d'aller à la mer avec nous, demain ?

—Oui, j'aimerais bien y aller. À quelle heure ou pourrait partir d'ici, Maxime ?

—On pourrait partir d'ici à dix heures, Violette.

—Je vais préparer des sandwiches pour demain avec Camille.

Violette Solange saisit la baguette au quinoa dans sa main droite.

—Camille, donne-moi un couteau, s'il te plaît.

Camille sort un couteau du tiroir.

—Tiens !

—Merci, Camille !

Annabelle sort le beurre du frigidaire.

—J'ai acheté du fromage en tranches et de la vache qui rigole.

Les sœurs jumelles se marrent. Maxime sort une casserole du placard.

—Je vais faire des œufs durs pour demain.

Violette Solange l'observe.

—Oui, excellente idée ! estime-t-elle.

Tous les quatre préparent le déjeuner pour le lendemain.

Le réveil sonne à huit heures. Maxime l'éteint avec son index.

Il se lève le premier pour aller prendre une douche. Pendant ce temps-là, Violette se lève pour aller préparer le petit déjeuner dans la cuisine. Les sœurs jumelles dorment encore. Maxime finit de prendre sa douche. Il sort de la salle de bain tout habillé. Il porte un tee-shirt beige et un pantacourt bleu, des lunettes de soleil sur la tête. Il va dans la chambre des sœurs jumelles Camille et Annabelle Herman. Il ouvre le volet. Le soleil passe par la fenêtre. Maxime s'approche de Camille.

—Réveille-toi, ma grande ! lui dit-il.

Camille se réveille et sort de son lit. Elle va se doucher dans la salle de bain familiale. Annabelle se réveille à son tour. Elle voit Maxime dans sa chambre.

—Bonjour ! lui dit-elle en souriant. Bonjour Anna !

—Il est quelle heure ?

—Il est huit heures, ma chérie. Tu as bien dormi ?

—Oui, j'ai très bien dormi, Maxime ! Et toi ?

—Moi aussi, Anna.

—On part à la mer dans deux heures. Prépare-toi. Camille est partie prendre sa douche dans la salle de bain.

—Ah, d'accord.

Anna descend par l'échelle de son lit superposé. Elle embrasse Maxime sur la joue. Elle prend la robe blanche que Violette lui a achetée.

—Prenez vos maillots de bain les jumelles, on va sûrement aller à la piscine du Touquet.

Camille sort de la salle de bain ; elle a mis sa robe rouge. Elle est magnifique. Elle a tout entendu de ce que Maxime lui a dit.

—Oui, on va à l'Aqualud du Touquet ? se réjouit-elle.

—Oui Camille ! Prépare tes affaires de piscine. Prends une serviette, ton bonnet de bain et tes lunettes de piscine.

—Oui Maxime.

Anna va prendre sa douche dans la salle de bain. Elle ressort un quart d'heure plus tard.

—J'ai mis mon maillot de bain sous ma robe, Maxime.

Elle soulève sa robe.

—Regarde !

—Tu as bien fait, ma chérie !

Violette Solange monte les escaliers, elle arrive sur le palier devant la porte de la salle de bain. Maxime s'approche d'elle.

—Le petit déjeuner est prêt ! lui dit-elle.

Maxime, Camille et Anna descendent les escaliers pour aller prendre leur petit déjeuner dans la cuisine. Pendant ce temps-là, Violette va prendre sa douche.

Camille sort de table. Elle monte les trois premières marches de l'escalier.

—Violette ?

—Oui !

—Tu ne déjeunes pas avec nous ?

—Je vais prendre ma douche et j'arrive, les filles ! Vous pouvez petit-déjeuner sans moi !

Camille retourne dans la cuisine. Elle s'assoit entre Maxime et sa sœur jumelle.

—Elle m'a dit qu'elle prenait sa douche et qu'elle arrivait.

Maxime lui sourit.

—Tout va bien, alors !

—Oui.

Dans la salle de bain, Violette chante encore sous la douche. La même chanson que d'habitude. Elle sort de la douche, elle enfile le peignoir rose que Maxime lui a offert pour son anniversaire. Elle branche le sèche-cheveux pour se sécher ses longs et magnifiques cheveux blonds.

Dans la cuisine, Maxine et les jumelles terminent de prendre leur petit-déjeuner. Camille fait la vaisselle à la main, Anna l'essuie avec un torchon. Pendant ce temps-là, Maxime remplit la glacière de bouteilles d'eau, de bananes, de pommes et des sandwiches qu'ils ont préparés la veille. Il met la glacière dans le coffre de la voiture de Violette.

—On prend ta voiture, c'est moi qui conduis, Violette !

—Regarde dans mon sac à main, les clés de voiture sont dedans, Maxime !

Maxime fouille dans le sac à main de Violette ; il trouve ses clés de voiture, ouvre le coffre et met la glacière à l'intérieur.

Violette descend les marches. Elle arrive dans la cuisine. Anna finit d'essuyer la vaisselle.

—Bonjour, les sœurs jumelles ! Vous avez bien dormi ?

Camille s'approche de Violette et lui fait la bise.

—Oui, très bien, merci !

—Vous êtes toutes belles avec vos robes, il faudra qu'on prenne des photos de vous à la mer !

Annabelle s'approche de Violette et lui fait la bise.

—Bonjour, ma belle Anna ! Vous avez préparé vos affaires de piscine ?

—Oui ! lui répondent-elles.

—Très bien.

Maxime revient dans la cuisine. Violette regarde l'heure sur sa montre.

—Il est dix heures, on va y aller ! J'ai programmé le GPS de ta voiture.

—Tu as très bien fait !

Maxime embrasse Violette sur les lèvres. Les sœurs jumelles montent dans la voiture, à l'arrière. Maxime et Violette les rejoignent. Maxime prend le volant. Il conduit la voiture jusqu'au Touquet. Il regarde le GPS. *Vous êtes arrivés !*

Il est douze heures trente et le soleil est au zénith. Il y a un léger vent, mais il fait chaud pour un mois de février. Dans la voiture, le compteur indique 20 °C. Ils se garent sur le parking juste à côté de l'Aqualud. Violette Solange a mis ses lunettes de soleil. Elle sort de la voiture. Elle pose un pied à terre. Elle a mis des escarpins pointus noirs, une belle robe de plage blanche. Tout le monde sort de la voiture. Camille ouvre le coffre. Elle prend son sac de piscine pour après, et Annabelle fait pareil. Maxime sort la glacière du coffre.

—On va manger dans le sable !

Violette s'approche de Camille.

—J'ai pris de la crème solaire. Je vais vous en mettre sur les bras, les jumelles. Camille, je commence par toi.

Violette lui applique de la crème solaire sur les bras, puis sur le visage.

—Tu as de très beaux yeux bleus, lui dit-elle.

Camille sourit à Violette.

—Tu as de très beaux yeux bleus, toi aussi.

—Je vais en mettre à ta sœur.

Annabelle est partie avec Maxime sur la plage.

Camille et Violette les rejoignent. Dans le sable, Maxime et Annabelle attendent Violette et Camille pour manger.

Annabelle fait un signe de la main à Camille et Violette qui sont sur la digue de mer.

— Coucou, on est là !

Annabelle et Violette font le même signe de la main. Ils descendent les marches qui donnent sur la plage de sable... Ils mangent tous ensemble face à la mer.

Printed in Great Britain
by Amazon

22043941R00158